참담한 ✦ 빛

참담한 빛

초판 1쇄 발행 • 2016년 8월 19일
초판 6쇄 발행 • 2023년 10월 31일

지은이 / 백수린
펴낸이 / 염종선
책임편집 / 박지영
조판 / 박지현
펴낸곳 / (주)창비
등록 / 1986년 8월 5일 제85호
주소 / 10881 경기도 파주시 회동길 184
전화 / 031-955-3333
팩시밀리 / 영업 031-955-3399 · 편집 031-955-3400
홈페이지 / www.changbi.com
전자우편 / lit@changbi.com

참담한  빛

백
수
린
·
소
설
집

창비

차

례

스 트 로 베 리  필 드

우리의 안은 어째
서 이토록 한치 앞
을 내다볼 수 없게
어두운 걸까, 마치
아무도 살지 않는
텅 빈 나무 속처럼,

생각해보면 나는 오래전부터 그 일의 인과관계를 파악하기 위해 노력해왔던 것만 같다. 그렇지만 정말 그런가. 그저 지금 그런 기분이 든 것뿐 아닐까. 어쩌면. 투어버스의 창밖으로는 하나둘씩 빗방울이 떨어지기 시작한다. 도시가 조금씩 젖어가고 있다. 도시를 이루는 선과 면들이 서서히 흐려진다. 설명할 수 없는 이유로 갑자기 울음을 터뜨리는 이의 얼굴 근육처럼, 일순간 무너져내리고 허물어지는 경계선들. 언젠가는 노예무역과 해양무역의 중심지로 번창했던 영국 제2의 항구도시는 이제 경제적으로 몰락해 어디에서든 빈곤의 냄새가 물비린내처럼 풍겼다. 쇠락의 풍경은 대개의 항구도시들마다 비슷했다. 거칠고 피곤한 얼굴들, 먹빛 바다, 소금기에 바래고 물때가 낀 건물들. 나는 반나절 동안 리버풀 시내를 걸으며 내가 자란 도시를 떠올렸다. 비틀스 투어버스를 타기로 결정한 것은 갑자기 날씨가 험해졌기 때문이다. 걸어다니기에는 적합하지 않은 날씨여서 어딘가에 들어가려고 했는데, 투어버스를 타는 사람들 무리가 눈에 띄었다. 리버풀에서의 일정은 짧았고, 어차피 그저 리버풀을 보는 것이 목적인 여행이라면 투어버스를 타는 것도 나쁘지 않을 것 같았다.

버스가 멈춘다. 리버풀 사투리를 강하게 쓰는 가이드가 창밖을 가리키며 말한다. 이곳은 존 레넌이 이모와 함께 살았던 집입니다. 타지 사람들 앞에서 사용하면 가난한 도시 출신임이 바로 드러나 무시를 당한다고 주드가 말했던 그 사투리다. 사람들은 비에 젖은 건물을 향해 일제히 카메라를 가져다 댄다. 늦은 오후에 불과했지만 해가 나지 않아서인지 벌써 환하게 불을 밝힌 집들도 있다. 사람들이 살고 있으니 공중예절을 지켜 조용히 사진만 찍고 오자고, 가이드가 말한다. 관광객들이 차례로 버스에서 내리고 나는 그냥 버스에 앉아 있다. 버스에 앉아서, 누구의 눈에도 띄지 않으려는 사람처럼 어깨를 잔뜩 움츠리고 앉아서, 유리창에 코끝을 대고 밖을 내다본다. 존 레넌이 살았다는, 이제 오노 요오꼬가 매입한 것으로 추정된다는 그 건물에 듬성듬성 밝혀진 불빛들. 안에 있는 누군가의 씰루엣이 언뜻 보이거나 보이지 않는, 커튼에 가렸거나 가려져 있지 않은 창문 너머의 불빛들. 나는 정말 그 일의 인과관계를 따져보기 위해 이 도시에 온 걸까. 무엇이든, 논리로 엮을 수 있는 징후와 기미를 찾으려던 19세기 추리소설 속 괴팍한 주인공처럼. 그것은 이미 오래전의 일이므로 더이상 연연할 필요가 없어진 줄 알면서도, 막상 오랜 유학생활을 정리하고 귀국일이 다가오자 나는 리버풀이 한번쯤 보고 싶어졌다. 컴컴한 관객석에 앉아 무대 위를 바라보는 사람처럼, 아니 평생 동안 거리를 헤매는 마음으로 인생을 사는 사람처럼, 그러니까 어두운 거리에 맨발로 서서 환한 불빛이 새어나오는 타인의 유리창을 맹목적으로 들여다보는 사람처럼 살았던 그 시절을 설명해내기 위해서.

내가 들은 바로 주드는 리버풀에서 태어났다. 그는 잉글랜드 북서쪽 머지 강 하구에 위치한 이 도시에서 고등학교까지 다녔는데, 그의 부모는 도시 대부분의 사람들이 그렇듯 가난했고 그가 어떻게 살아가는지에 큰 관심이 없었다. 리버풀에서 가장 유명한 클럽 중 하나인 캐번 클럽에서 웨이트리스로 일했던 주드의 어머니는 그가 열세살이 되던 해에 죽었다. 그렇지만 언젠가 주드가 나에게 자신의 삶에 대해 이야기해주었을 때 그는 자신의 청소년기가 불행했던 것은 어머니가 일찍 죽었기 때문이 아니라 아버지가 너무 오래 살았기 때문이라고 말했다. 제대로 기억하는지 확신할 순 없지만 그가 내게 이런 이야기를 해준 것은 아마도 내가 런던에서 생활한 지 4개월쯤 되었을 때였고, 그때 우리는 취기를 쫓기 위해 옥스퍼드서커스역 근처에 조성된 작은 녹지의 벤치에 앉아 있었다. 모처럼 맑은 날이었지만 별은 거의 보이지 않았다. 술기운 때문이었을까, 아니면 가로등 불빛만으로는 균열을 낼 수 없던 어둠의 두께 때문이었을까, 어쩐지 중력이 없는 곳 어딘가에서 주드와 단둘이 떠 있는 것만 같은 기분이 들었다. 그렇지만 주드의 옆에는 만취한 유라가 잠들어 있었고, 취중에도 그 사실은 변함이 없었다.

주드의 아버지를 이렇게 설명하는 것이 적절한지는 모르겠지만 내가 들은 한에서 그는 젊은 시절에는 밴드의 베이시스트였고, 그 이후에는 알코올중독자였다. 그는 전쟁 때 폭격을 당한 리버풀에서 태어나 정신이상자가 된 참전군인들을 보며 자랐다. 주드의 아버지가 음악에 빠져들게 된 것은 다행인지 불행인지 미 공군기지가 리버풀에 있었기 때문이라고 주드는 설명했다. 덕분에 그 도시 아이들은 미국 문화의 영향을 일찍부터 받았다. (주드가 운동화 끈을 다시 묶으며 대수롭지 않은 듯 그렇게 말했을 때 나는 아, 정말? 신기한 듯 되물었다. 나의 아버지 역시 우리나라 제2의 무역항에서 태어나 미군들이 주는 초콜릿을 먹으며 성장했기 때문이다.) 그 무렵에는 라디오를 틀기만 하면 로큰롤이 흘러나왔다. 부두노동자의 아들이었던 주드의 아버지는 얼마 되지 않던 용돈을 모아 일렉트릭기타를 구입했다. 주드의 아버지는 그 시절 또래의 리버풀 젊은이들이 그랬듯이 밴드를 결성했고, 도시의 곳곳을 떠돌며 연주했다. 그는 어느정도 음악에 소질이 있었고 외모도 나쁘지 않은 편이었다. 그의 불행은 그저 그가 존 레넌도 폴 매카트니도 아니었다는 데서 비롯되었다. 물론 그는 조지 해리슨이나 링고 스타도 아니었다.

비틀스가 결성되어 그들이 함부르크로 떠나고, 유럽을 제패하고 미국의 정상을 차지한 이후에도 주드의 아버지는 계속 리버풀의 싸구려 클럽들을 전전하며 근근이 먹고살았다. 주드의 아버지는 불행했고, 주드의 어머니는 죽을 때까지 그런 아버지의 술주정을 견디느라 더욱 불행했다. 주드의 아버지는 술에 취하면 자신이 중학교 시절, 당시 고등학생이던 조지 해리슨을 대신해 쿼리먼밴드에 합류할 뻔했던 일화를 반복적으로 이야기했다. 그는 비틀스의 전신이라고 할 수 있는 그 밴드의 기타리스트가 될 뻔했지만 오디션을 보기로 한 날 하필이면 늑막염에 걸려버렸고 결국 그 자리를 조지 해리슨에게 빼앗겼다는 것이다. 어디까지가 진짜인지 알 수 없었지만 주드는 그런 유의 이야기들을 귀에 못이 박이도록 들으며 컸다. 주드는 점점 더 말수가 없어졌다. 리버풀 사람이면 누구나 듣고 자란 비틀스의 노래를 아주 늦게까지 제대로 들어본 적이 없었고 기타를 만져본 적도 없었다. 고등학교 때 이미 키가 190센티미터를 넘겼던 주드는 누구의 눈에나 잘 띌 법도 했으나 아무의 눈에도 띄지 않는 존재로 살았다. 자신이 무언가를 특별히 요구하지도, 헛된 것을 열망하지도 않은 채 나이를 먹은 까닭은 아버지의 영향이라고 주드는 내게 말했다. 주드는 자신의 삶이 불행해질 수밖에 없었던 원인을 알아내기 위해 청소년기를 온전히 허비했고 아버지와는 다르게 살겠다고 결심했다. 계속되는 경제불황으로 쇠락해져가는 리버풀을 벗어났을 때 주드의 나이는 열아홉. 주드가 유라를 만난 것은 그로부터 10년 후의 일이다.

주드와 내가 어떻게 만나게 되었는지를 이야기하기 위해서는 먼저 유라와의 만남에 대해서부터 말해야 한다. 유라를 알게 된 것은 내가 영국 생활에 적응해보려고 안간힘을 쓰다가 지쳐버렸던, 그 해 봄이었다. 며칠 내리 뿌리던 비가 그쳐, 나는 한국에서 부쳐준 여름옷가지가 담긴 커다란 소포를 우체국에서 찾아 집으로 돌아가던 길이었다. 무언가 우리 동네에 용무가 있던 유라는 내가 우체국에서 나올 즈음 마침 볼일을 마치고 집으로 향하던 길이었고, 시야를 가릴 정도로 커다란 소포 박스를 들고 쩔쩔매는 동양인 여자아이를 보고 그냥 지나치지 못했다. 그것은 내가 영국에 체류하기 시작한 이래 받아본 최초의 친절이었다. 유라는 내가 살던 뉴켄턴로드의 집까지 함께 박스를 옮겨주었다. 나는 고마움을 표하고 싶었지만 어떻게 마음을 전해야 할지 모를 정도로 그 당시 대인관계에 서툴렀다. 한국 사람이죠? 그때까지 우리는 서로가 한국 사람임이 틀림없다고 생각하면서도 한국어 억양이 분명한 영어로 말을 주고받고 있었다. 주스라도 한잔 드릴까요? 어눌하기 짝이 없는 말투로 가까스로 내뱉은 내 말에 유라가 웃었다. 유라는 내가 건네준 오렌지주스를 받은 자리에서 단숨에 다 마셨다. 유라는 머리카락의 일부를 솜씨 있게 땋아서 멋을 냈고 짧은 감색 원피스에 작은 모자를 쓰고 있었다. 내가 유라를 배웅하기 위해 건물 현관 앞까지 내려갔을 때, 유라는 떠나려다가 돌아서서 내게 유학 오신 거예요? 하고 묻더니 언제 한번 밥이라도 먹어요. 유학생활 초기가 외롭잖아요, 하고 말했다. 그리고 우리는 정말 그다음 주에 만나 같이 밥을 먹었다. 세번째 만났을 때는 주드도 함께였다. 그러니까 유라는 내가 영국에서 사귄 첫번째 친구였고, 주드는 두번째 친구였던 셈이다.

내가 주드와 유라를 처음 알게 되었을 때 그들은 이미 연인이었다. 주드를 처음 만났던 날. 나는 약속 시간보다 조금 일찍 도착해 까페 문가에 자리를 잡고 있었다. 런던에 도착한 지 며칠 되지 않았을 때라 혹시 길이라도 잃고 헤맬까봐 일찍 출발했는데 별로 헤매질 않았다. 유리문이 열려 서늘한 공기가 매장 안으로 들어올 때마다 나는 고개를 들어 문 쪽을 살폈다. 몇번이고, 반복적으로, 유라가 아니었다. 약속 시간이 겨우 5분가량 지났을 뿐이었다. 오고 있냐고 재촉하기에는 너무 이른 시간이었기 때문에 나는 약속 장소로 오는 도중에 산 서베를린 출신 여성 작가의 두번째 소설집을 꺼내어 훑었다. 또 누군가가 문을 열고 들어오는지 찬바람이 오른뺨 위로 불어왔다. 나는 서늘함을 느끼며 고개를 들었다. 문을 열고 들어온 것은 키가 큰 백인 남자였다. 다시 책 쪽으로 고개를 돌리다가 나는 백인 남자의 뒤를 따라 까페 안으로 들어서는 유라를 발견했다. 반가운 마음에 손을 들어 유라를 부르려는데 유라가 앞에 있던 백인 남자의 팔을 다정하게 붙잡았다. 남자는 유라 쪽으로 고개를 돌리더니 살짝 웃었다. 그 순간 나와 유라의 눈이 마주쳤다. 나는 유라가 팔을 붙들고 있는 남자가 주드라는 것을 알아챘고 그들을 향해 웃으며 자리에서 일어섰다. 왠지 내 웃음이 부자연스럽게 보이지는 않을까 하는 걱정이 들었다. 만약 내 웃음이 조금이라도 어색하다면 그것은 그들이 등지고 있는 햇살이 너무 눈부신 탓에 눈을 찡그릴 수밖에 없었기 때문일 거라고 나는 생각했다.

"혼자 살아보고 싶대. 이해할 수 있니? 갑자기 혼자 살아보고 싶어진 그 마음을?"

유라가 나를 건너다보며 물었다. 유라의 눈동자는 검고, 절망으로 가득했다.

"다른 여자가 생긴 건 아니고?"

나는 용기를 내어 질문을 건넸다. 유라가 고개를 저었다.

"아니래. 그건 정말 아니랬어."

유라의 눈빛이 불안하게 흔들렸다. 유라는 주드의 말을 믿고 싶은 것 같았다.

"어쩌면 일시적인 기분일지도 모르지. 기다려봐."

나는 유라를 향해 그렇게 말했다. 주드가 영영 돌아올 리 없을 거라고 사실은 그렇게 생각하면서.

유라가 눈물이 그렁한 눈을 하고 고개를 숙였다.

"사람의 마음이라는 건 도대체 어떻게 생겨먹은 걸까."

그러게.

솔직히 말해 내가 런던에서의 유학생활에 적응해낼 수 있었던 것은 전적으로 유라 덕분이라고 말해도 과장이 아니다. 유라와 주드는 엘리펀트앤드캐슬에 위치한 우리 집에서 꽤 떨어져 살았지만 내가 과제를 하느라 끼니를 거르면 불고기나 라자냐를 만들어서 가져다주었고, 할 일 없는 주말에는 불러내 영화관에 데리고 갔다. 한국음식이 그립거나 할 때면 토트넘코트에 가면 된다는 것을 알려준 것도 유라였다. 간혹 같이 가자고 연락하면, 내가 보는 연극들은 하나같이 지루하고 말도 안된다고 불평하면서도 극장에 따라와주던 사람들도 그 큰 도시에 유라와 주드밖에 없었다.

그들은 런던 교외에 집을 얻어 살고 있었다. 3층짜리 공동주택으로, 방도 있고 거실도 부엌도 따로 있는, 아무튼 제대로 된 가정집이었다. 그 때문일까. 유라나 나나 둘 다 유학생이긴 마찬가지였지만 그녀의 삶은 뭔가 안정되어 보였다. 유라가 자기 집에 초대하는 것을 좋아했기 때문에 적적한 주말에는 유라네 집에서 하루 종일같이 지내다가 엘리펀트앤드캐슬로 돌아오는 경우도 많았다. 그녀와 주드는 이따금씩 햇살이 들어오는 창가의 카펫 위에 서로 몸의 일부를 걸친 채 누워서 졸았다. 그런 그들에게서 적당히 떨어진 소파에 앉아 나는 과제를 하거나 책을 읽었다. 그들은 그즈음 수업 때문에 읽던 고대 철학자의 책 속에 등장하는 최초의 인간처럼 마치 처음부터 한몸으로 빚어진 듯 나른하고 평화로워 보였다. 그런 그들 틈에 있는 시간은 갓 녹여 만든 설탕시럽처럼 따뜻하고 달콤했지만 나는 때때로 묘한 고통을 느꼈다. 그 고통의 원인은 알 수 없었는데, 통증만은 지나치게 생생했다. 나는 고통을 잊기 위해 한참 동안 가슴에 손을 얹은 채 허공을 바라보며 시간이 흐르기를 기다려야만 했다.

그들은 행복해 보였다. 적어도 내가 기억하는 한 언제나. 그렇기 때문에 연락도 없이 유라가 내 집을 찾아와 정신 나간 사람처럼 현관문을 두드렸을 때, 나는 그것이 주드와 관련된 일일 거라고는 짐작도 하지 못했다. 겨우 후드티 하나를 걸친 유라는 문 앞에서 오들오들 떨고 있었다. 바깥은 을씨년스럽게 비가 내렸다. 유라의 우산에서 빗물이 뚝뚝 떨어졌다. 우산을 쓰고 온 게 틀림없는데도 유라의 옷과 머리는 온통 젖어 있었다.

"얼른 들어와."

나는 서둘러 유라를 집 안으로 데리고 들어왔다. 유라가 넋이 나간 표정이어서 나는 몹시 불안했다. 유라는 웬만한 일로는 걱정을 드러내지 않는 사람이었다. 사소한 것들에서 불안의 기미를 찾아내고 앞질러 걱정하고 지레 겁먹는 것은 언제나 내 쪽이었다. 그녀는 그런 나를 다독이는 쪽이었고, 결과를 알 수 없는 일들로 인해 초조해하기보다는 뭐든 어떻게 되겠지 하고 생각하는 편이었다. 그랬기 때문에 유라의 흐트러진 모습에서 나는 심각한 일이 일어났음을 눈치챘다. 차라도 끓여주기 위해 주전자에 물을 받는 짧은 시간 동안 머릿속으로 온갖 종류의 안 좋은 생각들이 스쳤다. 그렇지만 그 수많은 생각 중에 주드와 관련된 것은 하나도 없었다.

내가 주드를 처음 본 그날, 우리는 펍으로 자리를 옮겨 간단히 저녁을 먹었다. 내 맞은편에는 유라가, 주드는 그 옆에 앉았다. 주드는 자리에 앉자마자 베이지색의 머플러를 풀어 가방에 넣었다. 메뉴판을 각자에게 나누어주고 의자를 유라 쪽으로 바짝 끌어당겼다. 그의 행동은 마치 이렇게 셋이 계속 봐오기라도 한 것처럼 자연스러웠다. 우리는 런던프라이드 석잔을 시켰다. 주드가 무슨 농담을 던졌는지 웨이터가 웃었다. 유라는 그날 나에게 런던 생활에 도움이 될 만한 정보들, 이를테면 할인율이 높은 식료품점의 위치와 지하철 학생승차권을 만드는 방법 같은 것들을 모두 알려주기로 작정하고 나온 사람처럼 끝도 없이 이야기했다. 우리가 한국어로 대화했기 때문에 주드는 아무 말도 알아듣지 못했으면서 마치 다 알아듣는 것처럼 고개를 끄덕였다. 주드는 붉은 머리에 대비되는 회색 눈을 가졌는데, 웃을 때는 안 그랬지만 무표정하게 있으면 어딘지 텅 빈 듯한 인상을 주는 그런 눈이었다. 안경은 끼지 않았고 서양인치고는 코가 작았다. 유라는 쉬지 않고 말을 이었다. 음악은 시끄러웠고, 사람들이 소리를 질렀고, 나를 향한 주드의 시선이 느껴졌다. 나는 내가 어떤 표정을 하고 있는지 신경이 쓰이기 시작했다. 얼굴이 달아오르는 것 같았지만 그것은 틀림없이 술 탓이었다. 음악이 너무 시끄러웠고, 정신이 없었다. 내가 주드 쪽으로 고개를 돌리면 주드는 번번이 무심한 듯 시선을 거두었다. 주드는 유라를 향해 개구쟁이 같은 표정을 지었는데, 그런 표정은 그의 눈빛과 불균형을 이루었다. 음악이 너무 시끄러웠고, 술기운이 올랐고, 그를 전혀 알지 못했지만 나는 그가 혼자 있을 때 어떤 얼굴을 하고 있을지 알 수 있을 것만 같았다.

시간이 더 흘렀다. 기름진 영국음식 탓에 살이 많이 쪘다는 유라가 주드에게 몸을 밀착하며 소리 내어 웃었다. 유라는 주드와 어떻게 처음 만났는지를 술에 취해 영어를 섞어가며 반복적으로 이야기했다. 주드는 이미 다 아는 이야기라 흥미 없다는 듯 무심한 표정으로 음악을 듣고 있었다. 고개를 살짝 숙인 채. 나는 리듬에 맞춰 테이블 위를 습관처럼 두드리는 주드의 손가락들을 보았다. 그의 손가락은 악기를 다루는 사람의 손처럼 길었고, 중지의 마디 부분이 불거져 있었다. 그의 볼 아래는 광대뼈 때문에 파르스름하게 음영이 졌다. 그의 붉은색 머리가 리듬에 맞춰 까닥거렸다. 내 시선을 의식했는지 그가 고개를 들었다. 우리의 눈이 잠깐 마주쳤다. 그가 벽에 기대고 있던 몸을 일으켜 마치 할 말이 있는 사람처럼 내 쪽으로 얼굴을 가까이 가져왔다. 그의 숨이 내 얼굴에 닿았다. 주드가 나를 향해 웃었다고 생각했다. 아주 잠깐, 주변의 소음이 일제히 사라졌다. 술에 취한 유라가 주드 쪽으로 쓰러졌다. 유라와 나는 닮은 구석이 없었다. 외모도, 성격도, 자라온 가정환경도 달랐다. 유라, 유라, 주드가 유라의 이름을 불렀다. 유라를 부르는 낮은 목소리가 동심원을 그리며 내 쪽으로 퍼져왔다. 그제껏 나는 다른 사람이 가진 것을 탐낸 적이 단 한번도 없었다.

　"네가 주드를 좀 만나봐. 너희는 친했잖아."
　얼마나 울었을까. 가까스로 울음을 삼키며 유라가 말했다. 알아보기 힘들 만큼 부은 얼굴을 하고.

"네가 한번 만나서 왜 갑자기 나와 헤어지고 싶은 건지 물어봐줘."

나는 창밖으로 고개를 돌렸다. 어두운 유리창 위로 언뜻 비치는 그녀와 나의 모습을 일별했다. 그녀와 나 사이에 존재하는 일정한 거리를. 가스레인지에 얹어놓은 주전자에서 물이 끓는 것을 알리는 요란한 소리가 나기 시작했다. 나는 서둘러 부엌으로 가서 불을 껐다. 어둠속에서 환영처럼 빛나던 파란 불꽃이 순식간에 사그라졌다. 주드. 나는 뜨거운 주전자를 내려다보며 주드의 이름을 속으로 가만히 불렀다. 유라는 여전히 어둠속에 웅크린 채 떨고 있었다, 연약한 새처럼. 이렇게 되길 바란 것은 정말 아니었는데. 입 밖으로는 내지 못할 말을 나는 속으로 중얼거렸다.

유라가 나와 주드만 런던에 남겨놓고 혼자 한국으로 잠시 돌아간 것은 내가 런던에서 생활한 지 2년차 되던 해의 겨울이었다. 그때 유라가 귀국할 수밖에 없었던 것은 계속 구직에 실패했기 때문이었다. 유라는 졸업한 뒤 런던에서 일자리를 찾기 위해 노력했지만 영국 경제사정은 갈수록 악화되었다. 변변한 직장 없이 임시직에서 임시직으로 이어지는 삶을 사는 것은 주드도 마찬가지였지만 유라는 외국인이었다. 취업비자를 받지 못하는 이상 계속 영국에 체류하는 것은 불가능했다. 나는 유라가 한국으로 돌아가면 둘의 관계는 자연스럽게 정리가 될 거라고 내심 생각하고 있었다. 그렇기 때문에 결혼계획에 대한 이야기를 들었을 때 적잖게 놀랐다. 유라는 그것이 주드와 함께 있을 수 있는 최선의 방법이라고 했다.

"결혼도 하고, 언젠가 돈을 많이 벌어서 윔블던에 그림 같은 주택을 지어 살면 얼마나 좋을까."

그렇게 말하는 유라는 긴장한 것처럼 보였지만 동시에 행복한 것처럼도 보였다.

"축하해."

그렇지만 사실 나는 뭘 축하해야 하는지 알 수 없었고, 울고 싶은 기분이었다.

"엄마가 반대할까봐 걱정이야."

"그래도 설득하면 괜찮지 않을까."

나는 유라의 엄마가 노발대발할 거라고 생각했고, 머리를 싸매고 몸져누울 거라고 생각했고, 아주 극심한 반대를 할 거라고 생각했다. 유라의 엄마는, 얘 딸이 시집을 못 가고 있으면 엄마 마음이 어떤 줄 아냐, 서른까지는 괜찮아, 서른셋만 넘어도 변변한 직업 있는 놈이면 다 좋을 것 같고, 서른다섯 넘으면 이혼한 남자도 괜찮을 것 같고, 마흔 넘으면 외국인도 괜찮다 싶다가 마흔다섯이 되면 흑인이라도 상관없으니 남자면 된다 싶어지는 게 엄마 마음이야, 라는 식의 끔찍한 말을 농담이랍시고 하는 사람이라고 했다. 유라의 엄마는 틀림없이 반대할 거야.

"딸이 사랑한다는데 진심으로 말하면 통하지 않겠니."

유라는 고맙다며 내 손을 잡았다. 유라의 손은 늘 그랬듯 내 일주일 식비에 버금가는 금액을 들여 산 핸드크림을 바른 덕에 촉촉하고 따뜻했다. 나는 유라가 부모의 반대를 이기지 못할 게 뻔하다고 확신했다. 내 눈에 유라는 뭔가를 얻기 위해 싸워본 적이 없는 애였다. 싸울 필요가 없다고 생각하며 살아왔다고 말하는 편이 더 적절할까. 그것은 주드도 마찬가지였다. 당장 따라가지 못하는 수업을, 끝내지 못한 과제를, 마칠 수 없을 것 같은 논문을 걱정하는 사람은 나뿐이었다. 어쩔 수 없는 일은 어쩔 수 없는 일이야. 그들은 언제나 내게 그렇게 말했다. 어쩔 수 없는 일을 어쩔 수 없는 일이라고 받아들이는 사람들 앞에서 받아들이지 못하고 안달하는 일은 언제나 창피하고 조금쯤 비참했다.

유라가 한국에 가 있던 한달 동안, 유라가 없었기 때문에 나는 주드를 거의 보지 못했고, 주드가 보고 싶었다. 나는 매일 도서관에 가서 해가 질 때까지 전공서적 속의 문장들을 해석하며 시간을 보냈다. 나머지 시간에는 학교 앞의 스시 체인점에서 아르바이트를 했다. 입맛이 없는 날에는 식당에서 팔다 남은 연어초밥 도시락을 싸와서 혼자 저녁으로 먹었다. 고추냉이가 들어가지 않은 초밥은 밍밍한 맛이었다. 혼자 저녁을 먹다보면 창문을 닫았는데도 집 앞 이차선도로 위를 달리는 오토바이나 자동차의 소음이 방 안까지 들려왔다. 우편함에는 광고전단이 들어 있을 때도 있었지만 대개는 비어 있었다.

밤이 되면 유라가 국제전화를 걸어와 결혼 문제로 엄마, 아빠와 길게 다투었다며 눈물바람을 하는 일이 잦았다. 전화기 너머로 울음 섞인 유라의 목소리를 듣노라면 마음이 아파서 나는 유라에게 친절히 대해주고 싶었다. 그렇지만 유라가 "주드는 내 운명의 상대잖아."라고 말하면 어쩔 수 없이 화가 났다. 유라와 전화를 끊고 나면 벽에 머리를 기댄 채 어둠속에 오래 앉아 있었다. 유라가 내게 전화를 걸어오는 시간은 대개 한국 시간으로 새벽 다섯시나 여섯시였다. 유라와 달리 나는 끊임없이 아르바이트를 해야만 집세를 낼 수 있었다. 유라가 그런 내 편의를 생각해 일부러 새벽에 깨서 전화를 건다는 것은 말하지 않아도 눈치챌 수 있었다. 유라는 그런 애였고, 고마웠지만, 솔직히 난 고맙지 않았고, 고맙지 않았고, 고맙지 않았다. 유라가 내게 베푸는 모든 것들이 호의인 줄 알았지만, 고마운 마음이 들기도 했지만, 동시에 참을 수 없었다. 나는 유라와 대등해지고 싶었고, 싸우고 싶었고, 경쟁하고 싶었다. 나는 주드의 입술에 내 입술을 대보고 싶었고, 그것은 말랑하고, 조금은 까칠하고, 아무튼 지금까지 내가 맛본 시시한 남자들의 입술과는 달리 새콤한 맛일 것 같았다. 그렇지만 유라는 늘 범사에 감사했고, 경쟁 같은 것은 할 필요가 없다고 했고, 유라 곁에 있으면 나는 한심한 인간 같았다. 나는 어둠속에 앉아 맞은편 집의 환한 유리창을 노려보았다. 불빛에 눈이 시릴 때까지.

유라가 한국에 가 있는 동안 주드를 만난 것은 딱 한번뿐이었다. 그것도 유라가 내게 전화를 걸어 주드를 도와달라고 다급한 목소리로 부탁했기 때문이다.

"불이 났대."

유라는 다짜고짜 그렇게 말했다.

"우리 집에 불이 났대."

나는 상황을 알아보겠다 말하고 전화를 끊었다. 알아보니까, 불이 나긴 났는데 유라와 주드가 사는 집이 아니라 그들의 옆집에서 난 거였다. 옆집이라고 해봤자 같은 층에 벽을 맞대고 있었기 때문에 사실 불길이 조금만 더 번졌어도 아찔한 사고로 이어졌을 일이었다. 다행인지 불행인지 옆집 사람들은 난로를 켜놓은 채 집을 비운 상태였기 때문에 인명 피해는 없었다고 했다.

"타는 냄새가 나고 연기가 자욱했어."

내가 주드에게 연락했을 때, 주드는 담담한 말투로 그렇게 말했다. 불이 번지지는 않았지만 연기와 화학물질이 타며 발생한 지독한 냄새가 온 건물에 다 배어들어 아무래도 당분간은 그 집에서 지낼 수가 없을 것 같다고도 덧붙였다. 보험 따위의 번잡스러운 문제 때문에 잘잘못을 따지기 위해 경찰이 건물 주위에 노란색 경계선을 쳐서 출입을 통제했다고도 말했다.

"그래서 말인데, 유라의 짐을 너희 집에 좀 맡아줄 수 있을까?"

주드가 유라의 짐 중 값이 나가는 것들을 커다란 트렁크에 넣어 우리 집에 끌고 온 것은 밤 아홉시경이었다.

"좀 들어왔다 갈래?"

내 집은 고작 방 한칸짜리였지만 이렇게라도 유라를 도울 수 있는 기회가 생겼다는 것이 나는 기뻤다. 주드가 트렁크를 끌고 집 문턱을 넘어섰다. 빵─ 창밖에서 요란한 경적 소리가 울렸다. 주드와 단둘이 집에 있는 것은 처음이었다. 주드는 화재 때문에 정신이 없었다.

"뭐라도 마실 걸 줄까?"

주드는 맥주가 있으면 좀 달라고 답했다. 소파가 없어서 나는 침대에, 주드는 책상 의자에 앉았다. 주드는 맥주를 마셨고, 나도 같이 마셨고, 우리는 아마 조금 더 마셨다.

"당분간 어디서 지낼 거야?"

"아마도 친구네 집에서 지내야겠지."

주드는 리버풀에는 돌아갈 계획이 없다고 말했다. 주드는 리버풀에 대해서 이야기할 때면 버림받은 아이 같은 얼굴을 했다.

"나도 항구도시에서 자랐어."

내가 말했다. 내가 자란 도시도 한때는 꽤 번영했고, 쇠락했고, 미군들이 돌아다녔어. 주드가 나를 쳐다보았다. 주드와 단둘이 어두운 방 안에 있는 것은 정말 처음이었고, 우리는 술을 마셨고, 주드가 공범 같은 눈빛으로 나를 뚫어질 듯 쳐다보았다. 내가 유라보다 먼저 주드를 만났더라면. 사실 주드는 비쩍 말랐고, 쉽게 안주하는 성격이었고, 내 취향의 남자가 전혀 아니었다. 그렇지만 주드에게서는 화재 탓인지 낯선 냄새가 풍겼다. 그것이 연기의 냄새인지 재의 냄새인지 무엇인지는 알 수 없었지만, 나는 숨을 쉴 때마다 뭔가 불덩이를 삼킨 것처럼 속이 뜨거워졌다.

"자고 갈래?"

주드가 웃었다. 바스라질 것 같은 어둠속에서. 유라의 짐이 담긴 트렁크는 문가에 그대로 세워져 있었다.

유라와 주드는 결국 결혼하지 못했다. 부모님의 반대가 심했지만 그 이유 때문만은 아니었다. 내 예상과 달리 유라는 엄마가 몸져누웠는데도 런던으로 돌아와서 비자 없이 체류할 수 있는 3개월 동안 주드와 지내며 구직활동을 이어나갔다. 그들은 연기 냄새가 밴 집에서 더 살지 못하고 급히 집을 구해 이사했다. 유라가 새집으로 초대해서 내가 노란 장미 화분을 들고 한번 찾아간 적도 있었다. 그 집은 지난번 집보다 작았지만 창문만은 아주 컸다. 유라는 일자리를 계속 구하지 못했다. 내가 새집에 놀러 갔던 날, 뭔가에 쫓기는 듯한 얼굴로 유라는 한국에 같이 들어가 지내면서 결혼 승낙을 받아내자고 주드를 설득하는 중이라고 내게 말했다.

"좋은 생각이네. 한국에 가면 주드는 영어 강사라도 할 수 있을 테니까."

주드는 부엌에서 거품 묻은 접시들을 마른 행주로 닦고 있었다. 그 다음번에 유라와 만났을 때 나는 주드의 출국 준비가 차근차근 이루어지고 있다는 소식을 전해 들었다. 주드와 내가 그후로 단둘이 만난 적은 없었다.

"왜 이렇게 되어버린 걸까."

유라는 출국 전 마지막으로 만났을 때 내게 물었다. 나는 유라가 꺼낸 말의 맥락을 처음에는 쉽게 알아채지 못했다.

"주드랑 나 말이야."

유라는 이미 짐을 거의 다 우편으로 부친 상태였다.

"솔직히 말해봐. 그때 내가 결혼을 재촉하지 않았다면, 한국에 같이 가자고 조르지 않았다면, 그랬다면 주드의 마음이 변하지 않았을까?"

"그냥 인연이 아니었던 거겠지."

나는 그렇게 말하며 시선을 피했다. 유라가 내 말에 동의하듯 고개를 끄덕였다.

나는 오랫동안 그 일의 인과관계에 대해서 생각해보려고 애썼다. 나는 주드가 떠나간 이유를 짐작조차 할 수 없다는 사실이 유라를 오랜 시간 고통스럽게 했다는 사실을 알고 있었다. 그리고 그것은 나의 경우도 마찬가지였다. 어쩌면 내가 결별의 원인이 되었을지도 모른다는 사실로 인해 나는 한동안 악몽에 시달렸다. "자고 갈래?" 그날밤, 내가 했던 그 말은 한국어였고 그러니까 주드가 알아들었을 리 없었는데도.

나는 그들이 헤어지기를 바랐지만 정말로 헤어지기를 바랐던 것은 아니다.

주드는 어느 일요일 늦은 아침, 갑작스럽게 이별을 통보했다. 유라는 그날 여느 때처럼 늦게 일어나 잠옷 차림으로 토스트를 굽고 차를 우렸다. 찻잎의 유통기한이 지난 탓에 우린 차에서는 아무 향도 나지 않았다. 안개가 잔뜩 껴 대낮인데도 카펫의 무늬가 보이지 않을 정도로 어둑어둑했다고, 아마도 유라는 내게 그렇게 말했던 것 같다.

"불 좀 켜줘."

방에서 나오는 주드를 향해 유라가 말했다. 주드는 불을 켰고 토스트를 베어 물고 차를 마시는 유라의 옆, 냉장고에 기댄 채 한동안 서 있었다. 유라가 먹기를 그치고 주드 쪽을 쳐다볼 때까지. 그리고 이렇게 말했다.

"나는 이제부터 혼자 살아보고 싶어."

무슨 말인지 이해하지 못하는 유라를 향해 이렇게도 말했다. 괴로움을 견디기 힘든 듯 일그러진 얼굴로.

"네가 싫어진 게 아니야. 설명할 수는 없지만 그냥 이제 혼자 살아야 한다는 것을 깨달은 것뿐이야."

버스는 이제 쿼리먼이 처음 공연했던 교회를 지나, 어딘가 자꾸 더 외곽으로 달린다. 머리가 희끗한 가이드가 재미있는 얘기를 했는지 차 안의 승객들이 모두 웃는다. 비를 맞은 승객들의 젖은 옷에서는 물냄새가 난다. 물냄새. 나는 창 위로 떨어지는 빗방울을 보면서, 그 시절에 각인되어 있는 물냄새를 기억해냈다. 옷장을 열어도, 책을 펼쳐도 물냄새. 그 시절이라고 하니까 사멸한 언어가 쓰이던 고대의 언제처럼 멀게 느껴지잖아. 그렇지만 그렇게 멀지 않았던 어느 한 시절에 우리는 비가 오거나 안개가 끼거나, 아무튼 늘 흐리고 습했던 런던 거리를 함께 걸어다녔다. 같이 영화를 보거나 술을 먹는 날이 많았지만 간혹 루퍼스 슈얼이나 크리스틴 스콧 토머스 같은 배우들이 출연하는 「지난 세월」 같은 유의 연극들을 나 때문에 보러 가기도 했다. 연극을 보고 나오면 어김없이 비가 내렸고, 나는 극장에서 나와 비를 맞는 게 좋았다. 런던이 좋은 이유는 비가 자주 와서 모든 게 쉽게 흐려지기 때문이었고, 나는 자동차나 가로등의 성긴 불빛이 흐려지고, 도시의 윤곽이 흐려지고, 주드의 속눈썹 위로 빗방울이 맺히는 게 좋았다. 우리는 우산을 쓰거나, 쓰지 않고 거리를 걸었다. 그 풍경 속에서 주드가 먼저 빠져나가고, 그다음에는 유라가. 나는 원래부터 그랬던 것처럼 혼자 남겨졌다. 주드를 향해 품었던 감정, 나를 매일같이 달뜨게 하고, 숨 쉴 수 없게 하고, 비참하게 하던 감정 역시 가뭇없이 사라져 나의 일상은 바람 빠진 색색의 고무공처럼 초라해졌다. 나 혼자만 남아서 우리가 같이 걷던 길을 걷고 나 혼자만 두서가 맞지 않는 꿈을 꾸다가 잠에서 깨었다. 그들이 헤어진 이후 한동안 나는 주드를 보지 못했다.

내가 주드를 다시 본 것은 유라가 런던을 떠나고 나서 몇달이 지난 후였다. 아마도 수요일 오후였던 것 같다. 아르바이트를 하지 않는 날이라 집으로 바로 돌아갈지 말지를 고민했을 것이다. 날씨가 모처럼 좋아서 조금 걸어볼까 하다가 관두고 디스트릭트라인을 타고 집에 가던 길에 나는 거짓말처럼 주드와 조우했다. 주드는 출입구 쪽에 기댄 채 큰 키를 구부정하게 숙이고 서 있었다. 알은척을 해야 할까 말아야 할까 망설이는 동안 그가 고개를 들었다. 주드는 나를 발견하고 늘 그랬듯 반가운 듯 웃다가 이내 웃어야 할지 울어야 할지 모르겠다는 표정을 지었다. 우리는 어디인지도 모르고 다음 역에서 같이 내렸다.

우리는 말이 없었다. 주드는 머리가 짧아져 있었다. 줄무늬 목도리를 감고 있었고, 날이면 날마다 입던 갈색의 인조가죽 점퍼에 청바지 차림이었다. 우리는 어느새 울긋불긋해진 나무들이 늘어선 템스 강변을 따라 걸었다. 주드는 보폭이 컸다. 나와 주드 사이에는 계속 반보 정도의 거리가 유지되었다. 무의식 중에 내가 유라의 자리를 비워놓고 있는 것인지도 모르겠다는 생각이 들었다.

주드가 유라에게 헤어지겠다고 말하고 짐을 싸서 나간 이후, 나는 주드와 이런 식으로 다시 마주치게 되는 장면을 몇번이고 상상했다. 나는 주드를 우연히라도 마주치게 되면 유라에게 갑자기 헤어지자고 말한 이유가 무엇이냐고 물어볼 생각이었다. 그것은 내가 상관할 일이 아닐지도 몰랐고, 사실 주드가 무슨 말을 하더라도 감당할 자신도 없었지만, 유라와 헤어진 이유를 알고 싶었고, 어쩌면, 아니 틀림없이, 나는 유라에게 돌아가라고 설득할 생각이었다. 그렇지만 우리는 정말 마주쳤고, 처음으로 단둘이 걷고 있었지만, 반보쯤의 간격을 두고 떨어져 있었다. 사람의 마음이라는 건 도대체 어떻게 생겨먹은 걸까.

강은 계속계속 어딘가로 이어졌으므로 우리는 한동안 계속계속 말없이 걸었다. 헤어지기 전에 문득 커다란 나무 앞에 멈춰 선 주드가 내게 이런 말을 하기 전까지.

"꿈을 꿨어."

"꿈을?"

나 역시 발걸음을 멈추고 주드를 쳐다봤다. 어딘가 텅 비어 보였던 주드의 회색 눈을.

"응. 집에 불이 나는 꿈이었어. 꿈속에서는, 실제와 달리 유라와 내가 우리의 플랫에서 각자 할 일을 하고 있어. 나는 고장난 청소기를 고치고 있었고, 유라는 아마도 별것도 아닌 일로 토라져 방에 있었을 거야. 어디선가 뭔가 타는 냄새가 나고 연기가 집 안으로 들어오기 시작해. 무슨 냄새가 나지 않아? 유라가 놀라서 방 밖으로 나오고, 기다려봐, 잠깐 나가보고 올게, 내가 신발을 신고 밖으로 나가. 나는 나가자마자 다급하게 다시 집 안으로 돌아와. 불이야, 얼른 여길 나가야 해. 유라와 나는 허둥지둥해. 나는 기타를 들고 유라는 우왕좌왕하더니 방으로 들어가 비자가 붙어 있는 여권을 들고 뛰쳐나와."

거기까지 말하고 주드는 말을 멈췄다. 나는 그의 이야기가 어떻게 이어질지 조금도 예측할 수 없었다. 강변에는 사람들이 별로 없었다. 정조(停潮) 때의 바다처럼 사방이 고요했다. 유람선만이 멀리서 타워브리지를 향해 느리게 나아갔다.

"꿈속에서 우리는 달리고 또 달려. 구릉 같은 데를. 더이상 불길이 닿지 않는다는 생각이 들 때까지 쉬지 않고. 돌아보지 마. 누군가가 나를 잡아당겨. 그런데 나는 단 한번만, 단 한번만 뒤돌아보고 싶은 거야. 불타오르고 있는 나의 집을. 집 위로 솟구치는 불길을. 푸른 하늘 위로 차오르는 검은 연기를."

주드는 말을 멈췄다. 그의 표정을 좀처럼 읽을 수 없었다.

"그래서 돌아봤니?"

그는 잠시 가만히 있더니 고개를 끄덕였다.

"집이 불길에 휩싸여 있고, 파란 하늘 위로 연기가 장엄하게 솟구쳤어. 유라는 두렵다고 내 옆에서 울었어."

주드가 낮은 목소리로 말했다.

"그런데 나는 그것이 아름다워서, 너무 아름다워서, 눈을 뗄 수가 없었어."

불이 옮겨붙기라도 한 것처럼 나뭇잎들이 바람에 서로 다른 채도의 주홍빛으로 일렁였다. 걷잡을 수 없이 번지는 불길처럼, 연약한 존재를 송두리째 집어삼키려는 불길처럼.

"어떻게 설명하면 좋을지는 모르겠어, 준."

나는 놀라서 그를 올려다보았다. 그의 목소리가 울음을 참고 있는 것처럼 떨렸기 때문에. 주드는 나에게 말했다. 갑자기 눈을 뜬 순간, 그의 눈에 들어왔던 착색된 벽과 모서리가 험하게 닮은 사물을 연상시키며 한데 뒤엉켜 있던 빨랫감 같은 것들에 대해서. 그리고 덧붙였다.

"준, 너에게 이야기한 적이 있지. 나는 일생에 걸쳐 아버지처럼 살지 않기 위해 최선을 다했다고. 나는 정말 아버지처럼 무책임한 사람이 되고 싶지 않았어. 나는 정말 유라를 사랑했어. 그런데 어떻게 설명해야 좋을지 모르겠어. 어느날 아침 깼는데, 혼자 살아야겠다는 생각이 들었을 뿐이니까."

투어버스는 비틀스의 발자취를 따라 리버풀의 이곳저곳을 헤매다가 이제 스트로베리 필드로 향한다. 마치 그들이 남겨놓은 흔적들을 찾아 형태대로 끼워맞추면 어떤 하나의 실체를 입증할 수 있기라도 한 것처럼. 스트로베리 필드 가까이 다가가자 가이드는 비틀스의 걸작으로 꼽히는 이 명곡 「스트로베리 필즈 포에버」를 존 레넌이 작곡한 것은 비틀스가 대중음악사에 전무후무한 기록들을 세우며 세계적인 밴드로 자리매김한 이후인 1966년이라고 설명하기 시작한다. 1966년이면 비틀스가 미국까지 제패해 그들이 꿈꾸던 부와 명성을 모두 얻고 난 이후이고, 동시에 주드의 아버지가 술을 입에 대기 시작했을 무렵이다. 가이드는 존 레넌이 스트로베리 필드에 대한 곡을 쓰면 어떨까 하는 영감을 얻은 것은 역설적으로 그들이 어마어마한 성공을 거두었기 때문이라고 말한다. 그들이 세계적인 밴드가 되지 않았다면, 그래서 연주를 중단해도 알아채는 이가 없을 정도로 팬들이 비명을 지르지 않았다면, 그들이 월드투어를 하지 않았다면, 그래서 필리핀에서 대통령을 무시한다는 오해를 받을 일이 발생하지 않았거나 북미 투어 중 기독교인들의 항의를 받지 않았다면, 그들은 라이브 공연을 중단하기로 결심하지도 않았을 거고, 향수를 느끼지도 않았을 거고, 어린 시절 뛰어놀던 구세군 보육원을 추억하는 명곡이 탄생하지도 않았을 것이라는 얘기다.

버스가 또다시 멈추고 대다수가 미국인인 듯 보이는, 중년 부부거나 자매거나 먼 옛날 같이 고등학교를 다닌 동창생들처럼 보이는 관광객들이 일제히 버스에서 내린다. 존 레넌이 뛰어놀았다는 빨간 철문 안을, 관광객들이 그 앞에서 사진 찍는 모습을, 나는 이번에도 버스 안에 남아 비에 젖은 유리창을 통해 건너다본다. 어제의 것과 동일하지 않은 빗방울들. 차 안에서는 가이드가 틀어놓은 비틀스의 노래가 흘러나온다. 가이드가 나에게 다가와 "사진을 찍지 않나요?" 하고 묻는다. "마지막 코스는 비틀스가 첫 공연을 했던 캐번 클럽이에요." 캐번 클럽. 주드의 아버지가 그곳에서 연주하고 주드의 어머니가 웨이트리스로 일했을 때, 그들은 그들이 주고받은 눈짓이 훗날 지구 반대편에서 태어난 동양 여자에게 어떠한 영향을 미칠지 짐작도 하지 못했으리라.

나는 언젠가 수업 때문에 해럴드 핀터가 1960년 즈음 쓴 짧은 글을 읽은 적이 있다. 그 글에서 핀터는 "자신의 과거 경험이나, 현재의 행동 혹은 열망에 관해서 아무런 설득력 있는 논거나 정보를 주지 못하고, 자신의 동기에 대한 포괄적인 분석도 제시하지 못하는 무대 위의 인물은 놀랍게도, 이 모든 것을 할 수 있는 인물과 마찬가지로 정당하고 주목받을 만하다."라고 말했다. 나는 처음에 문장 구조를 잘못 파악한 탓에 해석하는 데 애먹은 그 구절을 때때로 곱씹는다. 그리고 주기가 일정치 않은 밀물과 썰물처럼, 그 시절 나를 덮쳤던 감정의 실체가 무엇이었는지 나는 결코 설명해낼 수 없을 거라고 생각한다. 그것은 주드가 일생을 바쳐 이해해보려 했던 아버지와 자신의 관계처럼, 유라가 알고 싶었던 주드가 변심한 이유처럼, 끝내 파악될 수 없는 것이리라. *Nothing is real, and nothing to get hung about.* 가느다랗던 빗줄기가 폭우로 변하고 창밖의 사람들이 비명을 지르며 버스 안으로 뛰어 들어온다. 버스 천장을 두드리는 요란한 빗소리에 누군가가 볼륨을 높였는지 좀더 커진 노래를 사람들이 따라 부르기 시작한다. 나도 주드가 언젠가 그러했듯 리듬에 맞춰 손가락을 까닥거리며 나지막이 따라 흥얼거린다. Farewell, Jude. 우리의 안은 어째서 이토록 한치 앞을 내다볼 수 없게 어두운 걸까. 마치 아무도 살지 않는 텅 빈 나무 속처럼.

시 차

밤하늘의 별처
럼 무수한 도시들
을 횡단하면서 사
진 속에 붙잡아
두고 싶었던 찰나
는 무엇이었을까.

그가 떠나고 얼마 지나지 않아 그녀 앞으로 국제우편 한통이 배달되었다. 그녀는 남편 책상 위에 놓인 마호가니 손잡이 페이퍼 나이프로 봉투의 한쪽 모서리를 반듯이 갈랐다. 봉투 안에는 지난여름 강원도 함백산에서 찍었다는 밤하늘의 사진이 한장 들어 있었다. 먹으로 그린 듯 완만한 산등성이 위로 펼쳐진 하늘은 오징어잡이 배들의 불빛 때문에 새하얗게 빛났고, 하늘은 고도가 높아질수록 점점 더 감파래졌다. 유성처럼 쏟아지는 별빛은 청록색 창공을 사선으로 그으며 떨어져내렸다. 그것은 언젠가 그가 보여주었던 북극광의 사진을 연상시켰다. 사진 뒷면에 그는 이것이 유성우가 아니라 장시간 촬영으로 별이 움직인 흔적을 찍은 것이라고 적어두었다. 사실 움직인 것은 별이 아니라 지구였겠지만. 그는 짧은 편지의 끝에 이렇게 썼다. 그때, 네가 우주의 끝에는 무엇이 있냐고 물었잖아. 우주가 끝나는 날엔 블랙홀이 우주를 집어삼킨 뒤, 블랙홀마저 집어삼켜져 그것조차 사라질 것이라고 해. 그러니 모든 것이 소멸한 우주의 끝에는 더이상 아무것도 없고 어떤 변화도 일어나지 않겠지. 그러면 틀림없이 시간의 의미 또한 사라질 거야. 시간은 더이상 한 방향으로 흐르지 않을 거야. 암호 같은 몇개의 문장으로 이뤄진 편지는 약간의 여백을 두고, 전부 다 대문자로 쓰인 다음과 같은 문장으로 끝을 맺고 있었다. HAVE A GOOD LIFE.

그녀는 그를 알게 된 이후 가끔씩 북극에 대해 상상했다. 균일한 빛깔의 얼음과 짙푸른 하늘을, 끝도 없이 펼쳐진 영원의 적막을. 그리고 카메라 뷰파인더에 눈을 댄 채 하늘을 바라보며 그가 느꼈을 고독 같은 것을 말이다. 그는 많은 날들 동안 얼음 위를 그저 걷고 또 걸었다고 했다. 그때 그는 얼음 위에서 무슨 생각을 했을까. HAVE A GOOD LIFE. 그녀는 그가 보내온 사진을 화장대 거울 앞에 세워놓았다. 비스듬히 세워진 밤하늘 위로 수억년 전에 반짝였을 별빛들이 뒤늦게 쏟아지고 있었다.

그녀는 그와 지난여름 처음 만났다. 약속 상대를 기다리게 하는 것을 몹시 싫어하는 그녀는 15분 미리 약속 장소에 나가 있었는데, 그는 까페 앞에 서 있는 그녀를 먼저 발견하고 슬며시 웃었다. 그가 웃자 눈매는 초승달 모양으로 휘어지고, 눈가에 주름이 세가닥 선명하게 잡혔다. 그녀는 자신 역시 웃으면 눈이 그렇게 된다는 사실을 잘 알고 있었다. 낯이 익어 오히려 더 낯설게 느껴지는 그의 얼굴을 향해 그녀도 어색하게 미소를 지어 보였다. 그들이 처음 만난 것은 대학가 지하철역 근처의 대형 프랜차이즈 까페 앞이었다. 그 많은 사람들 틈에서 그들은 어색한 얼굴로 서로를 알아보았다.

그녀의 어머니가 그에 대한 이야기를 처음 꺼낸 것은 서울 시내가 한눈에 내려다보이는 호텔에서 식사를 마치고 집에 돌아왔을 때였다. 그날, 그녀는 남편의 승소를 축하하기 위해 친정 식구들과 호텔에서 저녁식사를 함께했다. 남편이 대접하겠다며 그녀의 부모를 모신 자리였다. 그녀의 부모는 덕분에 기분이 매우 좋았다. 식당은 광둥요리의 대가로 알려진 셰프가 있는 곳으로 광둥요리는 물론 사천과 북경 그리고 상해 요리까지 포함해 중국의 4대 진미를 모두 맛볼 수 있다고 소문이 나 있었다. 아버지는 수정방을 몇잔이나 마셨다. 술을 잘 못하는 그녀의 어머니는 딱 한잔만 마셨는데도 얼굴이 붉어졌고, 많이 웃었다. 분위기가 내내 좋았기 때문에 집으로 돌아간 뒤 몇시간이 채 지나지 않아 어머니가 심각한 목소리로 전화를 걸어왔을 때 그녀는 깜짝 놀라지 않을 수 없었다. 어머니는 그를 만나달라고 했다. 그때까지 그의 존재를 짐작조차 하지 못했으므로, 그녀는 잠시 할 말을 잃었다. 만나서 무얼 해야 해? 그녀가 가까스로 대답을 하자 반응이 어떨지 몰라서 긴장하고 있던 어머니는 조금쯤 편안해진 목소리로 그냥 하루 만나서 관광 정도 시켜주고 밥도 사주었으면 좋겠다고 답했다. 사실 묻고 싶은 것들이 더 많았지만 어머니의 곤란해하는 말투는 더이상 깊이 묻지 말라고 말하고 있었다. 아주 오래전, 어머니 뜻에 맞춰 살기로 결심했던 그녀로서는 그냥 어머니가 불러주는 그의 연락처를 받아 적고 전화를 끊었다. 종이에는 '최정훈'이라는 이름과 이메일 주소가 적혀 있었다.

그녀는 남편이 잠들기를 기다리며 화장대 앞에 앉아 아이크림과 재생크림을 정성 들여 발랐다. 남편은 매일 그렇듯 자동차 관련 잡지를 훑어보다가 잠이 들었다. 그녀는 컴퓨터를 켜고 그에게 이메일을 보냈다. 그는 마치 그녀의 메일만을 하루 종일 기다리고 있었던 것처럼 금세 답장을 보내왔다. 그녀는 그가 묵고 있다는 게스트하우스 근처의 프랜차이즈 까페에서 만날 약속을 잡고 컴퓨터를 껐다. 메일 속 그는 영어에 능숙했고 그녀는 약간 안심했다.

그다음 날, 그녀의 남편은 여느 때와 다름없는 태도로 조간신문을 읽고, 아침을 먹고, 출근 준비를 했다. 여느 날과 차이가 있었다면 그녀의 어머니가 연락을 했느냐고 묻는 문자메시지를 보내왔고, 그녀가 걱정 말라고 답을 했다는 것뿐이었다. 그녀의 어머니는 답을 받고 안심했다. 그녀의 남편은 여느 날처럼 서둘러 회사로 출근했다. 그녀는 삐죽 나와 있는 테이블 의자를 제자리에 가지런히 밀어 넣었다.

그는 말수가 없는 편이었다. 어쩌면 그녀가 불편해서일 수도 있었다. 아니면 단순히 낯을 가리는 편이거나. 그는 그녀보다 키가 작았고 머리를 아주 짧게 깎았다. 그의 귓불에는 작은 귀걸이가 박혀 있었다. 청바지에 티셔츠 차림인 그는 웃을 때 제법 소년처럼 보였다. 그의 나이가 서른여덟임을 어머니를 통해 미리 듣지 않았더라면 그녀는 그가 자신보다 어릴 거라고 짐작할 뻔했다. 그렇지만 무표정일 때의 그는 틀림없는 서른여덟살로 보였는데, 그 때문인지 그녀는 그가 조금 어려웠다. 일곱살이나 많은 낯선 외국인 남성, 그것도 세상에 존재하는 줄도 몰랐던 이종사촌과 갑자기 하루를 보내야 하는 상황이 온다면 누구라도 아마 자신처럼 막막한 심경을 느꼈을 것이라고 그녀는 생각했다.

그들은 함께 지하철을 탔고 종로에 갔다. 이 도시를 처음 찾는 외국인이라면 으레 찾는 거리를 보여주어야만 하지 않을까 하는 생각을 그녀가 했기 때문이었다. 평일이라 그런지 거리는 비교적 한산했다. 허름한 골목에서는 노인들이 이른 시간부터 조미료 범벅의 찌개를 앞에 놓고 큰 소리로 무엇인가에 대해 토론하고 있었다. 그는 붓이나 부채 같은 조잡한 관광상품보다 트럭에서 파는 참외 같은 것들을 더 신기해했다. 잡곡을 파는 오래된 상점 앞에 한참을 서서 색깔이 고운 콩들을 만져보기도 했다. 참기름을 짜는지 상점 앞까지 고소한 냄새가 진동했다. 무슨 냄새야? 그가 물었다. 참기름을 만드나봐,라고 대답하면서 그녀는 고소하다,라는 형용사는 영어에 없을 것 같다고 생각했다. 아마 모르긴 몰라도 네덜란드어에도 그런 단어는 없을 것이다. 이거 이만큼만 살까? 푸른 콩 한줌을 집는 그의 손을 보며 상점 주인은, 아니 남자 손이 뭐가 이리고와, 했다. 정말 그의 손가락은 가늘고 길었다. 그녀는 고생을 안해본 손이 틀림없다고 생각했다. 그녀는 이모의 손을 떠올렸다. 무엇에 쓰려는 것인지 그는 색색의 콩을 한줌씩 샀다. 봉지를 흔들자 색색의 콩들이 차르륵, 서로 부딪치며 소리를 냈다. 그 소리를 들으며 그가 또 웃었다.

그는 네덜란드에서 왔다고 했다. 네덜란드는 튤립이 유명하지? 하고 묻자 그는 고개를 끄덕였다. 아, 풍차도. 그녀의 말에 그가 웃었다. 그들에게는 공통의 화젯거리가 별로 없었다. 이모에 대해서는 그도 그녀도 말하지 않았다. 더위를 피하기 위해 찾은 까페에서 그들은 어색함을 견디기 위해 물컵을 옮기고 휴대전화를 만지작거리다가 자꾸 웃었다. 그는 팥빙수를 신기해했다. 비벼 먹는 게 좀 그렇지만 맛은 있어. 그녀의 말에 어, 정말 그렇네,라고 그가 대꾸했다. 에어컨 바람이 지나치게 세게 나오는 까페 안은 젊은이들로 가득했다. 외국인은 없어 보였다. 적어도 겉으로는 그 역시 다른 사람 눈에 외국인처럼 보이지 않을 것이라고 그녀는 생각했다. 숟가락으로 버무린 자리를 따라서 팥물이 든 얼음이 녹아내렸다. 성기던 얼음조각들이 사라져버렸다. 달다. 그가 말했다.
어디에 가고 싶어?
그는 가방에서 파란 표지의 여행책자를 꺼냈다. 론리플래닛. 푸른 바탕에 어느 옛 건물의 울긋불긋 화려한 단청이 확대되어 있는 표지는 아직 새것처럼 빳빳했다. 책을 읽은 것처럼 보이지는 않았지만 남산타워가 있는 페이지만은 모서리가 접혀 있었다. 그는 서울에서 가장 하고 싶은 것이 야경을 보는 일이라 했다. 그렇지만 야경을 보려면 밤까지 기다려야 하는데. 그 전에는 어디에 가야 하나 고민하며 여행책자를 뒤적이던 그녀의 눈길이 수산시장 사진 위에서 멎었다. 그녀가 남편의 업무 때문에 자주 만나는 주재원 부인들은 모두 수산시장을 신기해했다. 어쩌면 무의식적으로 이모를 연상한 것일까. 그녀가 잠시 이모를 떠올리고 있을 때, 네덜란드에 와봤어? 그가 물었다.

아니. 네덜란드는 어때?

그가 잠시 생각하더니 대답했다.

작고, 조용하지.

한국은 어때?

그가 답했다.

한국은 아직 모르겠고 서울은, 크고 시끄러운 것 같아.

그가 덧붙였다.

아주 덥고.

그가 웃었다. 그녀도 웃었다.

그가 사는 도시의 이름은 로테르담이었다. 그는 휴대전화를 꺼내어 지도에서 그가 산다는 도시의 위치를 찾아 보여주었다. 휴대전화에 저장된 사진도 몇장 보여주었는데, 사진 속에는 즐비한 청회색 지붕의 벽돌 건물들과 잿빛 운하가 담겨 있었다. 그리고 그의 가족. 사진 속에 있는 백인 남자와 여자, 줄무늬 고양이와 한명의 동양 여자를 그녀는 보았다. 무슨 말이든 하고 싶었지만 무슨 말을 하는 것이 적절한지 몰라 그녀는 잠시 망설였다. 그들은 아주 행복해 보였다.

부모님이 다정해 보이신다.

그녀의 말에 그는 고개를 크게 끄덕였다. 그들은 팥빙수를 남김없이 먹고, 물을 한잔 마시고, 까페를 빠져나왔다. 그녀는 지도를 보며 수산시장으로 가는 동선을 확인했다. 그사이 그는 카메라를 꺼내어 거리를 찍었다. 사람들이 커다란 카메라를 들이대는 그를 흘깃 쳐다보고 지나갔다.

그녀는 사실 이모를 잘 몰랐다. 이모는 너무 멀리 살았다. 일찍 고향을 떠나 그녀가 태어나기 이전부터 수도권에 정착한 그녀의 가족이나 엄마의 다른 형제자매들과 달리 이모는 서남단에 위치한 고향에 남았다. 이모는 친척 모임이 있을 때마다 자주 소외되었다. 많으면 1년에 한두번 명절 때에야 겨우 이모를 볼 기회가 있었는데 어려서부터 이모는 그녀에게 그저 까맣고 작다,는 인상을 주는 사람일 뿐이었다. 그녀의 어머니보다 손위였지만 이모는 마치 자기가 동생인 것처럼 어머니를 따랐다. 이모가 중학교만 나온 데 반해 그녀의 어머니는 박사학위까지 받았기 때문인지, 아니면 소심하고 겁이 많은 이모와 달리 어머니에게 결단력과 추진력이 있기 때문인지는 알 수 없었다. 그렇지만 분명한 것은 이모에게 크고 작은 일들이 일어날 때마다 그 모든 것을 처리해주는 것은 언제나 어머니라는 사실이었다. 양식업에 종사하는 이모부 덕분에 명절 때마다 그녀의 가족은 싱싱한 해산물을 선물로 받을 수 있었다. 이모부는 이모보다도 더 말수가 없었고, 사투리를 심하게 썼으며, 일중독이었다. 이모와 이모부 사이에는 그녀와 동갑인 아들이 하나 있었다. 아주 어렸을 때 누군가의 장례식장에서 어른들을 따라 조문객들에게 절을 하다 혼났던 일을 제외하면 같이 어울린 기억은 없었다. 그는 중고등학교 시절 사고를 많이 쳤고, 고등학교를 졸업한 이후에는 바로 택배 일을 시작했다. 트럭을 몰고 이 도시에서 저 도시로 달리는 그가 언젠가 그녀의 택배도 저 멀리 누군가에게 운송했을지도 모르지만, 그녀는 어쨌든 성인이 된 그와 마주친 적이 없었다.

수산시장에는 비린내가 진동했다. 그들은 바다의 웅덩이를 피해 성큼성큼 걸었다. 신발 굽이 높은 탓에 그녀는 웅덩이를 피하다가 종종 비틀거렸다. 그는 지금껏 그들이 함께 갔던 곳, 보았던 것들 중에서 수산시장을 가장 좋아하는 게 틀림없었다. 그는 개불이 남성의 성기를 닮았다며 낄낄대다가 그것의 한국 이름이 개의 불알에서 유래했다는 것을 듣고는 폭소했다. 그는 그의 나라에서는 본 적이 없는 생선들을 호기심 어린 눈으로 바라보았다. 좌판에 줄지어 누워 있는 생선의 등이 푸른빛으로 반짝거렸다. 바다색이 아니라 낡은 대중목욕탕의 깨진 타일을 연상시키는, 어딘지 안쓰럽고 처연한 푸른빛이었다. 그녀는 소란스러운 수산시장 안을 거닐며,

화난 사람처럼 딱딱한 그의 말투가 네덜란드어 특유의 억양 탓일지도 모르겠다고 생각했다. 괜찮다는 그를 굳이 끌고 수산시장 내의 음식점으로 들어섰다. 개불과 멍게, 해삼을 조금씩 주문하고 소주를 시켰다. 얼굴을 찡그리며 손사래 치는 그에게 억지로 해산물을 먹이고 소주를 따라주었다. 낮술에 얼굴이 붉어졌다. 그녀가 그에게 물었다. 근데 너 네덜란드 이름은 뭐야? 그가 웃더니 차례차례 알파벳을 불러주었다.

V, I, N, C, E, N, T.

아, 빈센트!

빈센트라는 이름에 오래전 귀를 잘랐다던 고독한 화가의 얼굴이 떠올랐다.

반 고흐, 빈센트 반 고흐?

그녀는 자꾸 실없이 웃고 싶었다.

너도 그림 그려?

그는 사진을 찍는다고 했다.

무엇을?

음… 밤하늘을.

그는 오로라를 찍기 위해 북극에 갔던 일을 이야기하기 시작했다. 처음 도착했을 때 그를 놀라게 했던 완벽한 고요에 대해서. 발밑에서 눈이 부서지던 소리와 바닷새의 날갯짓 소리 말고는 아무것도 들리지 않았던 완벽한 침묵의 순간에 대해. 그가 만났던 한 사내의 삶에 대해. 그리고 그 사내가 체중을 재기 위해 귀에 인식

표를 달아야 했던 북극곰에 대해서.

낮술에 얼굴이 달아올랐고, 그녀는 벽에 등을 반듯이 대고 앉아 그를 바라보았다. 그의 낯설고, 낯익은 얼굴을. 잘 알지 못하는 남자와 단둘이 술을 먹는 것은 결혼 후 처음 있는 일이었다.

한국에는 왜 왔니?

술기운을 빌려 그녀가 물었다.

우리는 한 사람에 대해 얼마나 알고 있을까. 그녀는 빈센트를 보며 생각했다. 그녀는 이모에게 서른여덟해가 묵은, 두개의 눈과 두개의 발, 수십조(兆)개의 세포로 이루어진 비밀이 있다는 사실을 짐작조차 하지 못했다. 그녀의 어머니는 빈센트, 아니 정훈에 대해 말하며 목소리를 낮췄다. 이모부도 모르고, 아빠도 모르는 일이야. 언니는 그때 고작 스물셋이었어. 스물셋. 어릴 때는 누구나 잘못을 저지를 수 있잖니. 어머니가 낮고 단호한 목소리로 말했다. 갑자기 그녀의 심장이 무엇인가에 내몰리는 짐승처럼 쿵쿵쿵쿵, 빨리 뛰었다. 어머니는 송수화기 너머에 있으므로 보이지 않았지만 그녀는 마치 어머니의 얼굴을 마주하고 있는 것만 같았다. 어머니의 눈은 지난 10여년 동안 불씨가 꺼진 방처럼 서늘하고 어두웠다. 사람들에게는 누구나 비밀이 있는 법이다. 아무에게도 발설할 수 없고, 누구에게도 들통나서는 안되는 비밀. 그녀는 잘 알고 있었다.

그들은 남산에 올라 야경을 보고 나서 헤어졌다. 그녀에게는 어머니를 대신하여 그에게 전해야 할 말이 있었다. 사실 어머니가 그를 만나달라고 부탁한 것은 그 말을 전하기 위함이었다. 그녀가 머뭇대는 사이 그들은 지하철 입구에 다다랐다. 헤어지기 전, 그가 말했다.

강원도에 갔다가, 다시 서울에 돌아오면 토요일이야. 그때 다시 볼 수 있을까?

토요일에 한번 더 만날 거라면 어머니의 전언을 지금 전하지 않아도 될 것이다. 그 말을 꼭 지금 전할 필요가 없어졌다고 생각하자 그녀는 마음이 편해졌다. 그들은 토요일에 다시 보기로 하고 헤어졌다. 그는 강원도로 갔고, 그녀는 서울에 남았다. 서울에 남아 남편을 위해 야채주스를 만들고, 식사를 준비하고, 요가학원에 갔다. 남편은 한결같이 다정했으나 늘 바빴다. 남편은 그 무렵 유명 케첩회사의 허위광고 여부에 대한 검찰 조사를 대비하고 있었다. 그들의 신혼집은 외국인 주재원들이 주로 거주하는 지역에 있었는데 그녀는 매주 화요일마다 주재원 부인들에게 한국요리를 가르쳐주는 자원봉사를 했다. 수요일에 그녀는 시내 서점에 들러 영문서적 코너를 구경하다가 고흐의 전기를 우연히 발견했다. 뒤표지에는 전기문학의 새 지평을 열었다고 평을 받는 캘리포니아 주립대학의 영문과 교수가 쓴 책이라고 적혀 있었다. 앞표지를 장식한 그림은 남편과 몇해 전 뉴욕현대미술관에서 실제로 보았던 작품의 복사본이었다. 영문과를 졸업하고 결혼하기 직전까지 로펌에서 번역 일을 했던 그녀는 직장을 그만둔 뒤부터 영어로 된 글을 읽을 일이 많지 않았다. 그녀는 영문소설 두권과 함께 영문판 반 고흐 전기를 구입했다. 목요일과 금요일에는 동네 까페에 나가 커피를 마시며 고흐 전기를 읽었고, 간간이 마음에 드는 문장을 찾으면 밑줄을 그었다. 그녀는 예술에 대해 아는 것이 없었지만 이를테면 "예술이여, 우리를 구원해다오. 너의 가없는 축복 없이는 우리가 고통을 이겨낼 수 없을지니." 같은 문장에, 혹은 "고흐는 만사가 변하게 마련이라는 불멸의 법칙을 알고 있었다." 같은 문장에, 그리고 "사랑하는 테오야, 밤이 깊어졌다. 너는 여기에 없구나." 같은 문장에 밑줄을 그었다.

그들은 시외버스 터미널에서 다시 만나기로 했다. 시내의 고가도로 철거공사 탓에 그녀는 의도치 않게 조금 늦었다. 그녀는 오른쪽 아랫입술을 습관적으로 씹었다. 그는 그의 몸피보다 큰 배낭을 발밑에 놓은 채 대합실 기둥에 기대서 있었다. 수많은 사람들 틈에서 이번에도 그는 그녀를 금세 알아보았다. 그녀는 윗니로 물고 있던 아랫입술을 놓았다. 그에게서는 여행자의 냄새가 났다. 이곳에 속하지 않는 사람의 냄새. 그는 지난번에 만났을 때 그녀에게 이번 장기 여행을 위해서 일하던 고등학교에 휴직계를 냈다고 말했다. 그의 계획대로라면 일본에서 며칠을 보낸 그는 한국에서 열흘을 보낸 후 중국에 갔다가, 네팔로 넘어갈 것이었다. 히말라야 산맥의 설경과 밤하늘을 사진에 담고 싶다고 했다. 그에게 한국은 경유지 그 이상도 이하도 아니라고도 했다. 그녀는 하루를 같이 보냈다고 아주 조금은 익숙해진 그의 얼굴이 처음 만났을 때보다 더 그을었다고 생각했다. 재회하거나 이별하는 사람들의 틈을 빠져나오며 오늘 특별히 가고 싶은 곳이 있냐고 그에게 물었다. 그는 잠시 고민하더니 다시 한번 서울의 야경이 보고 싶다고 말했다.

그녀는 일하던 로펌에서 남편을 만났다. 그는 로펌에 속한 변호사였는데 그들은 종종 엘리베이터 안에서 마주쳤다. 그녀가 남편과 결혼하겠다고 말했을 때 그녀의 부모는 무척 흡족해했고, 온갖 친지와 친구들에게 그녀와 그녀의 남편을 자랑했다. 결혼식은 호텔에서 호화롭게 치러졌다. 그녀의 부모는 주변 사람들의 부러움 어린 시선을 한껏 즐겼다. 그녀는 부모가 기뻐하는 것을 삶의 이유로 알았기 때문에 세상 어떤 신부보다도 그 순간 행복했다. 어머니와 아버지 모두 대학교수로 현직에 있을 때여서 식장은 하객들로 붐볐다. 그녀가 학창 시절 1등을 하거나 명문대학에 입학하거나 좋은 직장에 취직했을 때, 주변 사람들은 웬만한 아들보다 몇배 더 나은 딸이라고 그녀를 치켜세웠다. 결혼식날까지 5킬로그램을 감량한 그녀는 평소보다 훨씬 예뻤고, 변호사인 남편은 굽 높은 신발을 신어 키가 훤칠해 보였다. 대부분의 하객들은 사진 촬영을 하는 그녀의 식구들을 쳐다보며 어떻게 이렇게 많은 행운이 한 가족에게 몰릴 수 있는지 질투 섞인 의문을 품었다.

그들은 63빌딩에 도착했다. 남산타워에는 한번 올랐으니 시내가 내려다보이는 63빌딩에 데려가면 되겠지, 하고 생각한 것까지는 좋았는데 야경을 볼 수 있을 때까지 너무 많은 시간이 남았다. 근처에 국회도 있고, 방송국도 있어. 그녀가 당황해서 이런저런 아이디어를 꺼내놓자 그는 괜찮다며 그냥 전망대에나 올라가보자고 말했다. 그들은 엘리베이터를 타고 건물의 가장 높은 곳까지 올랐다. 날씨가 맑아서 시내가 한눈에 들어왔다. 건물들이 들쑥날쑥한 탓에 풍경이 그다지 아름답지는 않았다. 그녀는 오래전 부모와 함께 살았던 강변의 아파트를 눈으로 찾았다. 지은 지 벌써 40년이 더 된 그 아파트에서 그녀는 초등학교 6학년 때까지 살았다. 그 무렵 근방에서 가장 높은 건물이었던 아파트는 이제 주변의 더 높은 건물들에 둘러싸여 왜소해 보였다. 서울은 확실히 밤에 보는 게 더 나아. 남산에서 보는 게 나았지? 그는 발밑에 흐르는 강이나 조그만 자동차들을 질리지도 않는지 계속 내려다보았다. 그녀는 지난번 남산타워에 올랐을 때도 그가 꽤 오랜 시간 도시를 내려다보았던 사실을 떠올렸다. 그는 집집마다 불이 켜진 도시의 밤을 한참 바라보았다. 그날 그의 얼굴은 담담했고 평온해 보였다. 아름답다, 라고 그가 말했다. 축제의 시작을 기다리듯 기대로 가득하던 눈빛.

유럽의 밤이랑은 아무래도 다르지?

그 밤, 그녀의 질문에 그는 고개를 끄덕였다.

내가 사는 곳에서는 보통 이렇게 늦게까지 사방에 불을 밝혀놓고 있지는 않아.

오후의 햇살을 받은 도시는 초라했다. 그녀는 그를 따라 창밖을 보다가 강변에 늘어선 푸른 나무들을 발견했다. 벚나무였다.

봄이면 저 거리에 온통 꽃이 펴.

그녀가 말했다. 체리 블로섬. 시간이 흐르면 꽃이 피고 진다. 그리고 시간이 더 많이 흐르면 마른 가지에서 또다시 움이 튼다. 살아가면서 필요한 것은 단지 그런 것뿐인지도 몰랐다. 시간의 흐름이 허락하는 선한 치유. 그러나 아무리 시간이 흘러도 끝내 지워지지 않는 것들도 있다. 그럼에도 사람들은 시간을 살아낼 것이다. 희망을 버리지 못하고. 그녀는 유리 너머를 바라보며 덧붙였다. 저 나무에서는 하얀 꽃잎이 눈꽃처럼 떨어져. 언젠가 너도 볼 수 있기를.

그들은 전망대 벤치에 앉아 해가 지기를 기다리기로 했다. 그는 별로 말이 없는 편이었으므로, 둘 사이에는 자꾸 침묵이 흘렀다. 해가 질 때까지는 아직 시간이 많이 남았고, 그녀는 침묵이 흐르면 같이 있는 사람이 불편해하고 있는 것은 아닌지 걱정하는 성격이었다.

어떻게 하다가 별 사진 찍는 일에 관심을 갖게 됐어?

그녀는 애써 질문거리를 찾아내었다.

천문학을 공부했거든.

그의 답은 짧았다.

한국엔 처음 온 거잖아, 한국에서도 별 사진은 찍을 만해?

그녀의 질문에 그가 답했다.

한국에는 사실 두번째인 거지.

그는 농담조로 말하며 왔다 갔다를 뜻하듯 왼쪽 검지로 앞을 한 번, 엄지로는 뒤를 한번 가리켰다. 처음에는 그의 말이 무슨 뜻인지 알아듣지 못했던 그녀는 이내 왜 두번째인지를 깨닫고 당황했다. 그녀가 그의 농담에 어쩔 줄 모르겠다는 표정을 감추지 못하자, 그 역시 당황하기 시작했다. 어색한 침묵이 흘렀다. 그녀는 또다시 억지로 화젯거리를 찾았다.

밤하늘의 별을 보고 있으면 가끔 무섭지 않아?

그는 대꾸가 없었다.

난 가끔 우주를 생각하면 무섭더라고. 우주가 계속 팽창하고 있다던데, 그 끝엔 과연 뭐가 있을까, 하고.

그녀는 자꾸 쓸데없는 말을 늘어놓았다. 그는 계속 답이 없었다. 그녀는 낭패라고 생각했다. 대체 왜 잘 알지도 못하는 사람과 63빌딩 꼭대기에 앉아 이러고 있어야 하는지 원망스러운 마음이 들었다. 그만 가자. 그녀는 속으로 몇번이나 이 말을 되풀이했다. 그만 일어나자. 그녀는 어떻게 해야 이 어색함을 풀 수 있을지 몰랐다. 아랫입술을 물고 싶은 충동을 억누르며 어금니를 꽉 물었다. 느닷없이 그가 입을 열었다.

왠지 고양이들의 마음을 알 것 같아.

네덜란드에서 그가 키웠던 세마리의 고양이들에 대한 이야기였다. 한마리는 까맣고 한마리는 회색이고 나머지 한마리는 갈색 바탕에 흰 얼룩무늬가 있는 고양이였는데 각각 뉴턴, 아인슈타인, 볼츠만이라 불렀다고 했다. 너무 살이 쪄 뱃살이 땅에 끌리는 세마리의 늙은 고양이들은 언제나 창가에 앉아 이웃집에 불이 켜지는 것을 지켜보았다.

이웃집 불이 켜지길 기다리는 건지는 어떻게 알아?

그녀가 묻자 그는 어깨를 으쓱하며 사실 그건 나도 모르지, 하고 답했다. 아무튼 저녁 늦은 시간 집에 돌아올 때 코너를 돌면, 그는 언제나 3층 그의 집 창문가에 앉아 앞집을 내려다보고 있는 비대한 고양이 세마리를 볼 수 있었다. 그가 여행을 떠나기 직전까지 살았던 그 집은 16제곱미터밖에 되지 않아 몹시 좁았지만 복층이었다. 거대 고양이들의 털이 수시로 날리고, 그의 옛 애인이 잊고 간 브래지어가 어딘가에 처박혀 있을 그의 집.

그 고양이들은 어떻게 됐어?

그녀가 물었다.

한마리가 늙어서 죽었는데, 다른 한마리가 따라 죽었어.

그가 무심한 어조로 말했다.

나머지 한마리는?

그가 대답했다.

볼츠만은 부모님 집에 맡기고 왔지.

그런데 뉴턴, 아인슈타인은 다 알겠는데 볼츠만은 누구야?

그녀가 물었다. 유리창 너머로 건물들의 불이 일제히 반짝, 켜졌다.

시간이 이미 너무 늦었고 남편이 늦는다고 문자메시지를 보내왔기 때문에 그녀는 63빌딩 내의 식당에서 그와 간단하게 저녁을 먹었다. 그때 산 콩은 어쨌어? 그녀의 질문에 그는 커다란 가방에서 색색의 콩이 담긴 비닐봉지를 꺼내어 보여주었다. 그가 봉지를 흔들자 찰랑찰랑 소리가 났다. 헤어질 시간은 자꾸 가까워왔다. 그녀는 이번에야말로 지난번에 전하지 못한 말을 해야 한다는 생각이 들어 초조했다. 말을 꺼낼 방법이 떠오르지 않아 자꾸 머뭇거렸다. 그는 핸드폰을 꺼내어 저장되어 있는 사진들을 보여주었다. 북극광의 사진과 매컬츠 혜성 사진 같은 것들을. 식사를 다 마치고 나서도 그녀는 그에게 해야 할 말을 결국 전하지 못했다.

그들은 63빌딩을 빠져나오기 전에 기념품 가게에서 조잡한 기념품들을 구경했다. 그는 선반 위에 놓인 스노볼을 보면서 오래전 읽었던, 네덜란드 출신 입양아 작가가 쓴 '시차'라는 제목의 자전소설에 대해 이야기했다. 그 소설은 스노볼 속 플라스틱 집에서 흘러나오는 불빛을 동경해 스노볼을 훔치는 입양아에 대한 이야기라고 했다. 줄거리만 들어서는 꽤 슬픈 소설일 것 같다고 그녀는 생각했는데 그는 그저 지루하고 진부한 소설이었다고 짤막하게 말했다. 기념품 가게를 나설 무렵부터 그녀는 충동을 이기지 못하고 오른쪽 아랫입술을 씹었다. 그녀는 머릿속으로 말을 고르며 그와 함께 63빌딩을 빠져나왔다. 건물 밖은 시끄러운 소음과 거리를 가득 메운 인파로 정신이 없었다.

이게 무슨 일이지?

연인들과 가족들이 손을 잡고 모두 한곳으로 서둘러 향하고 있었다. 교통순경은 요란하게 호루라기를 불며 차량을 통제했다. 대체 무슨 일인가요? 그녀가 지나가는 누군가를 붙잡고 물었다. 그녀에게 팔을 붙들린 고등학생은 곧이어 한강변에서 불꽃축제가 있을 거라고 큰 소리로 알려주었다. 버스도 지하철도 정차하지 않는다 했다. 그녀의 심장이 조금씩 빠르게 뛰기 시작했다. 그녀는 사람이 많은 곳을 좋아하지 않았다. 차라리 다시 63빌딩 안으로 들어가 행사가 끝날 때까지 기다리는 것이 낫지 않을까 생각했다. 빈센트는 신이 난 얼굴로 불꽃놀이를 보러 가자며 그녀의 팔을 끌었다. 아! 그녀는 싫다고 말하려 했다. 사람이 많은 곳은 정말 질색이었다. 그렇지만 그는 성큼성큼 주저함도 없이 어느새 인파 속으로 들어갔다. 그의 뒷모습은 많은 사람들 속에 섞여, 파도 위에 떠올랐다 가라앉는 부표처럼 보였다가 보이지 않기를 반복했다. 인파 속에서 익사할 것 같은 그의 뒷모습을 보며 그녀는 본능적으로 다급하게 그의 뒤를 쫓았다. 그녀는 앞을 가로막고 걷는 사람들 틈에 몸을 비집었다.

사람들의 몸이

그녀의 몸을

밀치고 지나갔다.

어깨가 부딪쳤다.

부표 같은 그의 머리가,

사람들의 땀냄새.

솟았다가,

뺨에 닿은 타인 옷의 촉감.

가라앉고,

부딪쳐오는 단단한 육체.

다시 솟았다.

그러자 그녀의 몸에 아주 오래전 잃어버린 줄만 알았던 감각들
이 되살아났다.

17년 전의 일이었다. 초등학교 졸업식이 있던 날, 친구들과 찾았
던 놀이공원. 그날도 사람들이 이렇게 그녀의 몸을 부딪고 지나쳤
다. 손을 뻗어 사람들을 밀쳐냈지만 사람들이 그녀의 몸을 밀어내
고, 밀어내고, 밀어내었다. 그녀는 맹수에 쫓기는 연약한 짐승처럼

헐떡이는 심장의 고동 소리를 들었다. 사방을 둘러보았으나, 인파 속에서 아무도 발견하지 못했다. 큰 소리로 외친다고 생각했지만 목소리가 나오지 않았다. 분명히 그는 검표원 곁에 있겠다고 말했다. 아주 짧은 순간, 그녀가 친구들과 놀이기구를 타고 올 그 시간 동안 검표원 옆에 앉아 그녀를 기다리기만 하면 되었다. 그녀는 몇 번이고 그에게 주의를 주었고, 그는 알아들었다고 고개를 끄덕였다. 그녀를 기다리고 있던 친구들이 재촉하며 소리를 질렀다. 빨리 안 오면 우리끼리 간다. 그녀의 동생은 키가 너무 작아 놀이기구를 탈 수 없었다. 딱 한번만. 하지만 그녀가 놀이기구에서 내려왔을 때, 그는 더이상 그곳에 없었다.

그가 사람들을 뚫고 앞으로 나아갔다. 그녀는 그의 배낭에 얼굴을 묻다시피 한 채 그의 뒤를 따라갔다. 그들은 인파를 헤치며 가까스로 둔치의 가장 높은 곳에 올랐다. 하늘은 까맣고, 둔치는 사람들 머리로 가득 찼다. 장관이구나. 그가 말했다. 불꽃이 저쪽에서 터지나봐. 그는 강 쪽으로 몸을 틀었다. 검고 빛나는 물이 서쪽을 향해 흘러가고 있었다. 강 건너에는 몇채의 낡은 아파트들과 붉은 전광판을 매단 고층의 건물이 몇 서 있었다. 불꽃이 터지길 기다리는 사람들의 아우성. 그녀는 터질 듯 뛰는 심장을 가라앉히기 위해 크게 숨을 들이켰다. 다리에 힘이 풀렸다. 어머니와 아버지는 뭐가 그리 바빠 그를 그녀와 함께 놀이공원에 보내야만 했냐고 서로를 탓했지만 단 한번도 그녀를 탓하지 않았다. 어머니는 몹시 울었고, 미친 사람처럼 여기저기를 헤맸으나, 시간이 흐르자 아무 일도 없었던 듯이 일상을 살아내었다. 그녀의 도시락을 싸주었고, 학원에 차로 태워다주었고, 백화점에 데려가 옷을 사주었다. 어머니는 그녀를 위해 살아내야 했다. 그리고 그녀 역시 그녀의 부모를 위해 삶을 살아내야 했다. 그들은 두번 다시 그에 대해 이야기하지 않았다. 아무것도 달라지지 않았고 모든 것은 그대로였지만, 단 하나도 그대로인 것은 없었고, 모든 것은 달라져 있었다.

그녀는 가까스로 숨을 고르며 커다란 배낭을 발아래 내려놓은 채 강을 응시하는 그의 옆얼굴을 바라보았다. 그에게 어떻게 전해야 할까. 그의 생모가 그를 보기 원하지 않는다는 말을.

그의 발밑에 놓인 배낭은 길을 잃은 소년처럼 웅크리고 있었다. 그는 이 배낭을 메고 세계 곳곳을 떠돌아다니며 별을 카메라로 찍는다고 했다. 그런 그에게 한국은 그저 긴 여정 중 지나가는 곳에 불과할 뿐이라고 그는 틀림없이 지난번에 말했다. 그렇지만 그녀는 여전히 그에게 어머니의 전언을 어떻게 전해야 할지 알 수 없었다.

저것 좀 봐.

갑자기 그가 그녀를 향해 소리를 질렀다.

그녀는 그가 가리키는 방향을 쳐다봤다. 그곳에는 '재개발 반대'라는 현수막으로 가려진, 오래전 그녀가 살았던 아파트를 포함한 건물 세채가 서 있었다.

너도 보여? 저 건물들이 기울어지고 있어.

그녀는 그가 하는 말을 알아들을 수 없었다.

기울어졌다고?

응, 옆으로 기울어져 있잖아.

그는 강 건너의 건물들이 틀림없이 기울어져 있다고 했다. 그녀의 눈에는 강 건너의 어떤 건물도 기울어진 듯 보이지 않았다. 그는 몸을 30도가량 옆으로 숙였다.

이렇게 하고 봐야 똑바로 서 있는 것처럼 보여.

그의 몸이 기역자로 꺾였다. 심각한 얼굴로 몸을 꺾고 있는 그의 모습을 보고 있자니 웃음이 나왔다.

이렇게 하고 봐. 그럼 똑바르다니까.

그의 말에 그녀도 그를 따라 못 이기는 척 몸을 옆으로 휘었다. 세채의 건물이 곧이라도 쓰러질 듯 옆으로 비스듬히 누웠다. 누가 우리를 본다면 웃기다고 생각하겠지. 그녀는 생각했다. 이모를 꼭 닮은 빈센트. 그의 눈매와 콧방울이 이모를 닮았고, 나의 눈매가 엄마를 닮았으므로 어쩌면 우리는 누군가의 눈에 오누이처럼 보일지도 모를 것이다. 다정하고, 사이좋은 오누이. 단 한번의 이별도 겪지 않았고, 상처 따위 주고받은 적 없는, 서로에게 미안함이나 죄책감 따위는 간직하지 않은 오누이. 그가 몸을 일으켜 세웠다. 그녀도 몸을 일으켜 세웠다.

그녀를 볼 수 없는 거지?

그가 웃으며 물었다.

응.

그녀가 고개를 끄덕였다.

오빠.

그녀의 옆에 서서 먼 곳을 응시하던 그는 그게 무슨 뜻이냐는 듯한 눈빛으로 그녀를 바라보았다. 그와 그녀의 눈이 아주 짧은 순간 마주쳤다. 그녀는 손을 뻗었다. 그의 손끝이 그녀의 손끝에 닿을락 말락 했다. 펑, 소리와 함께 검푸른 하늘로 불꽃이 치솟았다. 사람들은 환호성을 지르고, 색색의 불꽃이 별똥처럼 떨어져내렸다. 간혹 꿈에서 그녀는 그날의 일을 보았다. 그는 울고 있고, 그녀를 따라가겠다고 떼를 썼다. 꼼짝 않고 기다리겠다고 웃으며 약속했던 기억 속의 그와 달리 꿈속에서 그는 그녀에게 놓고 가지 말라고, 데리고 가라고 떼를 쓰며 운다. 그녀는 친구들이 부르는 소리에 마음이 다급해져 딱 한번만, 하는 마음으로 그의 손을 뿌리친다. 그의 손이 허공에서 곡선을 그으며 떨어지고, 누나! 하는 울음소리가 귀를 찢을 듯 크게 들리고, 그녀는 딱 한번만, 하는 마음으로 귀를 막은 채 친구들 쪽으로 뛴다. 틀림없는 꿈이지만, 정말 그것이 꿈이었을까. 그녀는 하늘 높이 솟아오르는 불꽃을 바라보며 그가 말한 것처럼, 찬란한 불꽃 사이로 강 건너의 아파트가 천천히 무너져내리는 모습을 상상했다. 그가 전세계를 떠돌면서, 수많은 국경을 넘으면서, 밤하늘의 별처럼 무수한 도시들을 횡단하면서 사진 속에 붙잡아두고 싶었던 찰나는 무엇이었을까. 그녀는 며칠 있으면 그가 또다시 비행기를 타고 편서풍을 거슬러 대륙으로 날아갈 것을 알았다. 그리고 그가 가로지르는 것이 위도와 경도만은 아닐 거라고 생각했다. 그가 지구의 자전 방향을 따라 점차 동쪽으로 날아 이곳에 왔을 때, 한시간씩 점점 더 빨리 뜨는 태양을 향해 날았을 때 그가 거슬러 온 것이 위도와 경도만이 아니었을 것처럼. 그녀는 그가 몸피보다 더 큰 배낭을 메고 수억년만큼 뒤늦게 지구에 당도하는 별빛을 쫓아 온 세계를 떠돌아다닐 때, 그리고 그러다가 오로지 경유하기 위해서만 이곳으로 날아왔던 때, 그가 살아왔던 서른여덟해가 천천히 시간의 흐름을 거슬러 반대로 흘렀을지도 모른다고 생각했다. 그녀는 가방 속에 색색의 콩을 한움큼씩 넣어 다니는 그의 마음을 영원히 헤아릴 수 없으리란 것을 알았다. 자기의 귀를 잘라내어 창녀에게 건넨 사내의 마음을 짐작해볼 도리가 없듯이. 다만 그녀는 비행기 안에서 점점 작아졌을 그의 모습을 떠올려볼 수 있을 뿐이었다. 세월을 거슬러 엄지손톱만큼 작아졌다가 씨앗보다 더 작아졌을 그의 모습을. 힘써야 할 싸움이 많구나, 견뎌야 할 고통이 많구나, 올려야 할 기도도 많구나, 그러면 결국 평화가 오겠네.* 알 수 없는 어떤 것이 붕괴하듯이 또다시 굉음을 내며 화려한 불꽃이 하나 하늘로 높이 솟았다. 코발트색 하늘 위로 유화물감의 선명한 붓자국처럼 불꽃이 길게 꼬리를 그으며 떨어지다 이내 사라졌다. 그와 그녀의 얼굴이 불빛에 색색으로 물들었다. 소원을 빌어야 해, 그녀가 말했다. 소원? 그가 물었다. 그녀는 도무지 기억해낼 수 없는 소원을 빌기 위해 눈을 감았다. 별이 빛나는 밤이었다.

---

* 반 고흐가 79번째 편지와 동봉해 테오에게 보낸 영어 설교문 속 노래의 일부. 빈센트 반 고흐 『고흐의 편지』(정진국 옮김, 펭귄클래식코리아 2011).

여 름 의  정 오

나는 그 불빛이 무
서워 눈을 꼭 감
았다. 어둠보다 무
서운 것은 그 무
렵, 빛이었으니까.

여자는 스크린에 비친 사진 속에서, 저쪽에 앉아 45도가량 고개를 돌린 채 옆을 바라보고 있었다. 대단한 미인이 아니었지만 같이 앉은 남자가 못생긴 탓에 여자는 꽤 아름다워 보였다. 30대 같았지만 40대일 수도 있었다. 사실 나는 여전히 서양인의 나이를 외모만으로 쉽게 가늠하지 못한다. 흑백사진 속에서 빛나는 눈동자만이 여자가 아직은 한창때의 나이를 지나고 있는 중일 거라고 추측하게끔 할 뿐이었다. 그러고 보니 여자가 쓴 책 중에도 그런 제목이 있었던 것 같다. 읽어보지는 않았지만 '한창때'였는지 '한창 나이'였는지 그 비슷한 제목으로 번역되어 있는 책을 세계문학전집 코너에서 본 일이 있었다.

여자는 몇달 전 우연한 기회에 본 다큐멘터리 영화에 아주 잠깐 등장했다. '세기의 사랑'이라는 제목의 다큐멘터리로 쇼팽과 조르주 쌍드나 로댕과 까미유 끌로델 같은 역사 속 유명한 연인들의 삶을 다루는 내용이었다. 시내의 한 독립영화관이 경영난으로 문을 닫게 되면서 폐관일까지 매일, 매 시간마다 상영했던 여러 영화들 중 하나였다. 사진자료와 성우의 내레이션을 위주로 구성된 다큐멘터리에서 여자의 목소리를 직접 들을 수 있었던 것은 딱 한번뿐이었다. 노인이 된 여자는 가장 기뻤던 순간의 기억에 대해 묻는 화면 밖의 인터뷰어를 향해 답을 했는데, 퍽 인상적이었던 그 답은 다음과 같은 말로 시작했다. "그 시절, 빠리의 거리들은 점령군에 의해 봉쇄되어 있다시피 했죠. 어느날인가 연극이 끝난 뒤, 레리스가 남아 있는 사람들에게 파티를 계속하자고 하더라고요. 도시는 거대한 감옥이나 다름없었지만, 어둠속에서 우리는 밤새 술을 마시고 이야기를 나누었어요. 그 순간이 문득 떠오르네요. 그뒤 우리는 레리스의 집에서 초현실주의자들을 종종 만났어요. 한번은 싸르트르가 끄노에게 초현실주의 운동에서 얻은 것이 무엇이냐고 물었어요. 끄노는 이렇게 답을 했어요. '청춘을 가진 적 있었다는 느낌.' 나는 그가 부러웠어요." 그때까지도 나는 그들이 대화를 나누고 있던 장소를 알아보지 못했다. 스크린 위의 자막을 보고서야 그들이 앉아 있던 곳이 어딘지를 알 수 있었다. 그곳은 빠리의 관광지 대로변에 있는 한 까페였는데, 나는 아주 오래전 그 까페에 가본 적이 있다는 사실을 떠올렸다. 화면은 어느새 바뀌었지만 내 마음은 클로즈업된 여자의 뒤편으로 보이는, 20세기에 찍힌 것이 분명한 그 까페 앞에 오래 멈추어 섰다. 그러자 오랜 역사를 가진 것들 앞에서는 종종 그러하듯, 잊고 살았던 내 지난 시절의 한 계절이 예상치 못한 장소에서 이름을 불린 어린아이처럼 당황한 눈빛으로 불려나왔다.

이곳에 나를 처음 데리고 온 것은 타까히로였다. 그때 나는 스무살이었고, 그는 서른살이었다. 스무살의 나와 서른이었던 그가 카운터 가까운 자리에 앉아 무슨 이야기를 나누었는지는 잘 기억나지 않는다. 테이블에 놓여 있던 그의 담뱃갑 위로 금속 라이터에 반사된 빛이 그리던 무늬와 내 잔에 묻어 있던 어설픈 립스틱 자국은 기억 속에 여전히 선명하게 남아 있는데도. 그리고 그날 까페의 실내가 무척 한산했던 기억도 남아 있다. 테라스 자리는 관광객들로 붐볐지만 실내는 거의 비어 있었다. 우리가 실내에 자리 잡은 것은 햇볕에 타는 것이 싫다며 내가 실내 테이블을 고집해서일 가능성이 많았다. 그는 에스프레소를 마셨는데 그때 나는 그런 것들이 괜히 멋있어 보였다. 그가 즐기는 쓴 커피, 쓴 담배, 쓴 술 따위의, 지금 생각해보면 아무것도 아닌 것들이 말이다. 내 스무살의 여름은 온통 타까히로에 대한 기억으로 점철되어 있었다.

타까히로는 오빠의 친구였다. 나는 그 당시 빠리로 유학 간 오빠의 집에서 여름방학을 보내고 있었다. 일종의 유배 기간이었는데, 유배치고는 달콤한 시간이었다. 나의 유배가 결정된 것은 내가 대학에 입학하자마자 첫 학기에 학사 경고를 받았기 때문이었다. 나는 과제를 하지도, 수업에 가지도 않았고 그 때문에 아버지와 매일같이 싸웠다. 어머니는 아버지와 나의 싸움에 지쳐, 나를 방학 중에 오빠에게 보내기로 결정했다. 어려서부터 내가 터울이 많이 지는 오빠를 유난히 잘 따랐기 때문이다. 비싼 돈 들여 넓은 세상을 보여주는 거니 돌아오면 정신을 차리라는 말과 함께 어머니는 오빠에게 보낼 각종 밑반찬을 담은 18킬로그램짜리 트렁크에 주소가 적힌 태그를 달았다. 모르긴 몰라도 오빠에게는 나한테 정신교육을 단단히 좀 시키라고 말했을 것이다. 유럽까지의 비행은 길었고 나는 재미도 없는 영화를 보다가 잠들기를 반복했다. 공항에는 오빠가 나와 있었다. 사방에서 알 수 없는 언어가 들렸지만, 낯선 나라에 왔다는 느낌은 전혀 들지 않아 그것이 더 낯설게 느껴졌다. 우리는 공항버스를 타고 시내로 들어갔다. 영화에서나 보았던 석조 건물들과 정갈하게 정돈된 가로수들은 아름다웠지만 생각한 것만큼 설레지는 않아 나는 왠지 서글펐다. 다만 밤 아홉시가 넘었는데도 해가 채 지지 않아 서울의 일곱시처럼 푸른빛을 띠던 하늘만은 신기했던 기억이 아직 남아 있다. 밤이었으나 밤이 아니었던 시간. 타지였으나 타지가 아니었던 도시. 우리였으나 우리가 아니었던 날들.

남편이 겨울방학 동안 런던에서 열리는 학회에 발표자로 참여한다고 했을 때 굳이 동반하겠다고 나섰던 것은 핑계 김에 빠리에 다시 와보고 싶었기 때문이다. 그런 핑계라도 대지 않으면 유럽은 그냥 오기에는 경비가 너무 많이 드는 여행지였다. 확신이 없는 사람들은 쉽게 우연에서 어떤 계시의 흔적을 찾고 싶어하는 법이다. 나 역시, 시간을 때우기 위해 들어갔던 낡고 작은 상영관에서 타까히로가 나를 데리고 갔던 까페와 조우한 것이 어떤 신호라는 생각에 기꺼이 사로잡히고 싶었다. 그렇지 않고서야 남편이 런던에서 개최되는 학회에 참여하게 될 무렵 오빠가 수년 만에 타까히로의 이야기를 꺼냈을 이유도 없었다. 나는 이 모든 것이 타까히로를 만나러 가라는, 내가 그 실재를 짐작할 수 없으나 가끔은 겸허한 마음을 갖게 하는 어떤 존재가 내게 보내는 암시라고 믿고 싶었다. 타까히로를 만난들 그가 나를 기억할지도 미지수였지만, 달라질 것은 아무것도 없다는 것을 알면서도 나는 한번쯤은 다시 그를 만나보고 싶었다.

우리는 학회가 열리는 사흘을 런던에서 보낸 뒤, 나흘 일정으로 빠리에 왔다. 런던에서 빠리로 넘어오는 동안 우리는 별것도 아닌 일로 조금 다투었다. 앞으로 함께 보낼 나흘 동안의 일정에 대해 계획을 세워보려는데 그가 매사에 너무 심드렁했던 탓이다. 사실 그가 세계 각지에서 모여든 19세기 영미문학 전공자들과 탈식민주의니 정신분석학이니 운운하며 19세기 소설 속의 중국인 재현방식 따위를 논하는 발표를 할 때, 나는 혼자 런던 시내를 돌아다녀야 했다. 혼자 하는 여행도 나쁘지 않았지만 함께하는 편이 더 나았기 때문에 나는 빠리에서의 일정을 기대하고 있었다. 그런데 그는 출국 직전까지 발표문을 만들고, 각종 논문을 심사하고, 학교 행정에 필요한 여러 잡무에 치였던 터라 몹시 피곤하다고 했다. 계약직 교수는 언제라도 잘릴지 모르니 소처럼 일해야 한다는 말을 입에 달고 살았다. 그는 결국 누가 따라오라 그랬냐고 쏘아붙이더니 호텔에 도착할 때까지 말이 없었다. 우리는 엘리베이터가 없는 낡은 호텔의 4층 방까지 커다란 트렁크를 들고 오느라 서로 도우며 무미건조하게 화해했다. 당신 어차피 빠리에서 만나야 할 친구가 있다고 했잖아. 친구부터 만나. 나는 나중에 합류할게. 결국 그는 호텔에서 좀더 쉬기로 하고, 나는 혼자 시내로 나왔다. 10여년 만에 찾은 빠리는 변한 것이 없어 보였지만 낯설었다. 나는 호텔에서 받은 지하철 노선도를 눈으로 좇으며 기억을 더듬었다. 그 당시 오빠가 살았던 집 근처 역 이름이 눈에 들어왔으나 굳이 그곳에 가고 싶은 생각은 없었다. 타까히로와 걸었던 장소들에 가보고 싶었지만 그곳이 어디였는지 처음엔 쉽사리 기억나지 않았다. 그와 함께 갔던 것이 틀림없던 그 까페, 다큐멘터리에 등장했던 그 까페를 나는 여행책자에서 찾았다. 그리고 그곳에 가봤자 타까히로를 다시 만날 가능성이 없다는 것을 알면서도 나는 사랑한다는 말을 외국인 연인의 모국어로 처음 배운 사람처럼, 낯선 언어로 쓰인 지하철역 이름을 천천히 발음해보았다.

19세기에 지어졌다 했으니 낡은 것이 어제오늘일 리는 결코 없는데도 까페는 10여년 전의 내 기억과 어딘지 달랐다. 날이 추웠지만 초록색 차양이 드리워진 테라스는 예전의 기억보다 더 많은 관광객들로 붐볐다. 무슨 행사를 하는지 길을 막은 탓에 거리가 혼잡해 까페를 찾느라 애를 먹었다. 나는 예전처럼 까페 안으로 들어가 타까히로와 앉았던 자리를 찾아냈다. 햇빛이 쏟아지는 밖과 달리 까페 안은 다소 어두웠는데, 나는 그것이 마음에 들었다. 그렇지만 자리에 앉아 주변을 둘러보는 순간 이상하게 서글퍼졌다. 왜인지는 정확히 알 수 없었다. 기억 속 그대로인 아이보리색 벽과 원목 카운터, 도금 장식의 샹들리에 같은 것들. 무수한 예술가들이 들고 났다는 이유로 나를 설레게 했던 까페는 어딘지 조잡한 세트장 같은 느낌을 풍겼다. 오래전 타까히로와 처음 이곳을 찾았을 때, 나는 시간의 단조로움이 주는 위안을 느꼈다. 창밖으로는 언제까지고 계속될 듯한 한낮이었고, 소음은 단절되어 있었고, 까페 안의 모든 움직임은 19세기에서 20세기로 건너오는 중인 것처럼 느렸다. 갈색의 테이블들과 자주색 의자 위로 계절마다 쌓였을 먼지들조차 고요히 가라앉아 있었다. 테이블 위를 일정한 리듬으로 두드리던 하얀 손가락. 그것이 타까히로의 습관이었다는 것을 나는 나중에야 알았다. 에어컨이 나오지 않는 실내의 까페는 더웠을 텐데, 이상하게도 나는 그날을 떠올리면 그와 나 사이에 서늘한 바람이 불었던 것만 같다.

까페 문이 열리고, 근처의 백화점 상호가 찍힌 커다란 쇼핑백들을 여러개 팔에 걸친 미국인들이 안으로 들어섰다. 그들은 시끄럽게 웃으며 웨이터에게 커다란 목소리로 말을 건넸다. 관광객에게 치여 지친 듯한 표정의 웨이터가 나에게 다가와 영어로 된 메뉴판을 주었다. 나는 에스프레소 한잔을 시켰다. 오빠는 타까히로를 만나려면 오페라극장 쪽으로 가야 한다고 했다. 나는 시계를 보았다. 아직 시간은 있었다. 타까히로를 보러 갈 것인지, 가지 않을 것인지. 나는 아직 결정을 내리지 못했다.

타까히로와는 오빠의 집에서 처음 만났다. 무슨 일 때문이었는지 기억이 정확히 나지 않지만 그날 오빠는 몹시 바빴다. 드디어 오빠의 감시에서 벗어날 수 있으리란 생각에 나는 무척 신나 있었다. 오빠가 나를 '돌봐줄' 사람을 불렀다 했을 때 평소보다 더 화가 났던 것은 그런 이유에서였다. 나는 오빠에게 나를 애 취급하지 말라고, 나도 이제 성인이라고 소리를 질렀다. 오빠는 성인이면 성인답게 행동하라며, 자기 인생에 대한 목표도 책임감도 없는 인간이 성인이라는 말은 잘도 한다고 빈정댔다. 타까히로는 오빠와 내가 서로를 향해 온갖 저주의 말을 퍼붓고 있을 때 초인종을 눌렀다. 첫눈에도 일본인처럼 보이는 외양을 가진 그는 머리카락과 눈썹이 부자연스럽다 느껴질 정도로 까맸다. 면도를 했을 것이 틀림없는 턱에는 푸르스름하게 수염 자국이 남아 있었다. 오빠는 내가 알아들을 수 없는 외국어로, 프랑스어였겠지만, 타까히로를 향해 말했다. 타까히로가 내 쪽을 보며 웃었고 그 때문에 나는 더 불쾌해졌다. 오빠가 나를 애 취급하는 말을 한 것이 분명했다. 다 짜증이 났지만, 오로지 오빠와 떨어져 있기 위해 나는 타까히로를 따라나섰다. 그는 나보다 키가 조금 컸지만 체구가 왜소한 탓에 나보다 훨씬 작은 것처럼 느껴졌다. 나란히 걸으면 내가 그렇게 뚱뚱한 편이 아니었음에도 비대해 보일 것 같아 신경이 좀 쓰였던 것도 기억난다. 이도 저도 다 짜증나고 도망가고 싶단 마음뿐이라 혼자 앞장서서 걸었는데도 타까히로는 아무 말도 없이 내 뒤를 따라왔다. 골목은 계속 이어졌고, 나는 어디를 가는지도 모르고 걸었다. 한참을 걷다 다리가 아파올 무렵 제자리에 서서 뒤를 돌아보니 타까히로는 여전히 나를 잘 따라오고 있었다. 내일 당장 한국에 돌아가고 싶은데, 그러려면 어떻게 해야 해? 그것이 내가 타까히로를 향해 내뱉은 첫마디였다. 타까히로는 억지 쓰는 어린아이를 바라보는 듯한 눈빛으로 나를 보며 웃었다. 내가 언제부터 그를 좋아하게 되었는지는 분명하지 않다. 이때가 아니었을 것은 확실하지만.

　그뒤로 우리는 자주 만났다. 오빠와 같이 보기도 했고, 단둘이 보기도 했다. 오빠는 나 같은 괴팍한 성격의 애를 잘도 본다며 타까히로를 칭찬했다. 나는 오빠가 타까히로 앞에서 나를 애 취급할 때마다 화가 났다. 그때마다 타까히로는, 우리는 사이가 좋아,라고 말했는데 나는 그 말이 마음에 들었다. 그의 영어는 짧았고 그마저 프랑스어로 오염되어 놀라울 정도로 엉망진창이었지만 나는 그가 하는 말을 다 알아들을 수 있었다. 타까히로와 함께 보낸 날들의 풍경은 대충 이랬다. 그는 말이 없는데다 낯을 가리는 편이었고 사실나도 그런 성격이었기 때문에, 우리는 그냥 서로 멀찍이 떨어져서 아무 말도 없이 한참을 걸었다. 그는 빠리가 어디든 다 걸어서 갈수 있는 도시라 좋다고 말했다. 토오꾜오는 너무 커. 그가 말하면,

서울도 마찬가지야, 내가 맞장구를 치는 식으로 대화는 이어졌다. 그는 가끔 6구에 있는 예술영화관에 데려가 그전까지는 내가 한번도 본 적 없는 유형의 영화들, 이를테면 아무 줄거리 없이 비행기가 이륙 준비하는 모습만을 여러 각도에서 보여주는 것 따위의 무성영화들을 보여주었다. 영화를 다 보고 나서, 토오꾜오는 너무 시끄러워, 그가 말했고, 서울도 그래, 내가 후렴구처럼 덧붙였다.

지금도 그렇지만, 그 시절 서울은 내게 너무 크고 복잡했다. 대학교에서 만난 아이들은 모두, 원래부터 그런 삶에 익숙해 있었다는 듯 너무나도 아무렇지 않게 새로운 삶에 적응해갔다. 대학생활은 내가 오빠를 통해 간접적으로 듣고 상상했던 낭만적 삶과는 너무나도 거리가 멀었고 나는 쉽게 적응하지 못했다. 아버지는 그 무렵 내게 교사가 되어야 한다고 매일같이 말했다. 나는 교사가 되고 싶지 않았다. 학교 수업은 시시했고, 마주치는 선배들은 더욱 시시했다. 그때 알고 지내던 선배들 중 지금까지 연락이 되는 사람은 거의 없다.

빠리에서 지냈던 두달 동안 오빠는 거의 매일 학교 도서관에 갔는데 그때마다 나를 데리고 가려 했다. 나는 가고 싶지 않았다. 타까히로는 오빠와 달리 도서관 근처는 얼씬도 하지 않으면서 공원에 멍하니 앉아 있거나 아침부터 밤까지 영화관에 앉아 멀미 날 때까지 쓸데없어 보이는 영화를 보면서 시간을 낭비했다. 나는 타까히로와 있는 것이 오빠와 있는 것보다 더 편했다. 타까히로는 내

주변의 모든 사람처럼 매사에 최선을 다하지도 않았고, 삶이 얼마나 가치 있는 것인지에 대해 내게 주입하려 하지도 않았다. 오빠가 공부를 하는 동안 나는 타까히로를 쫓아다녔다. 그때나 지금이나 사람이 많은 관광지에는 그다지 관심이 없었다. 어느날, 우리는 관광객들이 시내의 전경을 내려다보며 사진을 찍기 위해 찾는 싸크레꾀르에 가는 대신 그 뒤쪽의 묘지를 찾았다. 타까히로와 나는 둘 다 별다른 말 없이 묘지 위로 쏟아지는 햇살을 보았다. 이상하다, 우리가 지금 앉아 있는 곳에 죽은 사람들이 묻혀 있다는 게. 사방이 신비롭게 반짝이는 느낌이었다. 나는 난생처음 묘지에 와본 거였다. 세상이 지나치게 조용하고 평온했다. 갑자기 눈물이 쏟아졌다. 타까히로는 내게 아무것도 묻지 않았다. 다만 그는 내 어깨를 살짝 감싼 뒤 두어번, 손에 지그시 힘을 주었다. 내 어깨뼈 위에 닿았던 그의 손가락 마디뼈의 감촉. 그의 손가락은 가늘었지만 여자의 손과는 달리 손등에 힘줄이 불거져 있다는 것을 알고 있었다. 그뒤로도 며칠 동안 나는 내 몸에 닿았던 손가락뼈의 감촉을 느꼈다. 조금 더 힘이 들어갔던 엄지손가락과 어딘지 어색하게 닿았다가 떨어지던 나머지 손가락들.

서로에 대해 많은 이야기를 하지는 않았지만 그를 만나는 횟수가 늘어나면서 나는 그에 대해 좀더 알게 되었다. 타까히로는 이바라끼(茨城) 출신으로 아버지, 어머니, 형, 타까히로 이렇게 네 식구였다. 아버지는 한 사립대학의 교수로 1960년대에 반미안보투쟁을 벌이기도 했지만 지금은 그냥 재즈에 심취해 있다고 했다. 타까히로는 형에 대해 말하기를 가장 주저하다가 결국, 몇해 전 사이비 종교에 빠졌다가 가까스로 빠져나왔으며 지금은 작은 회사의 파견직으로 근무하고 있다고 말했다. 거품경제 때 무리하게 대출을 받아 주식에 투자했다가 주가가 폭락하면서 감당을 하지 못해 정신적으로 힘들어했던 것 같다고 말하던 타까히로의 얼굴은 의외로 담담해 보였다. 나는 타까히로에게 힘든 이야기를 억지로 시킨 것 같아서 몹시 미안했지만 한편으로는 그가 내게 내밀한 이야기를 해주었다는 사실에 기뻤다. 나 역시 용기를 내어 그에게 누구에게도 발설하지 못했던 일을 말해주고 싶었다. 외국어로는 모국어로 하기 힘든 이야기도 훨씬 더 쉽게 털어놓을 수 있다는 사실을 그 시절의 나는 몰랐다.

웨이터는 불친절하고 거만했다. 하늘이 쨍했던 것도 잠시, 창밖이 흐려졌다. 시간이 흐를수록 나는 이곳이 내 기억 속의 까페와 너무 많이 다르다는 사실을 깨달았다. 그때의 이곳도 이토록 시끄럽고 부산스러웠나. 나는 그날 타까히로를 따라 처음으로 에스프레소를 마셨다. 꼭 쥔 주먹보다도 작은 잔에 담겼던 새까만 액체. 커피에 섞여 있던 여름 공기. 타까히로가 입고 있던 티셔츠는 낡아서 곧이라도 해어질 것 같았다. 해어질 것 같던 티셔츠. 곧이라도 사라질 것 같던 타까히로. 타까히로는 왜 땀도 안 흘려? 내가 물으면 전혀 우스운 질문이 아니었는데도 그는 내가 건네는 말이 세상에서 가장 재미있다는 듯 웃었다.

일본인 관광객들이 까페 안으로 들어왔는지 어느새 일본어가 들려왔다. 영어와, 일본어와, 어쩌면 포르투갈어와, 몽골어가 뒤섞여 흐르는 까페.

한번은 내가 타까히로에게 물었다. 타까히로는 언제 일본으로 돌아가? 내가 귀국해야만 하는 날이 다가오는 것이 아쉽게 느껴지기 시작할 무렵이었다. 그 당시 내게 프랑스는 너무 멀게 느껴지는 곳이었지만 일본이라면 왠지 가까운 느낌이었다. 난 일본으로 돌아가지 않을 거야. 타까히로가 대답한다. 왜? 내가 묻는다. 일본에는 미래가 없어. 그는 몇해 전에 발생했다는 토오꾜오의 지하철 테러에 대해 이야기한다. 러시아워에 맞춰 5편성의 지하철 차량에 사린가스를 살포해 사람들을 무차별적으로 대량 살상하려 한 사건이었다. 테러범들은 날카롭게 간 우산 끝으로 노란 액체가 든 비닐봉지를 가볍게 찔렀고 그 결과 열두명이 사망하고 수천명이 피해를 입었다. 위기관리 시스템은 총체적으로 엉망이었어,라고 타까히로는 덧붙인다. 그러면 여기에는 미래가 있어? 내가 또 묻는다. 그건 모르지. 어디에도 미래가 없다면 차라리 자기 나라에서 사는 게 낫지 않아? 이방인으로 평생 사는 건 외로운 일이야. 내 말에 짧은 침묵을 두고, 그가 말한다. 자기 나라에서 이방인으로 사는 것보다 더 외로운 일은 없어.

그건 정말 그럴 것이다. 가족에게 이해받지 못하는 일이 그러하듯이. 사실 오빠와 재회하기 전에 나는 오빠라면 내 마음을 이해해

줄 수 있을지도 모른다는 기대를 갖고 있었다. 무엇을 하더라도 아래로, 아래로 추락하는 듯한 아찔함. 그러나 그것은 헛된 희망이었다. 오빠는 자기 자취방에 나를 앉혔다. 20구에 위치한 작은 원룸이었는데, 근처에 소방서가 있어서 가끔씩 경광등 불빛이 집 안까지 어른거렸다. 오빠는 지난 3년 사이 오빠가 알던 유학생들의 대부분이 중도 귀국했다는 말로 이야기를 시작했다. 모든 것이 달라졌다는 소식을 들었다고도 했다. 너는 거기서 살면서 피부로 느껴지는 바가 없었냐. 오빠가 내게 물었다. 잘난 척해봤자 너도 공무원 부모 덕에 유학하는 신세잖아, 하고 받아치고 싶었으나 목구멍까지 차오르는 그 말을 가까스로 참았다. 지금 생각하면, 오빠도 불안했을 것이다. 예전과 다 달라졌다는데 돌아가서 취업이나 할 수 있을까, 하는 걱정 따위. 어쩌면 나라도 안정적인 직업을 가질 거라는 확신이 있다면 부모님께 덜 죄스러울 거 같다는 생각을 내심 했을 수도 있었겠다는 생각이 이제는 든다. 오빠 역시 기껏해야 스물여덟이었으니까. 그렇지만 그때 나는 스물이었다. 오빠는 정신 차리고 열심히 살아야 해, 하고 내게 말했다. 네가 앞으로 살아갈 세상은 우리 때와 달라. 그렇게도 말했다. 그래도 열심히 하면 경쟁에서 살아남을 수 있어. 오빠는 아무것도 몰랐다. 오빠는 정말 그렇게 믿는 것 같았다. 열심히 하면 된다고. 지금 생각해보면 오빠는 진심이었을 것이다. 그때까지 오빠는 열심히 해도 아무것도 되지 않는 세상을 아직 살아보지 못했던 거니까. 나는 오빠가 나를 위해 중고로 마련했다는 매트리스 위에 누워서 생각했다. 오빠는 아무것도 몰

라. 나는 오빠에게 털어놓고 싶었던 말은 꺼내지도 못했다. 내 마음을 알아주는 것은 타까히로뿐이었다. 타까히로라면 그렇게 말하지 않을 거야. 소방차의 붉은 불빛이 어두운 벽을 번쩍, 흔들고 지나갔다. 나는 그 불빛이 무서워 눈을 꼭 감았다. 어둠보다 무서운 것은 그 무렵, 빛이었으니까.

그리고 얼마 안 있어 그 일이 벌어진다.
오랫동안 내가 잊고 살려 했던 그 일.
그날, 다급하게 달리던 나의 발소리.
허겁지겁 눌렀던 초인종.
오빠, 오빠, 타까히로가, 이상해.

창밖이 갑자기 소란스러워졌다. 수많은 사람들이 까페 앞을 서성였다. 까페 안에 앉아 있던 관광객들이 나처럼 놀란 눈으로 창밖을 기웃거렸다. 웨이터들만 창밖의 소란에 동요하지 않고 각자 자기 자리에서 무료한 얼굴을 하고 서 있었다. 무슨 일인가요? 나는 내 옆을 지나가던 웨이터에게 영어로 물었다. 웨이터는 영어로 설명할 능력이 안되는지 프랑스어 단어를 몇차례 반복하더니 미안하다고 말하며 나를 지나쳤다. 건너편 테이블에 앉은 관광객들이 내게 시위 중이에요,라고 영어로 말했다. 일어나 내다보니 아닌 게 아니라 시위를 하는 사람들이 도로를 행진하고 있었다.
나는 다시 자리에 앉았다. 시계를 보았다. 남편과 만나기로 한 시간까지는 아직 여유가 있었다. 남편과는 오데옹 근처의 비스트로에서 식사를 하기로 되어 있었다. 이제라도 타까히로를 만나러 간다면 오데옹까지 시간 맞춰 갈 수는 있을 거였다. 아직 이른 시간인데도 갑작스럽게 어스름이 깔려와 나는 조금 당황했다. 여름과는 전혀 다른 낮의 길이. 사위가 제법 어둑어둑해졌다. 촘촘한 레이스 커튼 사이로 비추던 긴 사다리꼴 모양의 햇살은 이미 짧아졌다. 나는 가방에서 머플러를 꺼내어 목에 둘렀다. 서늘한 기분. 의식적으로 등을 반듯이 세우고 앉았다. 갑작스러운 한기에 커피를 한잔 더 시킬까 말까 고민했다. 테이블마다 사람들은 무엇인가를 먹거나 마시고, 떠들다가 웃음을 터뜨렸다. 나는 웨이터를 향해 손을 들어올렸다.

그 일이 있기 며칠 전, 우리는 몽빠르나스역에서 만났다. 여러개의 지하철 노선이 겹쳐 혼잡한 장소여서 나는 그와 엇갈릴까봐 조금 긴장했다. 그날 나는 하나밖에 가져오지 않았던 원피스를 입었다. 화장도 했다. 타까히로가 나를 좋아하고 있을지도 모른다고 생각했다. 아무리 오빠와 친하다 해도 관심이 없다면 친구의 동생을 이렇게 자주 만날 리가 없으니까. 우리는 약속대로 역사 안의 향수가게 앞에서 만났다. 화장했네. 타까히로가 웃었다. 나는 마음을 들킨 것 같아 조금 창피했다. 예쁘다. 귀까지 달아오른 것을 들킬까봐 나는 앞장서 걸었다. 타까히로는 역사 안의 대형 서점에 들러 책을 골랐다. 읽을 수조차 없는 언어로 쓰인 책들에서 풍기는 종이 냄새를 나는 맡았다. 타까히로가 내게 좋아하는 작가가 있냐고 물었다. 그도 나도 다자이 오사무를 좋아한다는 것을 그날 알았다. 그리고 기억이 틀리지 않다면 우리는 근처 공동묘지에서 점심을 먹었다. 숱한 예술가들이 묻혔다는 묘지였다. 우리는 보들레르의 묘지 앞에서 샌드위치와 체리를 먹었다. 청회색의 묘비들, 푸른 나뭇잎. 새빨간 체리가 유리구슬처럼 반짝였다. 타까히로의 고향은 바닷가 도시라 했는데, 그는 파도를 거스르며 말하기 때문에 그 도시 출신들은 억양이 강하다는 이야기를 했다. 어쩐지 네 말투는 부산 사람 말투 같아. 내가 웃었다. 그래도 거기서 살던 때가 가장 행복했지. 타까히로가 말했다. 아직 이차성징이 나타나기도 전이었다고 했다. 누구에게나 정점인 시기가 있잖아? 바람이 건뜻 불었다. 해가 머리 꼭대기에 있어 짧아진 우리의 그림자가 흔들렸다. 타까히로가 말했다. 일본 사람들은 그게 러일전쟁 때라고 생각하나봐. 그 시기를 배경으로 하는 사극은 엄청 인기가 많아. 나는 그 전쟁을 계기로 우리나라가 주권을 잃었다는 말은 굳이 하지 않았다. 너는 언제가 가장 행복했니? 타까히로의 질문에 나는 지금,이라고 굳이 대답하지도 않았다.

그다음 약속이 있던 날, 타까히로는 만나기로 한 장소에 나오지 않았다. 나는 한시간을 쌩외스따슈 성당 앞에서 기다렸다. 그때 내게는 휴대전화가 없었다. 공중전화로 타까히로 집에 전화를 걸었지만 타까히로는 받지 않았다. 이상한 기분이 들어 집까지 찾아가 초인종을 눌러봤지만 아무런 기척이 없었다. 불길한 예감이 엄습

했다. 아무런 징조도 없었는데. 그렇지만 그 겨울, 그 일이 일어났을 때에도 나는 아무런 징조를 느끼지 못했다. 등굣길이 유난히 추웠던 것 같지만, 다 만들어진 기억에 불과할 수도 있었다. 갑자기 심장이 너무 빨리 뛰어댔다. 나는 아무것도 모른 채, 집까지 달려갔다. 지하철을 타고, 뛰고 또 뛰어서. 오빠가 놀라서 현관문을 열었다. 무슨 일이야? 오빠가 밖으로 뛰쳐나왔다. 그날밤, 오빠는 내게 말했다. 타까히로가 자살을 시도했다고. 처음이 아니라고. 연애 문제 때문이라고. 너 혹시 타까히로를 좋아하니? 오빠가 심각한 목소리로 물어본다. 오빠의 목소리가 심각해서, 아니, 나는 거짓말을 한다. 타까히로는 좋아하지 마라. 타까히로가 무사하다는 말을 들었지만 내 몸에서 피가 전부 빠져나가기라도 한 것처럼 온몸이 떨려왔다. 타까히로가 어떤 방법으로 자살을 시도했는지 오빠에게 묻지 않았다. 나는 귀국날이 다가올 때까지 그냥 집에만 처박혀 있었다. 오빠가 구해온 중고 매트리스에 누워 오빠가 공부를 하거나, 가끔씩 걱정스러운 얼굴로 나를 돌아다보는 모습을 그냥 바라만 보았다.

노인이 된 여자가 젊은 시절 사진에서처럼 저쪽 테이블에 앉아 있는 모습을, 영화는 꽤 오랫동안 보여주었다. 극장에 있던 관객이라고는 나까지 셋뿐. 하긴, 대낮에 누가 이런 영화관에, 하고 나는 생각했었다. 어쨌든 세명의 관객은 외로운 항성들처럼 떨어져 있었지만, 여자가 화면을 정면으로 보고 말해서 나는 우리 넷이 까페에 둘러앉아 대화를 하고 있는 것 같은 착각이 들었다. 여자는 계속 말했다. "가장 기뻤던 순간을 물어보셨죠? 글쎄, 딱 하나를 꼽을 수 있을지 모르겠어요. 아, 그날은 기억이 나네요. 1944년 8월 16일이었던 거 같아요." 여자는 잠깐 말을 멈추고 물을 한모금 마셨다. "당시 빠리는 전기도 나가고, 지하철도 끊기고, 식료품도 바닥이 나 있었어요. 독일군이 퇴각할 때 빠리를 폭파시킬 거라는 소문이 유령처럼 돌았지요. 8월 18일이었나, 19일이었나. 나는 쌩미셸 가를 지나다가 독일군을 실은 트럭들이 북쪽으로 도망치는 것을 목격했어요. 어쩌면 모든 것이 내일이면 끝날지도 모른다는 기대감에 그날밤 잠을 못 이뤘죠. 그런데 그다음 날에도 나치의 깃발은 여전히 펄럭이고 있었어요. 독일 군인들은 쌩제르맹 거리를 향해 행진하고 있었고요. 곧 전쟁이 끝날 거라는 말들이 많았지만 그날이었나 그다음 날이었나, 독일군 장갑차가 상원을 나오면서 거리를 향해 기관총을 난사했어요. 식료품을 구하기 위해 거리로 나서야만 했던 기억이 나네요. 정말 얼마나 무서웠는지." 여자는 그렇게 말하며 살짝 웃었다. "그로부터 며칠 후였어요. 길가에 모여든 군중의 환호성이 온 도시에 울렸어요. 그렇게 큰 환호성은 두번 다시 들어본 적이 없는 것 같아요. 지붕 위에서 누군가 쏜 총에 맞아 사람들이 쓰러지기도 했지만, 무엇도 그날의 열기를 멈출 수 없었죠. 나와 싸르트르는 하루 종일 삼색기가 나부끼는 빠리 시내를 걸어다녔어요. 그다음 날 오후 드골이 샹젤리제를 행진했죠. 그때 나는, 빠리가 해방되었고 결국 미래가, 희망이 우리 것이라고 생각했어요." 꿈을 꾸는 듯한 여자의 얼굴에 클로즈업. "알제리전쟁이 일어날 거라고는 짐작도 못하던 시절이었죠."

　귀국하기 전날, 타까히로와 작별 인사를 하기 위해 용기를 내어 집 밖으로 나섰다. 오빠는 타까히로를 만날 거면 셋이 만나는 게 어떻겠냐고 내게 물었다. 나는 단둘이서 만나고 싶다고 답했다. 내가 너무 단호했는지 오빠는 웬일로 내 뜻을 따라주었다. 우리는 타까히로의 집과 오빠 집의 중간쯤 되는 바스띠유 근처에서 만났다. 고작 2주 만인데 타까히로의 얼굴이 너무 야위어 똑바로 볼 수가 없었다. 우리는 바스띠유 근처의 작은 항구를 따라 걸었다. 일광욕을 하거나 여럿이 둘러앉아 포도주를 마시는 사람들을 우리는 말 없이 지나쳤다. 집처럼 꾸며진 무수한 배들, 그러나 집도 배도 아닌 것들이 강둑에 묶인 채 물살에 기우뚱거렸다.
　타까히로, 좋아하는 사람이 있어? 그 사람이 받아주질 않아?
　나는 걸음을 갑자기 멈추고 나의 발끝을 내려다보며 농담조로 말했다. 나라면 받아줄 텐데,라고 말하는 대신, 그 여자가 나보다 더 예뻐? 하고 물었다. 나는 내 발끝에서 시작되는, 우스꽝스러울 정도로 짧은 나와 타까히로의 그림자를 보았다. 이 그림자도 점점 자라다가 사라지겠지. 타까히로는 아무 말이 없었다.
　우리를 감싸고 있던 정적이 스무살이었던 내게는 너무 버거웠다. 다시는 타까히로를 보지 못할 수도 있다는 것을 알았다. 그와 마지막으로 함께하는 시간이라고 생각하자 목구멍이 뜨거워졌다.

타까히로. 이것이 그와의 영원한 작별이라면, 나는 그에게 꼭 전하고 싶은 말이 있었다. 아니, 사실 그것은 말로는 표현할 수도 전할 수도 없는 것이었다. 누구에게도 전하지 못한, 굳이 말하자면 어떤 감각 같은 것. 그렇지만 가뜩이나 영어도 유창하지 않은데 그토록 추상적인 감각을 내가 잘 전달할 수 있을지 자신이 없었다. 그래서 나는, 축제로 교내는 시끄러웠어,라고 말하지 못했다. 캠퍼스 곳곳에 조명을 달아 사방이 눈부시도록 환했어,라고도. 나는 그때 문과대 건물 가장 꼭대기에 위치한 독서실의 칸막이 책상 앞에 앉아 있었다. 과거에 시위로 일부가 불탔었다고, 선배들이 신입생 오리엔테이션 날 설명해주기도 했던 건물이었다. 시험 때면 자리를 맡기 힘들 정도로 협소한 공간이었지만 모두 축제의 열기로 들뜬 터라 독서실은 텅 비어 있었다. 창밖의 소란이 비현실적으로 느껴질 만큼 독서실은 고요하고 초라했다. 그해 봄, 나는 모두가 독서실에 자리를 차지하고 있으면 밖으로 도망가고 모두가 독서실 밖에 있을 때는 안으로 숨어드는 이상한 날들을 흘려보내고 있었다.

　나는 우두커니 칸막이 책상 앞에 앉아 있었어, 그렇게 말하고 싶었지만 나는 그냥 타까히로 앞에 서 있을 뿐이었다. 우리는 작열하는 태양을 머리에 이고 서 있었다. 우리 사이로 바람 한점 불지 않았다. 독서실에서 느꼈던 갑작스러운 충동에 대해 이야기하고 싶었던 것은 아니었다. 어쩌면 그런 것에 대해서는 나보다 타까히로가 더 잘 알고 있었을 테니까. 나는 독서실을 가로질러가 창문을 열었다. 오랫동안 열지 않았는지 커다란 창문에서는 쇳소리가 났다. 덩어리진 먼지가 날렸다. 창밖으로 음악소리와 웃음소리, 그리고 간간이 고함소리. 왜 그 시절에는 사방에서 시도 때도 없이 고함치는 사람들이 꼭 있었을까. 언덕 위에 위치한 문과대 건물의 5층은 무척 높았어,라고 나는 타까히로에게 말하지 않았다. 필통에서 지우개를 꺼내 밖으로 던져봤어,라고도. 지우개가 포물선을 그리며 아래로, 아래로, 떨어져내렸다. 사실 죽고 싶었던 것은 아니었다. 나는 그저 J를 이해하고 싶었을 뿐이라고, 타까히로에게 변명처럼 말하지 않았다. 나는 창틀 위로 기어올라갔다. 창틀에 걸터앉아서 들었던 노랫소리. 광장에서부터 들려오던 노랫소리. 그저 엉덩이만 들면 되는 일이었다. J는 그냥 엉덩이를 들기만 했을 것이다. 그 아이의 몸은 복도식 아파트의 15층에서부터 아래를 향해 곤두박질쳤다. 몸이 산산조각 났다는 소문을 들었지만 실제로 보지는 못했다. J가 그토록 다니고 싶어했으나 점수가 모자랐다던 학교에 나는 입학했다. J와 나는 같은 반이었다. 아파트 주차장 아스팔트 위에 하얀 분필로 그려넣었던 J의 둘레. 나는 J의 체구가 그토록 작았는지도 미처 몰랐다.

창틀에 오랫동안 앉아 있었어. 나는 타까히로에게 설명하고 싶었다. 창틀에 오래 앉아서 내가 바라보았던 풍경에 대해서. 언덕 위의 문과대 건물 5층 꼭대기. 창틀 위에 앉아 내려다보니, 캠퍼스의 광장 쪽에서는 여기저기 달아놓은 조명 탓에 인공의 불빛이 강렬히 뿜어지고 있었다. 눈이 시려 얼른 시선을 돌렸다. 발아래에는 컴컴한 어둠. 나는 고개를 좀더 숙였다. 죽고 싶어서는 결코 아니었다. 단지 나는 어둠이 더 익숙했을 뿐이었다. 손목에 힘을 꼭 주는데, 내가 알고 있는 어휘 중 이 어둠을 묘사할 수 있는 형용사가 충분하지 않다는 엉뚱한 생각이 들었다. 어둠은 푸른색 같기도 했고 먹색 같기도 했지만 사실 어느 쪽도 아니었다. 둘 다 아니었지만 그런 것 따위는 그 누구에게도 상관이 없었다. 그런데, 있잖아. 그 어둠속에서 무엇인가 빛이 어슴푸레 보였어, 하고 나는 타까히로에게 말하지 않았다. 내가 보았던 것이 학교 뒷산에 만개한 조팝꽃이었다는 것을 나는 나중에야 알았다. 그렇지만 그때는 그것이 무엇인지 알 길이 없었다. 무엇도 보이지 않는 어둠속에서 희미한 빛무리가 아슴아슴 바람에 흔들렸다. 이상하지, 그렇지만 어디에도 불빛은 없었어. 나는 그때 보았던 그 어렴풋한 빛에 대해서 말하고 싶었던 걸까. 떨어질 듯 말 듯 허공에 흩날리던 꽃잎이나, 뭉근한 봄바람에 실려오던 꽃향기에 대해서? 아무튼 나는 내 발밑의, 아찔한 어둠속에서 설탕가루를 흩뿌린 듯 어른거리던 빛다발을 오랫동안 바라보았다. 들큼한 봄밤의 공기가 내 폐 가득 들어왔다. 창틀을 붙잡은 손목이 너무 아팠다. 엉덩이에 배기는 창틀의 모서리가 차갑고 딱딱했다.

그래도 죽지는 마.

나는 타까히로의 팔을 온 힘을 다해 붙잡았다. 내 말에 타까히로가 그날 처음으로 웃었다. 타까히로가 내 머리를 흐트러뜨렸다.

창밖으로 갑자기 비가 쏟아졌다. 까페 안은 더욱 어둑해졌다. 한

떼의 사람들이 비를 피하기 위해 까페 안으로 들어섰다. 웨이터가 무엇을 주문하겠냐고 그들에게 물었다. 그들은 모두 구호가 적힌 피켓을 들고 있었다. 웨이터는 노골적으로 인상을 찌푸렸다. 시위자들 중 일부는 문가에 서 있고, 일부는 테이블을 잡고 자리에 앉았다. 그들의 몸에서 물이 뚝, 뚝, 떨어져내렸다. 무슨 시위예요? 나는 그중 한 사내와 눈이 마주쳐 영어로 물었다. 그는 아랍인처럼 생겼는데, 자신은 프랑스 사람이며 재단사라고 서툰 영어로 말했다. 그는 남반구의 한 나라에서 공장이 붕괴되어 수많은 섬유노동자들이 죽었다는 사실을 알고 있냐고 내게 더듬거리는 영어로 물었다. 그는 무엇인가를 더 설명하려다가 포기한 채, 죽었어,라는 단어만 여러차례 반복했다. 낯선 발음 탓에, 죽었어,라는 영어의 형용사는 이물스럽게 들렸다. 나는 아주 오래전에 우리나라에도 섬유노동자들이 많이 있었다고 말했다. 그들도 죽었어. 갑자기 왜 그런 말이 튀어나왔는지 몰라 나는 당황했다. 그와 나의 눈빛이 찰나적으로 얽혔다. 다갈색의 진중한 눈빛.

여름의 끝과 함께 나는 귀국을 했고 내 안에서 뭔가 달라진 듯한 느낌이 들었다. 무엇이 바뀌었는지는 정확히 몰랐다. 수업에 들어가기 시작했고 과제를 제출했기 때문에, 부모님은 만족해하셨다. 복학생과 신입생의 연애는 신입생에게 아무짝에도 득이 될 게 없다던 선배들의 조언을 깜박한 채 복학생과 아무짝에도 득이 될 게 없는 연애를 1년 남짓 했다. 시간은 그렇게 흘렀다. 동기들은 대체로 취업을 준비했고 졸업한 뒤 대부분 전혀 원하지 않던 직장에 가까스로 취직했다. 후배들은 더욱더 힘들게 취직했으나 대체로 계약을 연장하지 못하고 실직을 했다더라는 풍문이 들려오기도 했다. 그렇지만 그런 풍문은 국민연금이 노후를 보장해주지 못한다는 흉흉한 소문에 묻혀 금세 잊혔다. 그 탓인지 연금보험 대신 결혼을 선택한 친구들이 처음에는 욕을 먹었고 나중에는 선망의 대상이 되었다. 나는 임용고사에 번번이 소수점 차로 낙방했다. 결국은 정규직 교사가 되는 대신 오빠가 소개해준 남자와 결혼을 했다. 남편은 비교적 이른 나이에 교수가 됐지만 그 역시 정년 트랙을 밟지 못했기 때문에 나는 친구들의 선망을 절반만 받았다. 19세기가 왜 좋으냐고 내가 물을 때마다 남편은 언제나 커다란 증기기관차에 대해서 이야기했는데, 그의 대답은 이해가 될 듯 말 듯했다.

일상의 속도는 너무 빨라서 나는 빠리에서 돌아온 이후 그해 여름의 기억을 꺼내어본 일이 없었다. 딱 두번을 제외하면 말이다. 한번은 몇해 전, 신문에서 사린 테러의 마지막 수배자를 체포했다는 기사를 접했을 때였다. 기사는 일본 경찰이 오전 9시 15분께 토오꾜오의 한 만화 까페에서 마지막 지명수배자였던 타까하시 카쯔야를 검거했다고 보도했다. 그나마 이 사건에서는 타까히로를 떠올릴 만한 이유가 있었다 해도 나머지 한번의 경우 사실 타까히로가 왜 떠올랐는지 나도 잘 모르겠다. 그것은 돌아온 다음해, 9월 11일의 일이었다. 그해, 9월 11일. 뉴스에서는 뉴욕 한복판의 고층 건물로 비행기가 날아가 꽂히는 장면을 반복적으로 보여주었다. 커다란 꽝

음과 함께 불길이 치솟았다. 시커먼 구름 같은 연기가 건물 위로 피어올랐다. 건물이 비현실적으로 무너져내리는 광경이 네모난 티브이 화면 속에서 집요하게 되풀이됐다. 처음 그 뉴스를 목격했을 때, 나는 비스듬하게 소파에 앉아 있었다. 사람들이 비명을 지르고 소방관이 뛰어가는 모습이 흔들리는 화면 속에 반복적으로 보이고, 나는 몸을 일으켜 소파에 똑바로 앉았다. 짙은 회색의 구름과 불길이 솟구치는 건물 꼭대기에서 무엇인가 검은 물체가 너무도 가볍게 떨어져내렸다. 그것이 사람이라는 것을 깨닫는 데는 그리 오랜 시간이 필요하지 않았다. 하나둘, 꽃잎처럼 낙하하는 사람들과 푸른 하늘. 검은 연기가 쓰나미처럼 거리를 집어삼킬 듯 뒤덮었다. 사람들이 비명을 질렀다. 나는 나도 모르게 타까히로, 하고 중얼거렸다. 타까히로를 만난 것이 뉴욕도 아니었고 그 순간 그의 이름을 불러야 할 이유는 전혀 없었는데, 도대체 왜였는지는 모르겠지만, 나도 모르게.

다행히 비는 조금씩 잦아들었다. 피켓을 든 사람들이 하나둘 까페 문을 열고 다시 밖으로 나섰다. 내 앞에 앉아 있던 아랍계 프랑스인도 내게 인사를 건네고 밖으로 나갔다. 웨이터가 다가와 교대 시간이 되었다며 계산을 미리 해줄 수 있냐고 사무적인 어조로 물었다. 내가 건넨 지폐를 받고 동전을 거슬러주며 그는 나에게 어느 나라에서 왔느냐고 물었다. 내가 대답을 하자 그는 남에서 왔어, 북에서 왔어, 식상한 질문을 던졌다. 네댓명의 새로운 관광객들이 한국에도 매장이 있는 브랜드의 쇼핑백을 양손에 들고 까페 안으로 들어왔다. 그들이 어느 나라 사람들인지는 알 수 없었다. 나는 더러운 동전을 테이블 위에 그대로 둔 채 차갑게 식어버린 커피를 입속에 털어넣었다. 검은 액체와 함께 잔 바닥에 남아 있던 커피 찌꺼기가 식도를 타고 넘어갔다.

까페의 문을 열었다. 비가 온 뒤라 저녁 공기가 청량했다. 지하철역 방향을 눈으로 가늠하며 옷깃을 여미고 있을 때 아까 대화를 나누었던 아랍계 프랑스인이 까페 입구에서 내게 손짓했다.

프랑스에는 왜 왔니?

친구를 만나러.

지금 만나러 가는 길이니?

이제부터 오데옹까지 걸어가면 시간은 충분했다. 남편은 늘 그렇듯 나보다 조금 일찍 식당에 도착해 있을 거였다. 우리는 음식을 시키고, 포도주도 한잔 마시겠지. 그러고 나면 그는 나에게 물을 것이다. 만난다던 친구는 만났어? 나는 대답할 것이다. 아니. 그는 아마 다시 물을 것이다. 피곤하고 지쳐 있는 얼굴로. 왜? 그러면 나는 무엇이라 답해야 할까. 시간이 너무 많이 흘렀어,라면 그것은 적절한 대답이 될까. 오빠는 타까히로가 국립오페라극장 근처의 일본식당 밀집지역에서 작은 일본식품점을 운영한다는 소식을 지인에게 들었다고 했다. 어쩌면 운영이 아니라 직원으로 일하는 것일지도 모르겠다고 덧붙였다. 어느 쪽이라도 상관없었다. 어쨌든 그는 살아 있었다. 나도 살아 있었다. 그러고 보니 나는 이미 그 시절의 오빠보다도, 타까히로보다도 나이가 더 많았다. 그것이면 충분해, 나는 조그맣게 읊조렸다. 그렇지만 정말 그럴까? 입안이 썼다. 등뒤로, 까페 간판에 불이 환하게 들어왔다. 그러자 까페의 자줏빛 소파에 앉아 있던 타까히로와 나의 모습이 환영처럼 눈앞에 떠올랐다. 누군가가 내 등을 떠미는 악몽을 자꾸만 꿔. 테이블 위에 손가락으로 낙서를 하며 우리 둘 중 한명이 말했다. 아닌가? 누군가를 내가 떠미는 악몽이라 했었나? 차가운 금속 라이터 위로 어룽지던 빛의 조각들. 분홍색 립스틱 자국이 묻어 있던 새하얀 커피잔. 우리 곁으로 수의를 입은 시위자들이 조문 행렬처럼 줄을 지어 지나갔다. 그중 누군가가 들고 있는 사진 속에는 붕괴된 건물에 갇혀 죽었다는 이의 얼굴이 담겨 있었다. 죽은 이는 20대처럼 보였지만 10대일 수도 있었다. 해가 어느새 졌네, 아랍계 프랑스인이 내게 말했다. 정말 그렇구나. 어둠이 내린 거리를 바라보면서, 나는 입속에 남아 있는 커피의 쌉쓸한 이물감을 잊지 않기 위해 다시 한번 입술을 핥았다.

* 이 글을 쓰는 데 시몬 드 보부아르 『처녀시절/여자 한창때』(이혜윤 옮김, 동서문화사 2010)를 참고했다.

첫 사 랑

선배의 거뭇한 손
위로 하얗고 여
린 눈송이가 조
용히, 그리고 영
원처럼 천천히
떨어져 내렸다.

아르바이트를 할 생각이 없냐고 물었다. 나는 돈이 없는 대신 시간이 많았다. 하겠다고 답하니 날짜와 장소가 적힌 문자메시지가 날아왔다. 다이어리를 펼쳐서 해당 날짜를 찾아 빈칸에 볼펜으로 시간과 장소를 꾹꾹 눌러 기입했다. 다이어리에는 무언가 기록되어 있는 네모칸보다 비어 있는 칸이 더 많았다.

아르바이트를 하기로 한 날은 4월 7일 금요일.

나는 모처럼 일찍 깨서 씻고 나갈 준비를 했다. 버스 기사가 틀어놓은 라디오에서 기상캐스터는 밝고 산뜻한 목소리로 주말 동안 나들이하기 좋은 날씨가 이어질 거라고 알려주었다. 벚꽃이 가장 예쁠 때라고도 말했다. 꽃놀이를 하러 가고 싶다,고 잠깐 생각했다. 말하자면, 완연한 봄이었다.

문자메시지에 적힌 대로, 땅값이 가장 비싼 시내에 위치한 N백화점 정문에 도착한 시간은 10시 10분 전. 공연히 지각하지 않기 위해 서두른 보람이 있었다. 한 손에 휴대전화를 쥔 채 정문 안으로 들어섰다. 유리 회전문을 밀고 안으로 들어서자마자 나와 비슷한 차림새를 하고 로비 한쪽 구석에 서 있는 두명이 눈에 들어왔다.

"어머나, 이게 얼마 만이야."

그러니까 이게 대체 얼마 만이지.

정문 안쪽 구석에 쪼르르 서 있던 이들은 영과 담이었다.

"결국 이런 데서야 셋이 보네."

우리는 반갑게 웃었다. 대학을 졸업한 이후 셋이 한꺼번에 본 적은 없었다.

누군가 우리를 찾으러 오겠지? 아마 그럴 거야.

내게 아르바이트할 사람을 찾는다고 단체 메시지를 보낸 사람은 영이었다. 영의 예전 회사 선임이 N백화점으로 이직했는데 급히 아르바이트생을 구한다고 했다. 그가 무슨 일을 하는지는 정확히 모르지만, 아무튼 정직원인 것만은 확실했다.

우리가 기다리는 사람이 그 사람인가? 아마 그렇겠지.

우리는 벽에 기대서서 기다렸다. 내가 아는 한 영의 예전 선임인 김 팀장은 영이 짝사랑했던 남자기도 했다. 언제나 자신감이 넘치고 호탕한 성격으로 뭇 여직원들의 흠모를 받는 인물이라는 이야기를 한동안 귀에 못이 박이도록 들었던 터라 어떻게 생긴 인물일까 내심 궁금했다. 우리는 누군가가 찾으러 오기를 기다리면서 백화점 안을 두리번거렸다. 백화점 안은 향기롭고 환했다. 1층의 대부분을 차지하는 화장품 매장마다 고객들을 유혹하는 빛깔이 넘실거렸다. 매대 위에 놓여 있는 크고 작은 거울 위로 빛이 반사되어 사방으로 퍼졌다. 그동안 어떻게 지냈어? 응응, 잘 지냈지, 너는? 회전문을 따라 백화점의 고객들이 경쾌한 발걸음으로 들어왔다. 뭔가 다소 민망해 우리는 고개를 숙였다. 10시가 넘고, 10시 10분이 넘고, 10시 15분이 되었지만 아무도 우리를 찾으러 오지 않았다.

"여기서 보는 게 아닌가?"

"여기 맞지 않나?"

영이 휴대전화를 꺼내어 문자메시지를 확인했다. 문자메시지에는 틀림없이 로비라고 되어 있었다.

"전화를 해볼까?"

영이 의견을 냈다.

팀장님, 저희 로비에 와 있어요.

우리는 소심하게 문자메시지를 적어 보냈다.

응, 그래. 담당자가 내려갈 거야. 조금만 기다려.

시간은 10시 20분을 넘어섰다. 백화점 안으로 들어서는 고객들이 우리를 흘깃 쳐다보고 지나갔다. 우리는 벽에 기댄 채 서로의 근황을 묻는 질문을 계속 주고받았다.

"아르바이트생들이죠?"

반듯한 구두에 단정하게 넥타이를 갖춰 맨 남자가 우리 앞에 멈춰 선 시각은 10시 32분. 우리가 고개를 끄덕였다.

"여기가 아니라 사무실 전용 엘리베이터가 있는 로비에서 기다리셨어야죠."

남자가 못마땅한 투로 말했다. 우리는 남자를 따라 밖으로 이동해 옆건물의 직원 엘리베이터를 탔다. 우리는 아직 무슨 일을 해야 하는지 알지 못했다.

고백하자면 내가 아르바이트를 하기로 결심한 것은 J선배 때문이었다. 마음이 심란해 밤늦게 산책하고 집에 돌아오는 길이었다. 휴대전화의 진동이 울렸다. 지난 학기 교무위원회의 결정에 따라 학과 통폐합 관련 문제가 대두되면서 학과 차원에서 이런저런 연락이 시도 때도 없이 오고 있었다. 대기업이 학교를 인수하면서 인문사회계열 일부 학과들을 통폐합하는 대대적인 학제 개편안이 추진된다는 소문이 돌고 캠퍼스 곳곳에 자보가 붙었다. 마음이 심란한 것은 나 같은 대학원생이나 학부생이나 마찬가지였다.

그렇지만 그날밤 가로등 아래서 휴대전화를 꺼냈을 때 내가 발견한 것은 J선배의 이름이었다. 나는 선배의 이름이 액정 화면에 뜰 때마다 늘 그래왔듯이 나도 모르게 걸음을 멈추고 길가에 서서 메시지를 확인했다. 일교차가 커서 제법 쌀쌀한 밤이었는데, 인적 없는 인도 한복판에 우두커니 서서 선배와 만날 약속을 잡기 위해 문자메시지를 몇통 주고받고 나니 집으로 향하는 길에는 얼굴이 뜨거워 춥지조차 않았다.

J선배와 연락이 닿은 것은 아주 오랜만이었다. 내가 교환학생으

로 러시아에 갔다가 돌아왔을 때 선배는 이미 석사과정을 마치고
학교를 떠나 있었다. 유학 준비 중이라는 근황을 몇해 전 다른 선배
로부터 전해 들은 적은 있었다. 선배와 나는 더이상 안부전화를 주
고받는 사이가 아니었다. J선배와 나는 내가 러시아에 가 있던 1년 동
안은 빈번히 연락을 주고받다가, 가끔 연락을 주고받게 되었고, 그
러다가 J선배에게 여자친구가 생기고 나서는 드문드문 연락을 이
어가게 되었다. 선배와 마지막으로 통화를 한 것은 스승의 날이었
나, 아무튼 선후배들이 학교 근처 맥줏집에 잔뜩 모여 학과 행사를
치렀던 어느 밤이었다. 선배가 내게 전화를 건 것은 아니었고 내가
선배에게 걸었던 것도 아니었다. 뒤풀이에 찾아온 J선배의 동기가
갑자기 내게 전화기를 건넸다. 대학원에 갈까 생각하고 있어요. 술
집 안이 시끄러워 선배의 목소리가 잘 들리지 않아 나는 수화기를
귀에 댄 채 테이블 쪽으로 몸을 숙였다. 여전히 기특하구나. 술집의
소음은 물 밖에서 들려오는 것처럼 아득했고, 선배의 그 말 한마디
가 또렷이 귓가에 울렸다. 나는 정말 기특한 사람이라도 된 것처럼
뿌듯한 기분이었다. 열심히 해라. 나는 정말 무엇이든 열심히 할 수
있을 것만 같았다. 선배와 연락이 닿은 것은 그때가 마지막이었다.
언젠가 선배의 아버지가 암 투병 끝에 돌아가셨다는 소식을 듣기
는 했지만, 내가 그 소식을 들은 것은 장례식이 끝나고도 한참 후
라 위로의 메시지를 보내기에도 이미 늦은 때였다.

　J선배의 목소리는 변함이 없었다. 혹시 결혼했니? 아니요. 선배
는요? 나도 아직. 선배는 사귀던 여자와 얼마 전 헤어졌다고 했다.

오랜만에 얼굴이나 볼까? 어떻게 변했나 한번 보고 싶다, 야. 선배가 우리 동네까지 찾아오겠다고 말했다. 약속은 다음 주 목요일이었다. 마땅한 옷을 한벌 사고 싶다는 생각이 든 것은 붕 뜬 기분으로 집에 돌아와 세수를 할 때였다. 선배를 만나기 전까지 턱 밑의 뾰루지가 없어졌으면 좋겠다던 생각은 자연스럽게 선배를 만날 때 무슨 옷을 입으면 좋을까 하는 걱정으로 이어졌다. 옷을 마지막으로 산 게 언제인지 기억도 나지 않았다. 3년 만에 재회하는 선배 앞에서 예쁘기는커녕 보풀이 잔뜩 일고 유행이 지난 옷차림을 하고 싶지는 않았다. 급히 아르바이트를 구한다는 영의 연락을 받은 것은 어디서든 돈이 생기면 좋겠다고 생각하며 인터넷 쇼핑몰 싸이트에서 봄 신상을 구경하던 날로부터 며칠 후였다. 하루 온종일 일하고 일당 8만원. 8만원이면 봄 원피스 한벌 정도 구입하는 데 보탤 수 있을 것 같았다. 영의 단체 문자메시지에 응답한 것은 휴학생인 나와 얼마 전까지 다니던 직장에서 재계약하는 데 실패했다는 담, 이렇게 둘이었다.

우리가 해야 하는 일은 아크릴판을 세척하는 일이었다. 남자를 따라 올라간 백화점 꼭대기층의 대회의실에는 수많은 아크릴판이 겹겹이 쌓여 있었다. 백화점 VIP고객들에게 발송할 무슨 초대장에 필요한 것이라고 했는데, A4 반의반만 한 크기의 길고 투명한 아크릴판이었다.

"기스가 나지 않게 조심해서 깨끗이 닦으면 돼요."

남자는 간단한 설명을 하고 사라졌다. 우리는 남자가 준비해놓은 것들, 대회의실 바닥에 놓여 있는 알코올병과 분무기, 거즈 수건 같은 것들을 보았다. 대회의실 한면을 다 차지하는 유리창으로 봄볕이 쏟아졌다.

아크릴판이 햇빛에 반짝반짝.

모두가 망설이는 사이 영이 먼저 자리를 잡고 의자에 앉았다. 나와 담도 쭈뼛대다가 영을 따라 거즈 수건을 집어들었다. 나는 사실 뭘 어떻게 해야 할지 알 수가 없었다. 둘러보니 그것은 영도, 담도 마찬가지인 것 같았다. 그렇지만 닦아야 할 아크릴판은 많았고 시간이 없었다. 나는 아크릴판을 거즈로 문질렀다. 회의실이 넓고 조용해서 액체를 따르는 소리가 크게 들렸다. 가죽의자는 또 무거워서 의자를 끌어당길 때마다 시끄러운 소리가 났다. 서울에서 산 세월이 쌓이면서 이 백화점에 들락거린 횟수는 늘어났지만 회의실에 온 것은 처음이었다.

"셋이 여기 이러고 앉아 있으니 왠지 옛날 생각이 난다."

담이 말하는 '옛날'이 언제를 가리키는 것인지 나는 알고 있었다. 나 역시 그때를 생각하고 있었으니까.

방적과정을 거치지 않은 울 소재 테일러드 재킷과 프랑스산 실크 보타이, 정교한 마감처리가 돋보이는 토트백과 보스턴백, 송아지가죽으로 만든 펌프스 힐 같은 것들이 휘황하게 빛나며 고객들을 유혹하는 매대. 백화점은 말 그대로 백가지 재화가 있는 곳이었다. 꼼짝도 못하고 서 있던 나를 쿡 찌른 것은 재수를 한 탓에 나와 담보다 한살이 더 많은 영이었다.

"기죽은 티 내면 안돼."

말은 그렇게 했지만 영도 불안한 눈빛이었다. 우리는 의식적으로 턱 끝을 들고 당당하게 걸었다. 백화점 명품관쯤이야 아침 먹고 산보 삼아 매일 들르는 사람들처럼. 수많은 물건들 중 우리가 찾는 것은 딱 하나였다. 갈색 가죽에 로고가 박힌 명품 가방. 신입생 오리엔테이션 기간에 몇몇 여자 동기들이 그 가방을 들고 나왔을 때만 해도 나는 그 가방의 진가를 몰랐다. 그것이 고가의 명품이라는 것 정도야 알고 있었지만 내가 살 수 있는 가격도 아니었고 더군다나 지나치게 고풍스러워 보여 내 취향과는 거리가 멀었다. 그렇지만 명품 가방을 들지 않은 동기들과 든 동기들의 비율이 개강 초만 해도 반반 정도였는데 중간고사 즈음이 되자 달라지기 시작했다. 학기가 4분의 3 정도 지나자 우리 과 신입생 중에서 명품 가방을 들고 다니지 않는 것은 우리 셋뿐이었다. 엄청 비싼 백이라고 하지 않았나? 영문을 알 수 없는 일이었다. 우리가 알 수 있던 유일한 것은 모양이나 크기는 약간씩 차이가 있었지만 같은 로고를 박은 가방으로 대동단결한 동기들의 흐름에서 우리가 소리 없이 주변부로 밀려나고 있다는 사실이었다. 이렇게 계속 가장자리로 밀려나다가는 알 수 없는 곳에서 표류하게 되겠다는 위기감을 가장 민감하게 느낀 것은 영이었다. 중학교 시절부터 유행하는 일제 펜을 필통 한가득 넣고 학교에 가야 공부가 더 잘된다는 것을 깨우친 영은 어느

날, 학생식당에서 하이라이스를 먹다가 말고 우리도 가방을 장만해야 하지 않겠냐고 결연한 말투로 말했다. 명품 가방을 하나 장만하면 연어떼처럼, 우리를 두고 흘러간 강물을 거슬러 오를 수 있을 거라고 확신하는 얼굴로. 영의 말투가 너무 결연해서 나와 담은 고개를 끄덕였다.

그렇지만 결과는? 그날 명품관을 걷던 우리를 본 사람이 있었다면 그 누군가는 우리가 연어는커녕, 강물을 유유히 헤엄치는 민물고기들 틈에 어쩌다 떨어진 세 마리의 주꾸미 같았다고 기억할 것이 틀림없다. 우리는 의식적으로 최대한 자연스럽게 걸으려고 애썼으나 그 결과 행동거지 하나하나가 부자연스러웠다. 통장에는 여름방학 동안 아르바이트해서 모은 돈이 저금되어 있었다. 고향에서 부모님이 보내주시던 생활비가 부족할 때 보태 쓰기 위해 마련했던 돈이었다. 이렇게 큰돈을 가방 하나 사는 데 써도 되는 걸까. 촌스럽다는 말을 들을까봐 생각을 입 밖에 꺼내지는 못했지만 심장이 벌렁거렸다. 앞장서서 걷던 영이 발걸음을 멈췄다. 영이 쳐다보는 곳에 우리가 찾던 가방이 진열되어 있었다. 동기들이 메고 있을 때는 그저 그렇게 보이던 가방이었는데 유리벽 너머 진열되어 있는 가방의 존재는 뭐랄까, 압도적이었다. 은은한 조명 아래 고혹적으로 떨어지는 가방의 라인, 고급스러워 보이는 가죽 스트랩과 금색 펜던트. 매장 안의 모든 것들이 반짝반짝 빛났다. 하얀 장갑을 낀 점원들이 우리 쪽을 흘깃 보았다. 그들의 자세는 진열장 위의 가방처럼 반듯했고 얼굴은 무표정했다. 주눅들어야 할 필요가 전혀 없다는 것을 알면서도 기가 죽었다. 점원들은 우리가 이런 데 매일 드나들어본 존재가 아니라는 것을 한눈에 간파했을 거였다.

"들어가나보자."

오기가 생겨 내가 담과 영을 잡아끌었다. 그러나 영은 그 자리에 붙박인 듯 서 있었다. 주먹을 꼭 쥔 채. 그때 영은 무슨 생각을 하고 있었을까. 놀랍게도 영이 거의 울 것 같은 표정을 짓고 있어서 나는 아무 말도 하지 못한 채 영의 옆에 서 있었다. 유리 진열장의 바깥쪽에. 누군가가 우리를 스치고 매장 안으로 들어갔다. 매장의 직원들이 웃으며 고개를 숙였다.

"배고프다. 밥이나 먹으러 가자."

내 옆에 서 있던 담이 안경을 손끝으로 추어올리며 말했다. 세달 치 월세보다 비쌌던 그 백을 우리는 결국 사지 못했다.

아크릴판을 닦는 일은 지루했고 무엇보다 어깨가 아팠다. 흠이 생기지 않게 조심조심 닦는다고 닦다보니 판에 묻은 얼룩이 쉽게 지워지지 않았다. 닦아야 하는 아크릴판의 갯수는 정해져 있었다. 담은 닦다가 금세 멈추고 자리에서 일어나 스트레칭을 했다. 아크릴판을 다 닦아야 집에 갈 수 있는데. 닦아도 닦아도 아크릴판의 수는 줄어들 것 같지가 않았다. 그러고 보니 담은 원래부터 좀 끈기가 없었지. 예전에 담이 공무원 시험을 준비했을 때, 시험에 붙기 어렵지 않을까 의심했던 것은 나만이 아니었다. 그렇기 때문에 담이 몇차례나 연거푸 낙방한 끝에 사립고등학교의 계약직 교직원으로 취직했다는 이야기를 들었을 때 아무도 놀라지 않았다.

"근데, 도대체 VIP가 몇명이나 되길래 아크릴판이 이렇게 많을까?"

영이 아크릴판을 햇빛에 비춰 보며 말했다. 원래도 조막만 한 얼굴에 이목구비가 뚜렷한 편이었지만 햇빛을 등진 영은 광고 모델처럼 예뻐 보였다. 영도 나나 담처럼 작업하기 좋은 허름한 옷차림에 낡은 운동화를 신고 있었지만 머리는 아침 일찍 일어나 손질한 듯 컬이 살아 있었고 화장도 공들인 듯 피부가 윤이 났다. 짝사랑하는 상대에게 예쁘게 보이고픈 마음이야 나도 이해할 수 있었다. J선배가 기억하는 나는 어떤 모습이려나. 몇년 사이 붙은 옆구리 살을 J선배가 알아채면 어쩌나 걱정이 되었다.

"그런데 말이야."

말없이 아크릴판만 계속 닦는 것이 지루해 우리는 관심도 없는 연예인 가십이나, 동창 중 누군가가 결혼했다거나 실연했다거나 하는 유의, 우리랑 아무 상관도 없는 얘기를 주섬주섬 꺼내어 주고받았다.

"너네 그 얘긴 들었니?"

이번에는 담이 무슨 이야기인가를 꺼냈다. 닦아야 할 아크릴판은 여전히 많이 남아 있었고, 일은 단순하고 반복적이었다.

"무슨 얘기?"

"K선배 말이야."

학교 다닐 때 과 선배와 사귀어서 선배들의 소식에 밝은 담은 그동안 듣지 못했던 이들의 근황을 전해주었다. 대개는 어떤 선배의 연봉이 얼마고, 누구는 결혼하는 데 돈을 얼마 썼고, 또 누구는 집을 마련할 비용이 없어 차였다더라, 하는 식의 이야기들이었다.

나는 아크릴판에 알코올을 뿌렸다.

"아, 이거 다 떨어진 것 같다."

"여기 알코올 더 있어."

분무기에 알코올을 따라 부었다.

"1학년 때는 우리가 이렇게 백화점 꼭대기에 앉아서 아크릴판이나 닦고 있을 줄 상상도 못했는데."

별로 우스운 말도 아니었는데 내 말에 담과 영이 풋 — 하고 웃었다. 오랜만에 만난 친구들과 둘러앉아 시답잖은 이야기를 주고받기 때문일까, 아니면 J선배와 만날 약속을 잡아놨기 때문일까. 마치 예전으로 되돌아간 것만 같은 기분이 들었다. 그렇게 생각하자 둥그렇게 앉은 우리 사이에 커다란 나무 한그루가 천천히 가지를 뻗으며 자라나기 시작했다. 밑동이 튼튼하고 가지마다 하얀 꽃잎이 촘촘히 달린 벚나무. 향기로운 나무 그늘이 닿는 자리 저만치에는 선배들이 앉아 있다. 그 가운데 어딘가에는 J선배도. 러시아어 스터디를 빙자해 대낮부터 고량주를 마시던 4월의 어느날처럼.

"그런데 우리 과 없어진다던데, 진짜니?"

가지가 우거지고 꽃송이가 늘어진 아름드리 나무 아래 앉아 담과 영이 궁금하다는 듯 나를 쳐다보았다. 유리창으로 햇살이 타고 들어와 눈이 부셨다.

내가 이렇게 말하면 J선배는 억울하다고 할지 모르겠지만, 나는 내가 대학원에 진학하는 데 가장 결정적인 역할을 한 사람이 아마도 J선배였던 것 같다고 항상 생각해왔다. J선배와 우리는 같은 과 선후배 사이로 만났다. 지금 생각해보면 여섯살 차이 정도야 별것도 아니지만 신입생 시절 여섯학번 차이는 어마어마하게 큰 거였다. J선배는 내가 대학에 갓 입학했을 때 이미 졸업반이었기 때문에 학과 차원에서 전통적으로 이어져오던 신입생 대상 기초 러시아어 스터디에는 참석하지 않아도 되었다. 스터디의 중심이 되는 것은 원래 2, 3학년이었으니까. 그렇지만 우리가 스터디에 참석하기 위해 처음 과방 문을 열었을 때, 환기가 잘 되지 않아 쾨쾨한 냄새가 나던 과방에 붙박이 가구처럼 혼자 앉아 있던 사람은 J선배였다. 끝까지 단추를 다 채운 체크무늬 셔츠에 유행이 지난 스노진을 입고 앉아 있던 J선배. 선배는 일주일에 한번씩 우리를 과방에 앉혀놓고 즈드랍스뜨부이쩨, 랍 브스뜨레쩨 같은 문장들을 가르쳤다. 선배가 신입생들을 대상으로 하는 기초 러시아어 스터디에 적극적이었던 것은 후배들과 원서 강독을 하고 싶다는 원대한 꿈이 있었기 때문이었다.

그렇지만 선배의 꿈이 얼마나 허황한 것인지 밝혀지는 데는 오랜 시간이 필요하지 않았다. 애당초 러시아어나 러시아문학이 좋아서 진학한 신입생들보다는 성적에 맞춰 노어노문학과에 흘러들어온 동기들이 대다수였다. 그렇기 때문에 레르몬또프가 쓴 19세기 시나 러시아어의 어휘론적 특징을 가르치는 교수를 앞에 두고 대부분의 노문과 학생들은 토익 기출 단어를 외우거나 한자능력검정시험을 준비했다. 교수들도 포기한 원서 독해를 추구하는 J선배의 열정은 무모해 보였다. 처음에는 스무명쯤에 달했던 스터디의 인원이 줄고 줄고 줄어서 한 학기 만에 열명도 채 남지 않았다. 그 중에는 나도 포함되어 있었다. 특별히 러시아어에 열정이 있었던 것은 아니었다. 씨를 뿌렸으면 거둬야 한다는 부모님의 가르침대로 살아온 19년 동안의 습성을 버리지 못한 결과였다고나 할까.

아마 명품 가방을 사려던 우리의 시도가 보기 좋게 실패로 끝나고 한달쯤 지난 때였던 것 같다. 영도 담도 나도 그 일에 대해서는 약속이나 한 듯 더이상 이야기를 하지 않았다. 그렇지만 가을비가 내리던 하늘처럼 그즈음 내 마음은 우중충했다. 내가 그토록 우울했던 까닭이 무엇인지는 정확히 알 수 없었지만 그것이 가방을 사고 못 사고의 얄팍한 문제 때문이 아니었다는 것만은 분명했다. 내가 넘을 수 없는 문턱들이 세상에 존재한다는 깨달음 때문만도 아니었다. 창백한 형광등빛 속에서, 다가갈 수 없는 유리벽 안쪽을 노려보며 주먹을 꼭 쥔 채 울 것 같은 얼굴로 서 있던 영과 담과 나를 생각할 때면 느껴지던 그 이상한 감정은, 내가 살아온 세상이 실은 결코 넘지 못하는 문턱의 이쪽 편에 불과할지도 모른다는 열패감도 아니었다. 그렇지만 신입생들이 다 같이 우르르 몰려가 듣던 전공필수 강의가 끝나고 텅 빈 강의실에 홀로 앉아 있거나 하굣길, 모두가 한 방향을 바라보며 신호가 바뀌기를 기다리는 횡단보도

앞에 서 있다보면 문득문득 나의 존재가 지닌 밀도라는 것이 얼마나 희박한가 하는 생각이 들었다. 나는 이제 겨우 스무살을 지나고 있을 뿐이었고 살아가야 할 날이 살아온 날들보다 훨씬 많았는데, 그것은 정말 피로한 일이었다.

"무슨 일 있어?"

내가 시무룩해 보였는지 스터디를 끝내고 뒷정리를 하고 있는데 J선배가 물었다. 어느새 다른 동기들이 다 빠져나간 과방 안에는 J선배와 나, 둘밖에 없었다.

"아니요."

나는 종이컵 속 수북한 담배꽁초를 쓰레기통에 버리고, 빈 깡통들을 납작하게 찌그러뜨렸다.

"넌 왜 노문과에 왔냐?"

나와 같이 어질러진 책상 위를 정리하던 J선배가 불쑥 내게 물었다. 솔직히 말하면 나 역시 내 성적으로 지원할 수 있는 학과 중에서 그나마 마음에 들었던 것이 노문과였기 때문에 지원했던 것뿐이었다.

"『안나 까레니나』를 좋아해서요."

나는 선배를 실망시키고 싶지 않았다. 아니나 다를까, 내 답에 J선배가 눈을 반짝였다.

"그래? 일제강점기에 가장 많이 읽힌 외국 작가가 누군 줄 아냐? 바로 똘스또이야."

선배와 나는 뒷정리를 마치고, 과방의 불을 끄고, 좁다란 문과대 복도를 함께 걸어 밖으로 나왔다. 창밖으로 빗소리가 요란했다. 내게 우산이 없어서 우리는 선배의 우산을 같이 쓰고 정문까지 걸었다. 비가 오나 눈이 오나 J선배가 매일같이 입던 청바지 밑단이 비에 젖어 진하게 변해갔다.

"선배는 왜 노문과를 선택했어요?"

두사람의 머리를 간신히 가릴 수 있는 우산을 공유하는 동안만큼은 대화를 이어가야만 했다.

"뿌시낀을 처음 읽었을 때, 존재에 빛이 깃드는 느낌이 들었거든."

J선배는 아무도 일상에서 쓰지 않는, 문학책에서나 볼 수 있을 법한 낯간지러운 문어체의 표현들을 아무렇지도 않게 쓰곤 했다. 선배의 목소리는 그의 왜소한 체구에 어울리지 않게 성우처럼 울림이 좋은 저음이었다. 그 때문인지 J선배가 아무렇지도 않게 사용하는 그런 표현들은 다소 극적으로 들렸고, 선배의 지나친 진지함과 더불어 그런 말투를 나는 조금 우스꽝스럽다고 생각해왔었다. 그렇지만 선배의 숨결이 느껴질 정도로 우리가 가까이 있었기 때문인지, 우산 위로 규칙적인 간격을 두고 떨어지던 빗방울 소리 때문인지, 아니면 내 쪽으로 우산을 기울인 탓에 선배의 어깨가 점점 젖어갔기 때문인지, 그날 선배의 말은 하나도 우습게 들리지 않았다.

"나중에 기회가 되면 뿌시낀도 읽어봐."

J선배는 내가 러시아문학을 사랑해 학과를 선택한 몇 안되는 후배라고 생각한 모양이었다. 선배의 얼굴이 모처럼 환했다. 선배와 나는 방향이 갈리던 약국 앞 골목에서 헤어졌다. 선배는 내게 우산

을 쥐여주고 가방으로 머리를 가린 채 빗속으로 뛰어들었다. 선배의 발걸음을 따라 바닥에 고인 빗방울이 사방으로 튀었다. 다음날 과방 테이블 위에는 선배의 글씨체로 내 이름이 쓰인 서류봉투가 하나 놓여 있었다. 봉투 속에 들어 있던 것은 뿌시낀의 『예브게니 오네긴』 번역본이었다.

그러니까 결국 『예브게니 오네긴』은 내가 최초로 읽게 된 러시아소설인 셈이다. 뿌시낀의 문장들은 아름다웠고 오네긴과 따찌야나의 이루어지지 않은 사랑이 애달팠지만, 내가 뿌시낀의 가치를 알게 된 것은 시간이 더 많이 흐른 후였다. 처음 내 관심을 끌었던 것은 그보다는 선배 쪽이었다. 촌스러운 차림의 선배가 세련되어 보이기 시작했다거나, 얼굴이 갑자기 잘생겨 보였다거나 한 것은 아니었다. 그렇지만 돌려주어야 했으나 돌려주지 못해 내 비좁은 자취방 화장실에 여러날 동안 펼쳐져 있던 선배의 싸구려 자동우산을 볼 때마다, 이상하게도 내 마음이 우산처럼 둥글게 부풀어 올랐다. 나는 J선배가 보고 싶을 때마다 "나의 봄날은 날아가버렸단 말인가?/정말 그것은 되돌아올 수 없는 것인가?/내가 정말 곧 서른살이 된다는 것인가?"라거나 "행복은 거의 가능한 듯,/거의 손에 잡힐 듯했는데!"* 같은 문장들을 뜻도 모른 채 노트에 베껴 적었다. 그러다보면 선배를 온전히 이해할 수 있는 날이 오기라도 할 것처럼. 선배도 그런 나를 알았을까. 아마 알았겠지. 그 당시 내가

* 알렉산드르 세르게비치 푸슈킨 『예브게니 오네긴』, 허승철·이병훈 옮김, 솔 1999.

선배를 좋아하게 되었다는 것을 아는 사람은 아무도 없었지만, 선배는 너무 먼 사람이었고, 내게 고백해볼 주변머리 같은 것은 없었지만, 선배만은 알았을 거다. 선배는 작은 기척에도 반응하는 늙은 기린처럼 고요하고 섬세한 사람이었으니까.

점심시간에 우리를 백화점 식당가에 있는 중식당에 데리고 간 것은 처음 우리를 대회의실로 데리고 갔던 남자였다. 영에게 일을 부탁했다는 김 팀장이 원래 점심을 사줄 계획이었는데 회의가 있어서 들르지 못하고 대신 후임인 자신을 보냈다고 했다. 영은 다소 실망한 낯빛이었다. 우리는 말없이 후임을 따라 식당으로 내려갔다. 후임의 잘 다려진 셔츠와 반듯한 넥타이에 계속 눈길이 갔다. 나는 어쩐지 주눅이 들었다. 메뉴판에 적힌 음식의 가격은 상당히 비쌌다. 영과 담은 고민 끝에 자장면을 하나씩 시켰고 나는 짬뽕을 시켰다. 결국 자장면 세개에, 짬뽕 하나.

영은 사회생활을 해본 사람답게 실망한 기색을 감추고 싹싹하게 후임과 이야기를 나눴다. 담도 그럭저럭 대화에 잘 섞여들었다. 나만 말없이 짬뽕 속의 애꿎은 홍합껍데기를 젓가락으로 집었다가 놓기만 반복했다. 직장생활을 안해본 게 이런 식으로 티가 나는구나. 담과 영은 계약직이었지만 어쨌거나 졸업 후 직장생활을 해봤으므로 나와 처지가 달랐다. 후임은 VIP 초대장 발송 건이 꼬이는 바람에 중간에서 곤란하게 되었다며 아크릴판을 말끔히 세척해주는 일이 얼마나 중요한지 강조했다. 일의 프로세스도 잘 모르는 다

른 부서 출신이 상무로 발령받아 오는 바람에 중간에서 난감하게
되었다고도 말했다.

"아무튼 쉬운 게 없어요."

후임이 깊게 한숨을 쉬었다.

그렇죠. 쉬운 게 없죠.

대학원 진학을 결정하는 것도 쉬운 일은 아니었다. 졸업을 앞둔
겨울, 설 연휴를 맞아 집에 내려가서 떡국을 먹다가 대학원에 진학
하겠다고 했더니 아버지가 숟가락을 바로 내려놨다. 그게 대체 무
슨 소리냐. 아버지는 평소 큰소리를 내지 않는 성격이었다. 가뜩이
나 청년실업 청년실업, 뉴스에서 나오는데 대학원에 가서 대체 무
얼 하려고. 사실 아버지의 말은 다 맞았고, 나 역시 고민하고 있던
문제였기 때문에 그날 먹은 떡국이 그대로 다 얹혀서 밤새 끙끙 앓
았다. 러시아문학이 아니면 죽음을 달라, 할 정도의 열정은 없었지
만 엄마가 비난하듯 말했던 것처럼 사회에 뛰어들기가 두려워서
유예기간을 갖고 싶었던 것은 결코 아니었다. 부모님을 설득해 겨
우 대학원에 입학했을 때까지만 해도 1년 만에 학과 통폐합설이
나돌기 시작할 줄은 꿈에도 몰랐다. 늦은 밤까지 연구실에서 사전
을 찾아가며 원서를 읽고 나서 선배들과 문과대 건물 바닥에 쭈그
리고 앉아 '경쟁 반대' '집중투자 반대' 같은 대자보를 쓰고 집으로
돌아오는 밤이면 이상하게도 J선배와 걸었던 초여름밤의 골목들

이 생각났다.

그러니까 선배가 내 자취방까지 바래다주는 동안 함께 걸었던 컴컴한 골목들. 내가 2학년이 되고 선배가 석사 1학기차에 접어들었을 때, 선배는 기초 러시아어 스터디에 끝까지 참여했던 나와 몇몇 동기들을 데리고 러시아소설 읽기 모임을 운영하고 있었다. 대학원생이 되어버린 선배가 바빠서 드문드문 이어지기는 했지만 우리는 금요일 느지막이 모여 고골이나 뚜르게네프 같은 작가들의 소설을 번역본으로 읽었다. 간혹 모임을 끝내고 다 같이 술을 마실 때도 있었다. 술자리가 파하면 선배는 나를 자취방까지 데려다주곤 했다. 그날도 그런 금요일 밤 중 하나였다. 늦은 시간이었지만 대학가의 금요일 밤이 대개 그렇듯 신입생으로 보이는 만취한 학생들이 골목에 주저앉아 소리를 질렀다. 나는 선배와 팔꿈치라도 닿을까봐 잔뜩 긴장을 한 채로 걷느라 어깨가 아플 지경이었다. 그렇지만 방사형으로 이어지던 골목을 걸으면서, 어둠을 입은 나무들을 올려다보면서, 나는 그 길이 영원히 끝나지 않기를 속으로 가만가만 바랐다. J선배는 평소 말수가 적었기 때문에 선배에 대해 알 기회가 별로 없었다. 남쪽의 소도시에서 태어나 자랐다거나, 장남이 쓸데없이 계속 공부하는 것을 부모님이 탐탁잖게 생각하신다는 사실 같은 것들을 모두 선배와 밤 골목을 걸으며 알았다. 집까지 같이 걸어가는 동안 그가 내게 해주던 한두마디의 말들을 통해서 그가 어떤 사람인지를 헤아려보는 일이, 그가 살아왔을 삶을 짐작해보는 일이, 나는 싫지 않았다.

"그래도 선배는 선배가 좋아하는 일을 하니까 멋있어요."

내가 그렇게 말했던가, 술김이었던가, 말해놓고 얼굴이 달아올라 숨을 쉴 수가 없었던가.

"어쨌든 우리가 읽은 소설에도 쓰여 있었잖아. 우리에게 자유를 주는 것은 의지라고."

선배는 담담한 말투로, 그러나 그 무엇도 침범할 수 없을 것 같은 견고한 얼굴로, 그렇게 말했다. 그날밤, 선배를 문 앞에서 배웅하고 집 안으로 들어와 나는 우리가 같이 읽었던 소설책을 펼치고 선배가 말했던 대목을 찾아 밑줄을 그었다. 모든 것이 처음이었고, 심장이 귓속에서 뛰는 것 같았고, 정신이 없었다. 나는 선배의 뒷모습을 한번이라도 더 보고 싶어 창문을 열었다. 어둠속에서, 내 방 창문을 올려다보던 J선배가 천천히 뒤돌아서고 있었다.

우리는 식사를 끝마치자마자 곧바로 대회의실로 돌아와야 했다. 원래는 일찍 식사를 끝내고 원피스 구경이나 할 겸 백화점을 한번 둘러볼 계획이었지만, 후임이 일의 진행상황을 확인하자고 들었다. 회의실 문을 열자 지독한 알코올 냄새가 훅 끼쳤다. 창문을 열어보려 했는데 열리지가 않았다.

"자살 방지 차원에서 창문을 안 열리게 만들었대요."

우리를 뒤따라온 후임이 설명했다. 백화점 꼭대기층에서 투신하는 사람이라니. 아크릴판을 닦는 일이 너무 지겨워 투신하는 사람이라도 있는 걸까. 우리는 대회의실 벽 쪽으로 쪼르르 얌전히 서 있고 후임은 근엄한 표정으로 우리가 닦아놓은 아크릴판을 손끝으로 집어 햇빛에 비추어가며 살폈다.

"좀더 속도를 내주셨으면 좋겠어요."

후임이 사무적인 말투로 말했다.

"그리고 좀더 깨끗하게요."

쌍.

후임이 나가고 우리는 다시 맨바닥에 둘러앉았다. 알코올 성분이 떠도는 공기 탓에 숨을 쉴 때마다 몽롱해지는 기분이었다. 문이라도 열까? 그치만 그럼 우리가 말하는 소리를 직원들이 다 들을걸? 우리는 결국 알코올을 폐에 가득 들이마시는 쪽이 낫다는 데 합의했다. 담이 몇개를 닦다 말고 휴대전화를 꺼내 메시지를 보내기 시작했다.

집에는 대체 몇시에 가려는 거야.

"너 아까 보니까 혼자 짬뽕 먹더라."

바닥에 주저앉아 다시 아크릴판을 닦고 있는데 영이 내 쪽으로 돌아앉았다.

"그러면 안된다."

영은 심각한 표정이었다.

"니가 아직 학생이라 모르나본데, 앞으로는 그러면 안돼. 남들이 자장면을 먹으면 너도 자장면을 먹을 수 있어야 사회생활도 한다."

담도 영의 말이 맞는다는 듯 저만치에서 휴대전화를 만지작거리며 고개를 주억거렸다.

"그리고 얘깃거리 없어도 말도 잘 섞고 그래야 해. 한국 사회 좁다. 한다리 건너면 다 아는 사람이야. 니가 그 사람이랑 어떻게 얽힐지는 알 수 없는 거다."

그렇게 사회생활을 잘해서 너네도 나처럼 여기서 알바나 하냐, 하는 말이 목구멍까지 차올랐지만 나는 말을 삼켰다.

"우리 커피 마실래? 내가 사올게."

문자메시지를 다 보냈는지 담이 우리 쪽으로 다가오며 물었다.

"그럴까?"

영이 내 쪽을 쳐다봤다. 나는 커피가 마시고 싶지 않았고, 언제 끝내고 집에 갈 계획이냐는 생각이 들었지만, 고개를 끄덕였다.

"난 아메리카노."

"나도."

영과 담이 나를 쳐다보았다. 나는 캐러멜 마끼아또가 마시고 싶었다.

"나도 아메리카노."

아메리카노는 쓴데, 쌍.

커다란 창밖으로 해가 지기 시작했다. 틴팅이 되어 있어 하늘은 실제보다 더 어두워 보였다. 양털 같은 구름이 연보랏빛으로 물들어 높고 낮은 빌딩 뒤쪽으로 느리게 흘러갔다. 영이 기다리는 팀장은 아무래도 우리를 보러 오지 않을 심산인 것 같았다. 음료수를 가지고는 직원 엘리베이터를 탈 수 없다는 규정 탓에 커피를 들고 계단으로 올라와야만 했다던 담의 얼굴엔 지친 기색이 역력했다. 영의 눈화장이 번져 눈 밑이 검게 물들었다. 나는 손을 펼쳐보았다. 알코올 때문에 쭈글쭈글해진 손끝은 내 것이 아닌 느낌이었다. 반복되는 움직임에 어깨가 아파와 아크릴판을 잠시 바닥에 놓고 기지개를 켰다. 그래도 힘을 내야지. J선배 앞에서 어수룩한 학부생이 아니라 조금은 여자다운 모습을 선보일 기회라고 생각하면 어깨가 아픈 것도 견딜 만했다. 바닥에 앉은 때문인지 하늘은 아득히 높아 보였다. 구름은 이제 좀더 진한 분홍색으로 물들어갔다. 시간의 흐름에 따라 달라지는 구름의 빛깔을 관찰한 지 오래되었다는 생각이 들었다. 시간은 정해져 있고, 우리는 구름을 바라보거나 아크릴판을 닦거나, 둘 중에 하나밖에 할 수 없으니까. 모든 것은 결국 '선택'의 문제다. 총장은 그렇게 말했다.

우리는 지금 어디로 가고 있습니까? 지난겨울 내내 본관 앞에 걸려 있던 현수막에는 그런 문구가 쓰여 있었다. 학생회에 속한 학생들끼리 문장의 어미를 '있습니까?'로 할지 '있나요?'로 할지를 놓고 잠시 의견 충돌이 있었다는 이야기를 건너건너 들었다. 어미 따위가 흐름을 바꾸는 데 영향이나 미치겠냐는 생각을 누군가는 했겠지만, '있습니까'와 '있나요'의 차이에 대해서 그들은 무심하지 않았다. 학생들의 농성이 계속되었지만, 인문·사회대의 몇몇 학과들만 대상으로 하던 통폐합 논의는 도리어 영화과와 영상과, 텍스타일 디자인과와 공예과의 통폐합 계획으로까지 번져갔다. 농성은 어차피 금세 수그러들 거였고 관건은 취업률과 효율성이었다.

싫은 소리를 들을까봐 설 연휴에는 일부러 집에 내려가지 않았는데, 전화를 걸어 아버지에게 새해 복 많이 받으세요, 하니 아니나 다를까 아버지가 요새 뉴스에 나오는 게 너네 학교냐, 하고 물었다. 대학원 때려치우고 취업이나 해라, 아버지가 말했다. 취업을 준비할 땐 하더라도 지금은 아니에요, 내가 말하고 전화를 끊었다. 통폐합 대상이 된 학과의 교수들은 취업현황을 조사해서 자료를 만들라고 지시를 내렸다. 나는 난방이 되지 않는 과사무실에 앉아 졸업생 명단에 있는 순서대로 선배들에게 전화를 돌렸다. 전화를 받은 졸업생들 중 몇몇은 취업을 했고 몇몇은 취업을 하지 못했다. 핑계 김에 J선배의 목소리를 듣고 싶었지만 J선배는 전화를 받지 않았다. 선배는 유학 자금을 마련하기 위해 여전히 학원 알바를 하는 걸까. 러시아 정부의 장학금을 받을 수도 있다고 들었으니 생활비만 벌었다면, 선배가 가고 싶어했던 모스끄바로 이미 떠났을 수도 있겠다고 나는 막연히 짐작했다. 이맘때쯤이면 모스끄바 대학 캠퍼스의 자작나무와 사과나무 위에는 눈이 많이 쌓였을 텐데. 짐을 챙겨서 과사무실에서 나오는데 차갑고 건조한 바람이 불었다. 나는 잔뜩 움츠린 채 바람을 거스르며 걸어갔다. 본관 앞 커다란 나무 사이에 걸려 있던 현수막이 요란한 소리를 내며 위태롭게 펄럭였다. 나는 어둠속에서 아우성치는 현수막을 보았다. 아니, 본관 앞에 심긴 벚나무를 보았던 걸까. 아니면 벚나무를 내려다보던 J선배와 나를?

J선배도 바쁘고 참석 인원도 적어서 소설 읽기 모임이 흐지부지 끝난 지 반년 가까이 되어가던 겨울. 그렇지만 선배가 문과대 건물 안의 연구실에 주로 있었기 때문에 선배가 보고 싶어지면 나는 노문과 연구실이 있던 4층을 서성이곤 했다. 첫눈이 내리던 그날도 나는 4층의 복도를 왼쪽에서 오른쪽으로, 오른쪽에서 왼쪽으로 열 번은 넘게 오가고 있었다. 눈이 귀한 고장 출신이라 서울에 와 가장 좋았던 것이 눈을 자주 볼 수 있는 거라 했던 J선배의 말을 나는 기억하고 있었다. J선배는 좀처럼 마주쳐지지 않고, 눈이 그칠 것 같아 맘은 초조하고, 뭔가 핑계를 만들어 문자메시지나 보내볼까, 시무룩한 마음으로 궁리를 하고 있는데 어디를 갔다 오는지 어깨 위에 눈이 쌓인 J선배가 4층으로 올라오다가 나를 발견하고 고요히 웃었다.

 우리는 자판기에서 뽑은 달달한 커피를 들고 문과대 현관에 서서, 언덕 아래의 본관 앞 벚나무 위로 소리 없이 떨어지는 눈송이를 내려다보았다. 선배와 나란히 서서 첫눈을 보기 위해 내가 얼마나 오랫동안 텅 빈 복도를 서성였는지 선배는 영원히 알 수 없을 테지. 그러거나 말거나 떨어지는 눈송이는 아름다웠다. 손을 뻗으면 눈송이가 손바닥 위로 내려앉았다가 소리도 없이 사라져버렸다.

 아름다워요.

 선배도 나를 따라 손을 허공에 뻗었다. 선배의 거뭇한 손 위로 하얗고 여린 눈송이가 조용히, 그리고 영원처럼 천천히 떨어져내렸다.

"꼭 벚꽃잎 같네."

선배가 나지막이 속삭였다. 선배는 고향에 쌍계사라는 절이 있는데 그 근처 십리 길을 따라 죄다 벚나무가 심겨 있다고 했다.

"그 벚꽃길을 같이 걸으면 백년해로를 한다더라."

선배가 장난스러운 표정을 지으며 내게 말했다. 선배, 선배는 왜 그런 말을 내게 하는 거예요, 나는 발뒤꿈치를 들고 엄마에게 쓰다듬어달라고 머리를 들이미는 아이처럼 선배에게 자꾸 묻고만 싶었다. 먹색에 가까운 어둠속에서 겨우 형체만 가늠할 수 있던, 본관 앞 벚나무의 새까만 가지 위로 함박눈이 쌓이는 소리가 들리는 것만 같았다. 선배는 내게 할 말이 있는 듯 계속 망설였다. 나는 고개를 숙인 채 선배의 발끝만 보았다. 얼마만큼의 시간이 흘렀지? 선배가 결국 맥없이 웃으며 내 머리를 쓰다듬었다. 선배 손에서 나던 은은한 담배 냄새. 내가 교환학생으로 선발되어 러시아로 떠날 준비를 하고 있지 않았다면 뭔가 달라졌을까. 불도 켜지 않고 방 한 구석에 쭈그리고 앉아, 시간 가는 줄 모르고 J선배와 통화를 하던 밤들이 떠오르면 나는 가끔 그게 궁금했다. 선배도 알았을 텐데. 그날 선배 옆에 서서, 흔적도 없이 녹아 사라질 4월의 눈을 맞으며, 십리를 선배와 하염없이 걷는 날이 왔으면 좋겠다고 내가 속으로 기도했다는 것을.

"참, 너네 J선배 소식 들었어?"

작업이 다시 무료해졌는지 담이 입을 열었다.

"선배가 혹시 너도 찾아왔어?"

"아, 그럼 너도?"

영과 담이 주고받는 질문들 속에 등장하는 이름에 나는 나도 모르게 고개를 돌렸다. 영과 담은 그런 나와 상관없이 지루한 표정으로 아크릴판에 알코올을 뿌렸다.

창밖으로 무엇인가 하얀 것이 떨어져내렸다. 눈인가? 눈일 리는 없는데. 그러면 저것은 꽃잎인가? 저렇게 자꾸만자꾸만 떨어져내리는 것은?

우리는 당초 예상했던 것보다 한시간가량 늦게야 일을 끝마쳤다. 작업을 확인하러 온 것은 이번에도 김 팀장이 아니라 후임이었다. 우리는 직원 엘리베이터를 타고 1층으로 내려왔다. 이미 폐점한 백화점 안은 어두웠다. 몇시간 전까지만 해도 빛나던 상품들이 하얀 천에 덮여 있었다. 영과 담은 지하철을 타러 간다고 했다. 나는 불 꺼진 백화점 정문 앞에서 친구들과 헤어졌다. 거리를 혼자 걷고 싶었다. 상점마다 온갖 빛이 가득한 거리는 어딘가를 향해 바쁘게 걸어가는 사람들로 가득했다. 환한 점포를 등지고 선 호객꾼들이 관광객을 향해 외국어로 뭐라고뭐라고 소리를 질렀다. J선배와 닮아 보이는 정장 차림의 사내가 취기를 이기지 못하고 보도블록 위에 주저앉아 있었다. 나는 서류가방을 끌어안은 채 전신주에 기대어 조는 사내를 멈춰 서서 잠시 바라보았다. 머리숱이 적은 사내의 얼굴은 앳되어 보였다. 초조한 눈빛으로 연신 이마의 땀을 닦아냈다던 J선배. 담의 말에 따르면 선배가 입도 대지 않아 커피는 테이블 위에서 그대로 식었다고 했던가.

밤거리를 오래 걷다가 집에 돌아오니 방음이 잘 되지 않는 외벽을 타고 누군가의 집에서 늦은 밤 세탁기 돌리는 소리가 들려왔다. 기분 탓인지 온몸에서 알코올 냄새가 나는 것 같았다. 나는 겉옷을 벗어 빨래바구니 속에 던져넣었다. 책상 위에 올려둔 휴대전화가 진동했다. 그것은 조교장이 보내온 공지 문자메시지겠지만 약속을 잊지 않았는지 확인하는 J선배의 메시지일 수도 있었다. 나는 메시지를 확인하는 대신 서랍장을 열어 갈아입을 속옷을 챙겼다. 서랍에서는 마른 버섯 냄새가 났다. 이상한 냄새잖아, 하고 속으로 중얼거리다가 문득 어떤 생각이 떠올라 나는 책장 두번째 칸에서 『첫사랑』을 찾아 꺼냈다. 책을 펼치니 책갈피에는 한때 가볍고 향긋했던 하얀 꽃잎이 바스러질 듯 마른 채 끼워져 있었다. 그 뒤로 한 페이지를 넘기자 오래전 푸른색 펜으로 내가 밑줄 그은 문장이 눈에 띄었다. 무심한 사람의 입으로부터 들었노라, 죽었다는 소식을. 그리고 나도 또한 무심한 사람의 얼굴과 같은 표정으로 이를 들었노라.** 그 문장을 읽는데 알 수 없는 어떤 이유에서인가 눈물이 났다. 아르바이트비는 월말에 입금될 예정이라고 했다.

** 투르게네프 『짝사랑·첫사랑』, 박형규·이준형 옮김, 어문각 1986.

중국인  할머니

지금까지 나는 한
때 내게 중국인 할
머니가 있었다는
사실을 아무에게도
말해본 적이 없다.

그녀에 대해서는 누구에게도 말해본 적이 없다. 일부러 숨긴 것은 아니다. 그저 말할 기회가 없었을 뿐. 적어도 나는 그렇게 믿고 있다.

*

스물네살 즈음이었던 것 같다. 아니면 스물다섯? 엄마가 갑자기 내게 부고를 전했다. 새할머니가 돌아가셨다고 했다. 내가 한번도 가본 적 없는 시베리아에서부터 불어온 바람이 눈먼 이방인처럼 초라하게 새벽 창을 두드리던 그런 계절이었다. 당시 다니던 회사 측에 소식을 알리자 팀장은 깊은 한숨을 쉬었다. 1년 중 가장 바쁜 시즌이었다. 이해는 했지만 무례하다고 생각했다. 무례가 난무하는 시절이라지만 기분이 상했다. 팀장도 실수했다고 생각했는지 맘에도 없는 소리를 덧붙였다. 추운데 상 치르느라 몸 축내지 말고.

새할머니의 빈소는 엄마의 고향에 위치한 병원에 모셔졌다. 엄마의 고향에 내려가는 것은 오랜만이었다. 지하철로도 연결되어 마음만 먹으면 언제든 찾아갈 수 있는 곳이었는데도.

공기는 차갑고 건조했다.

빈소에는 이미 여러 사람들이 와 있었다. 상주는 새할머니의 아들이었다. 엄마와 이모, 이모부는 모두 까만 상복을 입고 있었다. 아빠는 그즈음 한달간 미국 출장 중이었다. 나도 얼른 상복으로 갈아입었다. 빈소 특유의 냄새. 국화 냄새와 육개장 냄새가 공기 중에 뒤엉켰다. 들어본 적도 없는 모임의 이름을 궁서체로 쓴 고만고만한 규모의 화환들이 입구에 세워져 있었다. 비슷한 모양과 색깔의 점퍼를 입은 사내들과 한결같이 팔꿈치나 소맷부리가 닳은 모직 반코트를 입은 여자들이 드문드문 문상을 왔다. 그들이 새할머니와 무슨 관계였는지는 알 길이 없었다.

대부분은 엄마나 이모를 보러 온 문상객들이 아니었다. 새할머니의 장례식이었으므로 우리는 상주가 아니었지만, 나는 캔 식혜와 귤, 말라가는 절편 따위를 올린 쟁반을 들고 상과 상 사이를 바삐 오갔다. 엄마와 이모는 그러는 것이 고인에 대한 예의,라고 말했다. 간혹 나를 알아보는 사람들이 엄마와 내가 똑 닮았다는 말을 인사조로 건넸다. 사실 나는 엄마와 그다지 닮은 구석이 없었다. 구들장은 뜨끈뜨끈했고, 사람들은 술에 취해 고인과 상관없는 이야기들을 주고받았다. 문상객들이 어질러놓은 신발들을 정리하다가 허리를 펴면 영정사진 속의 새할머니와 눈이 마주쳤다. 도대체 누가 고른 사진인지, 새할머니는 할아버지에게 시집올 때처럼 턱없이 젊었다. 새할머니가 시집올 당시의 나이는 아마도 예순여섯. 그때 내 나이는 열살이었다. 할머니가 돌아가셨다는 사실을 받아들이기도 힘들었던 내게 몇해 지나지 않아 새로운 할머니가 생긴다는 것은 꽤나 충격적인 일이었다. 결혼식 같은 것은 물론 없었다. 나는 죽음이 슬픈 이유는 잊히기 때문이 아니라 대체되기 때문이라는 사실을 그렇게 배웠다.

솔직히 말하면 나는 아주 오랫동안 새할머니에 대해서 아는 것이 별로 없었다. 알고 싶지 않았다,고 말하는 게 더 정확할까? 새할머니가 할아버지와 함께 살게 되었을 무렵의 나는 새할머니를 받아들이는 것이 돌아가신 할머니에 대한 배신이라고 생각할 만큼 어렸다. 할머니에 대한 그리움이 크면 클수록 나는 새할머니에게 더 매정하게 대했다. 할머니와 새할머니는 달라도 너무 다른 사람들이었는데, 그 점이 더욱 마음에 들지 않았던 것 같다. 이를테면 할머니는 마늘을 넣어 갈비찜을 해주었는데 새할머니는 생강만 넣고 갈비찜을 했다. 똑같이 감자를 삶아도 할머니는 설탕을 찍어 먹게 종지에 담아주었고 새할머니는 소금을 내주었다. 그 시절 사범대학까지 나와서 글도 잘 쓰고 피아노도 칠 줄 알았던 할머니와 달리 새할머니는 초등교육도 받지 못했다. 그리고 결정적으로 새할머니는 화교였다. 새할머니를 처음 봤을 무렵 나는 화교라는 단어가 무엇을 뜻하는지 몰랐다. 그렇지만 살아생전 할머니가 아랫목에 앉아 티브이를 보다가 드라마 주인공 역을 맡은 여배우나 할머니가 좋아하던 노래를 부르는 가수를 가리키며, 알고 있었냐, 저이가 화교 출신이라더라, 놀란 목소리로 말하곤 했던 기억은 어렴풋이 갖고 있었다. 불길한 일을 공유하듯 낮고 작던 목소리. 그렇게 말할 때마다 느껴지던 막연한 이질감. 지금이야 화교라는 것이 나쁜 의미의 단어가 아니고, 더군다나 아직 일흔도 되지 않은 나이에 홀아비가 된 남자에게는 같이 살 여자가 필요하다는 것을 이해할 수 있게 되었지만, 변명하자면 그때 나는 너무 어렸다.

엄마와 이모가 할아버지의 재혼에 찬성한 것도 아마 그런 이유였을 거다. 어렵게 낳은 아들이 군복무 중 일찍 세상을 떠난 탓에 할아버지와 할머니 사이에는 딸만 둘이 남아 있었고, 지금도 그렇지만 시집간 딸이 홀로된 아버지를 모시고 사는 것은 부담이었을 테니까. 엄마와 이모가 새할머니를 어떻게 생각했는지는 잘 모르겠다. 살갑지는 않지만 예의 바르게. 그것이 내가 아는 한 우리 엄마가 새할머니를 대하던 일관된 태도였다. 엄마와 이모는 새할머니의 아들과도 비슷한 관계를 유지했다. 그와는 얽힐 일이 거의 없었지만 간혹 명절 때 엇갈리며 스쳤고, 할아버지 팔순이나 새할머니의 고희 같은 때 어울려 식당에서 식사를 한 기억 정도가 있을 뿐이었다. 그러니까 사실상 새할머니의 아들 가족과 우리 가족은 남남이었는데, 그럼에도 나는 늘 이상한 경쟁심을 느꼈다. 새할머니의 아들, 그러니까 외삼촌의 자식보다는 내가 공부도 더 잘하고, 더 좋은 대학에 가고, 더 좋은 직장을 얻어야겠다는 그런 유의 경쟁심 말이다. 나는 그것이 돌아가신 할머니의 명예를 위해 마땅히 해야 하는 일이라고 생각했던 것 같다. 새할머니의 아들이 우리 엄마보다 열살쯤은 어렸고, 새할머니가 재혼하고 나서야 장가를 갔기 때문에 그 아들이 아이를 갖게 되기까지는 한참 먼 일이었는데도. 말하자면 나는 태어나지도 않은 아이와 홀로 경쟁하며 성장한 셈이다. 지금 생각해보면 다 우스운 일이지만 그때의 나는 자못 심각했다. 뭐, 다 그렇고 그런 이야기다.

외삼촌은 내가 그런 마음을 품었던 것을 짐작도 못했겠지? 기억을 더듬어보면 처음 보았을 때 내 눈에 비친 외삼촌은 나이에 비해 새치가 많고 숫기 없는 노총각이었다. 새할머니가 할아버지에게 식도 없이 시집을 오던 날, 그래도 합치는 가족끼리 밥은 한끼 먹어야 하지 않겠느냐는 할아버지의 말에 모두 식당에 모였다. 할아버지는 넥타이까지 챙겨 맨 정장을 입었고 새할머니도 곱게 투피스를 입었는데, 옥색의 블라우스가 너무 밝아 새할머니의 낯이 어두워 보였다. 그날 식당에는 우리 식구랑 이모네 식구까지 우리 쪽으로 일곱명이나 있었지만 새할머니 쪽 식구로 온 사람은 딸랑 외삼촌 하나였다. 그래서였을 거다, 외삼촌과 새할머니가 우리 가족 위에 덧붙여진 점처럼 보였던 것은. 왜, 그런 점 말이다. 귓바퀴 속, 얼룩인 듯 흉터인 듯, 아프지도, 미관상 딱히 보기 더 좋지도 않고 청력에는 더더욱 도움이 안되지만, 그냥 그렇게 존재하는 아주 작고 까만 점.

들은 바에 의하면 외삼촌은 일찍 아버지를 여의고 새할머니와 단둘이 살았다고 한다. 남편을 잃은 새할머니는 지인들의 도움을 받아 중국식당에서 오래 일했지만 큰돈을 벌지 못했다. 외삼촌이 대학 가는 것을 포기하고 일찍부터 중국을 상대하는 교역회사에서 일하기 시작한 것은 그런 까닭이었다. 외삼촌은 새할머니가 우리 할아버지와 혼인신고를 하고 2년 후쯤 결혼했다. 우리도 그 결혼식에 초대받아 갔었다. 두시간 간격으로 결혼식이 연이어 잡혀 있는 그런 예식장이었다. 연미복은 외삼촌에게 커 보였고, 외숙모의 웨딩드레스는 예식장의 샹들리에처럼 과하게 화려했다. 그렇지만 그날 우리는 다 같이 처음으로 가족사진을 찍었다. 외삼촌이 신혼여행으로 어디에 다녀왔는지는 기억이 나지 않는다. 누군가 물어봤을 텐데. 외삼촌의 이름은 김영준. 지극히 한국 사람다운 이름을 지어준 것은 외삼촌의 친아버지였다. 외삼촌의 친아버지는 한국 사람이었으니까 김씨 성을 아들에게 물려주었다. 그것은 새할머니의 아버지가 새할머니에게 누가 봐도 중국 사람 같은 성씨를 물려준 것과 정확히 같은 이치였다.

새할머니의 이름은 풍효래. 누가 봐도 중국 사람 같은 성씨를 지닌 새할머니는 1930년 한반도의 남쪽에서 태어났다. 그후 쭉 한곳에서만 여든해를 살았지만 피는 물보다 진하니까, 할머니는 두명의 한국인 남자와 결혼하고 그사이 한국 국적을 가진 아들을 하나 낳았지만 태어나서 죽을 때까지 계속 중국인, 그러니까 화교로서 살았다.

그런데 새할머니와 할아버지는 어떻게 만났지? 그것은 내가 오래전부터 품어온 궁금증이었다. 그렇지만 그에 대한 답을 명확하게 알려주는 이는 아무도 없었다. 할아버지와 새할머니 사이에는, 할머니와 새할머니 사이가 그렇듯, 접점이라는 것이 없어 보였다. 할아버지는 그 시절 몇 안되는 인텔리였다. 의학을 공부했으니까 말이다. 할아버지는 머리를 포마드로 정결히 넘기기 전에는 결코 외출을 하지 않는 그런 종류의 사람이었다. 아침식사 하기 전에는 반드시 조간신문을 읽고, 자기 전에는 빼먹지 않고 맨손체조를 하던 사람. 육십이 넘어 컴퓨터를 배워서, 10여년간 이어온 미국 경제의 고성장세가 한풀 꺾여 세계경제가 어려워진다는데 이런 시기에 다들 무탈하냐,라거나 봄볕에 산 천지 눈 녹듯 남북관계가 원활해지고 있는데 너희 식구들도 화평하게 지내고 있느냐, 같은 식으로 시작하는 이메일을 자식들에게 보내는 그런 유형의 사람 말이다. 반면 새할머니는, 어떻게 설명하는 게 좋을까. 새할머니는 굳이 말하자면 무색무취의 사람이라고 할 수 있었다. 특별한 취향도,

취미도 없어 보이는 사람. 가뜩이나 작은 체구를 옹송그려서 누구의 눈에도 띄지 않으려는 듯, 아무런 의견도 내지 않고, 뭔가를 먼저 제안하지도 않고, 그냥 있는 듯 없는 듯 그렇게 살아가는 사람. 그토록 다른 사람들이었기 때문에 나는 둘의 연애가 어떻게 시작되었는지 쉽게 상상할 수 없었다. 내가 할아버지에게 둘의 연애담에 관해 물어보면 민망해하며 화제를 돌려버렸기 때문에 궁금증을 풀 방법은 없었다. 딱 한번, 언젠가 할아버지가, 그때가 육이오 사변이 일어나던 해였지,로 시작하는 말을 한 적이 있긴 했다. 요약하자면 유엔군의 폭격이 끝나고 중공군이 남하하기 시작할 무렵, 할아버지는 가족과 함께 풍도로 피난을 갔는데 새할머니도 그곳으로 피난을 갔다더라 하는 이야기였다. 이야기는 거기에서 멈췄는데, 그렇기 때문에 그 사실이 어떻게 사랑의 시작이 될 수 있다는 것인지는 도통 이해할 수 없었다. 할아버지와 새할머니가 둘 다 풍도로 피난을 갔고 비슷한 시멘트광 아래 숨어 폭격을 피했을지는 몰라도, 나는 둘이 그 시절 만났다거나 그때 싹틔운 사랑을 몇십년이 흐르도록 간직했을 수 있다거나 하는 것은 믿지 않았다.

어쨌든 내가 모르는 어떤 계기로 사랑에 빠진 할아버지와 새할머니는 그렇게 같이 살게 되었다. 가족끼리 식사를 한차례 하고 나서 새할머니는 우리 가족이 종종 신흥동 집이라고 부르던 외갓집에 간소한 짐을 챙겨 들어왔다. 신흥동 집은 우리 가족에게 특별한 집이었는데, 나의 할머니와 할아버지가 엄마와 이모를 모두 낳고 키운 집이었기 때문이다. 1910년대에 세워진 일본식 개량 한옥인 그 집은 지금이야 아니지만 옛날에는 그 근방에서 제일 큰 집이었다. 대문 안쪽으로 마당이 있었고 기역자 구조로 이루어진 건물이 마당을 둘러싼 모양을 이루었다. 기역자 건물의 한쪽에는 할아버지가 운영하던 병원이 있었는데, 내가 초등학교를 졸업할 무렵까지도 할아버지는 그곳에서 환자들을 진찰했다. 인동초 덩굴이 담벼락을 뒤덮고, 초여름이면 마당 가득 둥굴레꽃이나 백일홍, 접시꽃이 만개하던 집. 우리 엄마는 그 집에서 태어나 시집갈 때까지 살았다. 그리고 그다음에는 엄마가 인턴을 거쳐 레지던트를 마칠 때까지 내가. 말하자면 나는 그 집 뜨락의 모과나무 아래서 할머니와 돗자리를 깔아놓고 소꿉장난을 하며 컸다. 나로서는 새할머니의 등장으로 신흥동 집에 변화가 생기는 것이 싫을 수밖에 없었다.

새할머니가 신흥동 집에서 살기 시작하고 나서 처음 우리 식구가 외갓집에 놀러 갔던 날의 기억은 여전히 남아 있다. 이유 없이 서럽던 내 마음과 달리 볕이 새끼강아지 발바닥에 돋은 잔털처럼 간지럽던 날이었다. 엄마와 새할머니가 마루에 서서 무엇인가에 대해 이야기를 나누었고 할머니의 마당에는 새할머니가 심어놓은 낯선 꽃들이 찬연하게 피어 있었다. 나는 심통이 나서 모두에게서 떨어져 모과나무 아래에 앉았다. 엄마와 새할머니는 마주 보고 서서 대화를 나눴다. 공손한 어조로 말하고 있었을 텐데도 멀리서 보니 왠지 엄마는 새할머니를 훈계하고 있는 것같이 보였다. 나이도 엄마보다 곱절은 더 많으면서 엄마에게 꾸지람을 듣는 아이처럼 고개를 반쯤 수그린 채 서 있던 새할머니. 저 멀리, 타클라마칸 사막에서부터 바람에 실려온 모래알이 봄볕에 꽃씨처럼 허공을 떠다니고 있었다. 나는 새할머니의 존재를 받아들여야 한다고 생각했지만 내 몫의 무엇인가를 부당하게 빼앗긴 사람처럼 자꾸만 성난 마음이 들었다. 손을 뻗자 붉은 팬지꽃이 손끝에 닿았다. 나는 충동적으로 꽃을 움켜쥐었다. 내 자그마한 손아귀 안에서, 붉은 꽃송이가 숨이 붙어 있던 나비처럼 가볍게 으스러졌다. 나는 오랫동안 새할머니를 남처럼 대했다.

나와 새할머니 사이에 남아 있는 유일하게 추억다운 추억이라면 내가 성인이 되고 난 후 맞이했던 어느 추석 밤의 일을 들 수 있을 것 같다. 둥근 달이 지붕 위로 커다랗게 떠 있었고, 그날 식구들은 다 같이 둘러앉아 송편을 빚었다. 할아버지가 중국인거리에서 사온 팥소 든 중국 과자가 전학 온 아이처럼 비뚜름히 상 위에 놓여 있는 것만 빼면 전형적인 추석 밤의 풍경이었다. 우리는 모두 집 안에 있었고 새할머니는 뒷짐을 진 채 마당에서 달을 바라보며 서 있었다.

"새할머니는 어쩌다가 한국에 오게 되었어요?"

내가 다가가 말을 걸자 새할머니는 놀란 눈으로 나를 바라보았다. 새할머니가 할아버지에게 시집온 이후, 내가 먼저 새할머니에게 말을 청한 것은 처음 있는 일이었다. 무슨 바람이 분 것인지는 몰랐다. 그냥, 달이 밝았고 혼자 마당에 서 있던 새할머니의 뒷모습이 조금은 쓸쓸해 보였던 것인지도 모르겠다고, 지금에 와서 뒤늦게 생각해볼 뿐. 새할머니가 주저주저 내 눈치를 살폈다.

동그란 이마를 훑고 지나가던 가을바람의 냄새.

"그러니까, 그게 아마 1927년이었다더냐?"

새할머니가 입을 열었다.

새할머니의 아버지인 풍영발 씨가 인천항을 통해 한반도로 이주한 것은 1927년. 한일합방 이후 식민지 개발 명목하에 중국인 이주가 늘어나던 시기였다. 세계 어디로든 뻗어나가고 있던 중국인들은 철도나 군수공장을 짓기 위해서 한반도로 대거 이주해왔다. 그당시 일본인들이 조선 노동자들보다 값싼 중국인 노동자들을 선호했기 때문이었다. 풍영발 씨도 일자리를 찾아 흘러들어온 그런 노동자들 중 한명이었다. 그렇지만 새할머니는 풍영발 씨가 스물한 살의 나이에 배를 탔을 때, 그것이 단순히 일자리를 찾기 위해서만은 아니었다고 말했다.

"그러면요?"

새할머니는 흠, 흠, 목소리를 가다듬었다.

"아버지는 전설적인 무역상이 되고 싶었던 거야."

새할머니의 이야기에 따르면 풍영발 씨는 산둥 지방 출신이었다. 그 지역에서는 먼 고장의 전설적인 무역상인에 대한 이야기가 널리 퍼져 아이들을 홀리고 있었다. 19세기 말 무역선을 타고 조선 땅에 들어온 왕수성이라는 무역상의 이야기가 바로 그것이었다. 그는 인천에 '화풍(華豊)'이라는 무역회사를 설립해 유럽의 편직물이나 중국 비단을 수입하는 대신 홍삼을 독점 수출해서 큰돈을 벌어들인 거상으로 이름이 나 있었다. 풍영발 씨의 꿈은 조선에 와서 돈을 벌어 궁극적으로는 그런 무역회사를 차리는 것이었다. 그는 성실했고, 계획은 완벽해 보였다. 다만 그는 자신이 야심을 이루기 전에 한국전쟁이 발발하고 냉전체제에 돌입하면서 한반도의 정세가 외국인들에게 불리하게 돌아갈 것이라는 사실을 전혀 예측하지 못했을 뿐이다.

장례식은 조용히 진행되었다. 할아버지의 장례식에 비해 여러모로 규모가 작은 장례식이었다. 장례 둘째 날은 입관예배를 보기 위해 교인들이 많이 왔는데, 나는 새할머니의 장례식이 중국식으로 치러지지 않는 것보다도 기독교식으로 치러진다는 데 더욱 놀랐던 것 같다. 새할머니가 대체 언제부터 기독교 신자였지? 나는 전혀 알지 못했다.

발인을 하던 사흘째 날은 맑았다. 장지는 외삼촌네 집안의 선산으로 결정되었다. 외삼촌은 새할머니를 외삼촌의 친아버지, 그러니까 새할머니의 전남편과 합장할 거라고 말했다. 그보다 앞서 우리도 할아버지를 돌아가신 할머니 묏자리에 합장해드렸었다. 15년 가까이 다른 여자와 살고 다시 전처의 곁에 눕는 할아버지의 마음은 어떨까. 할아버지를 땅에 묻던 슬픈 와중에도 그런 생각이 들어 깜짝 놀랐던 기억을 나는 가지고 있었다.

"중국인들은 원래 다 화장하고 그러는 게 아녔나?"

"그래? 요새 중국에 인구가 너무 많아져서 화장을 권장하는 건 아니고?"

엄마와 이모는 고속버스 안에서 그런 말을 수군수군 나누었다. 나는 고속버스 안에 타고 있던 몇몇의 중국인들이 신경 쓰였다.

"그런데 언니, 신흥동 집은 어떻게 처리하기로 했어? 우리 쪽에서 갖는 거지?"

이모가 목소리를 더 낮추고 물었다. 엄마가 그런 이야기는 나중에 하자는 듯이 눈짓을 하며 손으로 이모의 무릎을 다독였다. 내가 아는 한, 할아버지가 돌아가신 후 할아버지 소유의 재산은 엄마와 이모, 그리고 새할머니에게 법이 정한 대로 정확히 분배되어 있었다. 이모부는 마치 이런 종류의 대화에는 관심이 없다는 듯이 고개를 창밖으로 돌렸다.

나도 반대쪽 창을 내다보았다. 창밖으로 이런저런 풍경들이 이만큼 다가왔다가 사라졌다. 장지까지 따라가는 손주 또래는 나와 외삼촌의 아들 진운이밖에 없었다. 장례식의 막바지였고 피곤이 몰려왔다. 고속버스 안의 대부분은 모두 고개를 모로 돌린 채 잠들어 있었다. 자정 무렵이면 집에 돌아갔다가 다음날 아침 일찍 다시 빈소를 찾았던 나와 엄마 그리고 이모네 식구들과 달리 외삼촌네 가족은 이틀 밤을 모두 빈소에 마련된 상주 휴게실에서 보냈다. 버스의 움직임에 따라, 평소에 유난히 말이 없던 외숙모의 얼굴 위로 컬이 다 풀린 머리카락이 쏟아져내렸다.

나는 멀미를 할 것 같았다.

버스 안은 히터를 세게 틀어 공기가 나빴다. 외삼촌의 조상들이 묻혀 있다는 선산은 너무 멀었다.

고속버스가 멈춰 선 것은 네시간을 달린 후였다. 우리 할아버지를 모신 공원묘역과 달리 외삼촌네 선산에는 공영주차장 같은 것이, 당연한 일이지만, 따로 마련되어 있지 않아 버스를 주차하는 데 시간이 많이 허비되었다. 약간의 어수선한 시간이 흐른 후 결국 새할머니의 영정사진은 진운이, 그러니까 내가 늘 견제했던 그 손자가 들기로 결정되었다. 그 뒤로는 관 속의 새할머니가.

등산로가 조성되어 있지 않아 비탈을 올라가는 길은 제법 미끄러웠다. 미리 연락을 받은 인부들은 관이 들어갈 만큼 구덩이를 커다랗게 파놓고 기다리고 있었다. 어째 이리 늦었습니까. 나무라듯 그중 누군가가 말했다. 흙이 파헤쳐진 자리 옆으로 마른 풀이 덮인 봉분들이 서넛 있었다. 따라온 목사의 주도하에 짧게 예배를 마쳤다. 외삼촌은 붉은 흙을 삽으로 퍼 관 위에 뿌리다가 멈춰 서서 아이처럼 주먹으로 눈물을 훔쳤다. 외삼촌이 우는 모습을 보는 것은 처음이었다. 하늘은 하얀색에 가까운 파란색이었다. 간혹 정적을 깨는 중국어만 제외하면 선산은 적막했다. 중국인들은 그들의 풍습대로 한쪽에서 불을 피워 종이돈을 태웠다. 연기 때문인지 눈이 매웠다. 붉은 불꽃이 꺼질 듯 가파르게 가늘어졌다. 바람은 너무 차가웠고, 의식은 또 너무 길었다. 우리는 환한 불빛 속에서 종이돈이 순식간에 소멸하는 생경한 광경을 떨면서 지켜봤다.

다시 신흥동 집에 도착한 것은 저녁 일곱시가 넘었을 때였다. 나는 피곤해서 신경이 곤두서 있었다. 새할머니마저 떠난 신흥동 집에는 냉기가 돌았다. 방마다 돌아다니며 형광등을 켰지만 마찬가지였다. 마지막으로 찾아왔을 때까지만 해도 반들반들 윤이 나던 문갑 위에는 먼지가 소복이 쌓여 있었다. 걸을 때마다 마룻바닥이 소리를 냈다. 각자 옷을 갈아입고 안방에 둘러앉았다. 할아버지도, 할머니도, 새할머니마저 없는 집은 허전했다. 마치 한 시절이 끝난 것 같았고, 나는 감상적인 기분이 되었다. 그것은 엄마도 이모도 마찬가지인 것 같았다. 가장 슬플 것은 외삼촌이겠지만. 그때 갑자기 외숙모가 일어섰다.

"뭐라도 좀 내올게요."

누가 말릴 새도 없었다. 외숙모는 주방 쪽으로 걸어갔다. 냉장고에서 과일을 찾고 싱크대에서 그릇을 찾는 눈치였다. 틀림없이 좋은 의도로 그런 것인 줄은 알았는데도 나는 점점 기분이 나빠졌다. 찬장을 여닫을 때마다 끊임없이 들리던 덜그럭 소리, 슬리퍼가 바닥을 스칠 때마다 나던 쓸리는 소리. 외숙모가 방문을 열고 안방으로 들어왔다. 외숙모는 집주인처럼 부사를 깎아 접시에 담고 소반 위에 올려서 우리에게 대접했다. 나는 졸지에 손님이 된 기분이었다. 엄마와 이모 그리고 내가 대를 이어 할머니, 할아버지 사이에서 잠을 자던 방의 한가운데는 우리 할머니의 소반이 놓여 있었고 그 위, 하얀 사기 접시에는 초승달 모양으로 잘린 부사가, 그 옆에는 투명한 유리컵에 오렌지주스가 양도 각기 다르게 담겨 있었다.

"좀 드세요."

외숙모가 말했다. 외삼촌과 외숙모, 그리고 진운이가 차례로 부사를 하나씩 집어먹었다. 외숙모가 사람 좋은 웃음을 지으며 부사를 포크로 찍어 건넸지만 우리는 받아만 둘 뿐 입에 대지조차 않았다. 앞머리를 동일한 방식으로, 그러니까 양옆은 짧고 가운데 부분을 둥글게 자른 그들은 느리게, 우물우물, 부사를 씹었다.

"애들은 좀 나가 있어라."

엄마가 내 쪽을 보면서 말했다. 부줏돈 분배와 상속 문제 등 어른들끼리 의논해야 할 일이 남아 있다고 했다. 마루에는 여전히 한기가 괴괴히 고여 있었다. 어린 시절 나는 할머니, 할아버지와 마루에 둘러앉아 방앗간에서 빻아온 도토리가루로 묵을 쑤곤 했다. 마루 한쪽에서, 새할머니가 쌀독으로 쓰던 시커먼 항아리가 어둠을 뒤집어쓴 채 거대한 두꺼비처럼 웅크리고 앉아 나를 노려보았다. 나는 건넌방으로 가 요를 깔고 누웠다. 잠시 후 진운이도 내가 있는 방으로 들어왔다. 나는 화가 난 사람처럼 이불을 끌어당겨 머리까지 덮었다. 그 당시 진운이는 열두살이나, 열세살쯤 되었을까? 이불 밖으로 훔쳐본 진운이의 왼쪽 볼에는 농이 찬 붉은 여드름이 잔뜩 돋아 있었다. 외삼촌과 외숙모, 새할머니의 얼굴이 조금씩 섞여 있던, 나와는 교집합을 이루는 부분이 전혀 없던 얼굴.

까무룩 잠시 졸았을까?

나는 갑작스러운 소란에 눈을 떴다.

"이럴까봐 처음부터 내가 혼인신고를 반대한 거야."

문밖에서 엄마의 목소리가 들려왔다.

"분명히 이런 문제가 있을 거라고 내가 말했어, 안했어?"

이번에는 이모부의 신경질적인 목소리.

"아니, 우리 아버지가 평생 번 돈인데, 생판 남인 사람이 더 많이 차지하는 게 대체 말이 되냐고."

나는 생판 남이라는 말에 놀라 진운이를 쳐다보았다.

진운이는 벽에 기댄 채 아무 말도 못 들은 척 무표정한 얼굴을 하고 있었다.

"중국 사람들이 돈을 밝힌다더니, 진짜 양심이 없네."

"뭐, 양심? 법대로 하려는 사람 도둑놈 취급하는 그쪽은 그럼 양심이 있는 겁니까?"

나는 이불을 다시 뒤집어쓰고 눈을 질끈 감았다.

결국 상속 문제가 어떻게 해결되었는지는 잘 모른다. 확실히 아는 것은 신흥동 집이 우리 엄마와 이모의 몫으로 되었다는 사실뿐이다. 우리는 그날 어떻게 집으로 돌아왔더라? 그날밤의 일이 어떻게 마무리되었는지도 기억이 잘 나지 않는다. 나는 자는 척 계속 이불을 덮은 채 누워 있었고, 진운이는 말없이 텔레비전 화면을 응시하고 있었던 기억만 지나칠 정도로 또렷하다. 그렇지만 아마 한동안 소란이 더 있었고, 누군가가 방문을 열고 집에 가자고 했겠지. 진운이와 나는 말없이 자리에서 일어났을 테고.

나와 진운이는 아무 일도 모르는 것처럼, 예의 바른 사람들처럼, 각자 외삼촌 내외와 우리 엄마, 이모 내외에게 꾸벅 고개를 숙여가며 인사했다. 어른들도 악의는 없었다는 것처럼, 사이가 좋은 친척들처럼, 지난 며칠 동안 수고했고 조심히 들어가라고 인사를 건넸다.

신흥동 집 앞 비좁은 골목에는 전날 밤 세워둔 차가 일렬로 서 있었다. 이모와 이모부가 차에 올라탔고, 그다음에는 나와 엄마가, 또 외삼촌 내외와 진운이가 차를 탔다. 외삼촌의 차는 단종된 지 오래된 소형차였다. 아무 말 없이 차에 올라타던 진운이. 나는 나도 모르게 시선을 피했던가.

누구도 영원히 이별하는 사람들처럼 애틋한 인사를 주고받지 않았지만, 어쩌면 모두 서로 다시는 볼 일이 없을 거라는 사실을 예감하고 있었던 것 같다. 실제로 그들을 두번 다시 만난 적이 없었으니까.

그후로 나는 오랫동안 그들 가족에 대해서 잊고 살았다. 매일매일이 바빴기 때문일 것이다.

내가 그들에 대한 기억을 다시 떠올린 것은 세월이 더 흐른 후 우연히 보게 된 오페라 때문이었다.

*

그러니까 그것은 몇년 후 다시 찾아온 어느 겨울의 일이었다. 그즈음 나는 친구의 소개로 한 남자를 만나고 있었다. 외국계 투자회사에 다니던 그는 오페라를 즐겨 듣는 세련된 취향을 갖고 있었는데, 어느날인가 내게 전화를 걸어 마침 「투란도트」의 초대권이 두 장 생겼다고 말했다. 내가 그 오페라에 대해서 알고 있는 것은 흔해빠진 이야기처럼 여자를 차지하기 위해 목숨을 걸고 수수께끼의 답을 구하는 남자들이 등장하는 그렇고 그런 줄거리라는 것뿐이었다. 줄거리는 마음에 들지 않았지만 남자가 마음에 들었으므로 나는 못 이기는 척 약속 장소에 나갔다. 그 겨울 엄마는 새해에도 시집을 가지 못하면 집에서 내쫓아버리겠다고 노래를 부르고 있었다.

우리는 제시간에 맞춰 공연장에 들어섰다. 연말이라 그런지 만석이었고 난방을 과하게 해서 공연장은 덥고 건조했다. 화려한 옛 성곽을 배경으로 하는 무대는 웅장했다. 무대 위에서는 중국의 전통복장을 입은 백인 투란도트가 "어두운 밤에는 유령처럼 날아다니면서 사람들의 마음을 들쑤셔놓고, 아침에 사라졌다가 밤이 되면 다시 태어나는 것은?" 하고 질문을 던졌다. 전반적으로 연주는 훌륭했고, 이딸리아 가수의 성량도 풍부했다. 그렇지만 지나친 난방 탓에 하마터면 나는 깜박 잠이 들 뻔했다. 공연에서 반복적으로 흘러나오던 멜로디가 어느 순간 내 귀를 사로잡지 않았다면 말이다.

환호와 박수갈채 속에서 공연이 끝난 것은 열시 반쯤이었다. 우리가 밖으로 나왔을 때 세상은 이미 짙은 어둠에 잠겨 있었다. 어느새 공연장의 온기에 익숙해져 있었는지 바깥의 찬바람을 쐬자

두 뺨이 얼얼해왔다.

"좀 걸을까요?"

우리는 공연장 옆의 산책로를 따라 걷다가 그 옆에 조성되어 있던 공원 안으로 들어갔다. 공원 초입에는 로마의 유명한 아치를 본떠 만들었다는 어설픈 조형물이 세워져 있었다. 날이 추웠고 그 탓에 공원에는 인적이 드물었다. 우리는 둘 다 말이 없었다. 그가 무슨 생각을 하는지는 알 수 없었다. 나는 공연 중에 들었던 낯익은 멜로디를 대체 언제 들어봤던 걸까 계속 생각했지만 기억이 좀처럼 떠오르지 않았다.

만날 때마다 다음 달에는 「탄호이저」를, 그다음 달에는 「라 트라비아타」를 보러 가지 않겠어요?라고 묻던 남자가 수줍은 얼굴로, 언젠가는 우리가 같이 밀라노의 라 스깔라 극장에 가서 「투란도트」를 다시 볼 수 있으면 좋겠어요,라고 내게 말한 것은 공원을 한 바퀴 다 돌고 분수 앞에 다다랐을 때였다. 남자는 우리,라는 단어에 힘을 주며 말했다. 커다란 체구에 걸맞지 않게 긴장했는지 어깨를 움츠린 채 바지에 손바닥을 자꾸만 문질렀다. 이러다 머지않아 나도 결혼해서 새로운 가족을 만들겠네. 그렇게 생각하자 기분이 이상해졌다. 남자가 답을 기다리고 있는 것이 느껴져 나는 고개를 들었다. 그러자 내 시야에 남자의 어깨 너머가 들어왔다. 남자는 내가 답은 않고 무얼 계속 보나 궁금했는지 고개를 돌렸다.

"와, 정말 굉장한 달이네요."

우리가 바라보는 방향의 하늘에는 보름달이 걸려 있었다.

"저런 게 슈퍼문이라는 걸까요?"

남자는 정말 감탄한 목소리였다.

별도 구름도 없이 그저 켜켜이 쌓인 어둠 위에 떠 있는 커다랗고 눈부신 달이었다.

"저는 오래전에 이것보다도 훨씬 더 큰 달을, 본 적이 있어요."

한동안 달을 올려다보다가 불쑥 내가 그렇게 말했다.

남자는 말을 잇기를 재촉하듯 나를 쳐다보았다. 지구에 발을 딛고 있는 한 결코 이면을 볼 수 없다던 달은 완벽한 원형(圓形)을 이루며 어둠 위에 오롯이 떠 있었다. 그래야 할 이유가 전혀 없었는데도 나는 그와 나 사이가 갑자기, 우주가 팽창할 때마다 멀어진다던 은하 간의 거리처럼 아득하게 느껴졌다. 추위에 남자의 코끝이 새빨갰다. 서러운 울음을 참고 있기라도 하는 사람처럼. 나는 손을 내밀어 그의 코트자락을 꼭 움켜쥐었다. 보드라워 보였던 회갈색의 헤링본 패턴 코트는 까칠까칠했다. 검은 그림자처럼 늘어선 나무들 앞에서 남자는 전에 없이 활짝 웃었다.

우리는 정답게 손을 잡고 주차장까지 걸었다.

집으로 돌아가던 길은 금요일 밤답게 지나치게 막혔다. 교통상황을 알아보기 위해 틀어놓은 라디오에서는 원단 가공공장의 화재 소식이 흘러나왔다. 도로의 정체 탓에 소방차가 제때 당도하지 못해 참사를 막을 수 없었다는 내용의 뉴스였다. 아나운서는 방화

범이 불법체류자인 것으로 추정되며 화재로 인해 다섯명이 숨지고 열한명의 부상자가 발생했다고 전했다.

"정말 끔찍한 일이군요."

우리는 차 안에 앉아 시커먼 연기가 하늘 위로 치솟고, 흉몽처럼 불길한 불이 순식간에 번져 건물의 창문이 차례로 붉게 빛나는 모습을 상상했다. 그토록 커다란 화재현장은 한번도 본 적 없었는데도, 나는 언젠가 그런 불을 본 적이 있는 것만 같은 기분이 들었다.

하늘에는 여전히 커다란 달.

어디선가 건물이 불타고 있었다는 사실이 비현실적으로 느껴질 정도로 고요하고 아름다운 밤이었다. 고속도로 위로는 해저같이 깊고 진한 어둠. 어둠속에서 깜박이던 수많은 브레이크등의 불빛. 저마다의 집으로 서둘러 돌아가려는 차량들의 브레이크등이 평화롭게 일제히 켜졌다가, 일제히 꺼졌다. 정체가 좀처럼 풀릴 기미가 없자 남자는 무릎 위에 놓인 내 손을 찾아 쥐며 속삭였다.

"정말 행복한 밤이에요."

청혼부터 결혼식까지의 과정은 정신없이 진행되었다. 결혼식을 준비하기 위해 챙겨야 하는 사소한 일들의 목록은 끝이 없었고, 엄마는 결혼 준비 과정의 모든 것을 공유하려는 듯 이모에게 전화를 걸어 매일같이 장시간 통화를 하곤 했다. 나이가 부쩍 들어 보이는 엄마의 뒷모습은 기분 탓인지 할머니를 닮아갔다. 그런 엄마를 보면서 나는 할머니가 엄마를 낳았듯 내가 언젠가 엄마처럼 아이를 낳으면, 신흥동 집에서 엄마가 그 아이를 키워주지 않을까 하고 가만히 생각해봤던 것도 같다.

그렇지만 내가 결혼식을 하게 되더라도 우리의 가족사진 속에 그들은 없겠지. 외삼촌의 결혼사진 속에는 내가 있지만.

나는 부질없는 짓인 줄 알면서도 웨딩드레스를 고르거나 청첩장 샘플을 살피다가 문득문득 그런 것들에 대해서 생각했다.

프릴이 달린 연분홍 블라우스를 입고 교정기가 보일까봐 입을 앙다문 채 정면만 응시하고 있을 나, 같은 미용실에서 둥글게 머리를 부풀린 탓에 쌍둥이처럼 보이는 엄마와 이모를 보면서 그들은 무슨 말을 주고받을까.

그런 생각을 하다보면 번번이 괴로워졌으므로 나는 그때마다 이렇게 되어버린 것은 그저 세상의 이치일 뿐이라고 생각했다. 그것은 어쩐지 변명 같았고, 그래서 결국은 씁쓸한 기분이 되고 말았지만.

*

지금까지 나는 한때 내게 중국인 할머니가 있었다는 사실을 아무에게도 말해본 적이 없다. 일부러 숨긴 것은 아니었다. 그저 말할 기회가 없었을 뿐. 적어도 나는 그렇게 믿어왔다. 그러나 나는 이따금씩, 지금은 나의 남편이 된 남자에게 내가 언제 더 크고 아름다운 달을 보았는지에 대해서 끝내 말하지 않았던 그날밤에 대해서 생각해볼 때가 있다. 그러니까 그때 내가 그에게 말하지 않았던 것은 그 언젠가, 단 한번 새할머니와 대화다운 대화를 나누었던 그 추석의 밤에 대한 이야기였다. 할아버지와 연애를 시작하기도 전인 1992년이라고 했던가, 시내 한복판에 있던 대사관의 중화민국 깃발이 내려갔던 그 시절에는 자고 나면 주변의 모두가 한움큼씩 한움큼씩 중국으로, 대만으로, 미국으로 떠났다는 이야기를 새할머니가 내게 들려주던 그 밤에 대한 이야기 말이다.

"그때 왜 떠나지 않고 이곳에 남으셨어요?"

새할머니의 긴 이야기를 끝까지 들은 후, 내가 아무래도 이해할 수 없다는 말투로 물었다.

"이렇게 너를 만나려고 그런 게 아니었겠냐."

새할머니가 내 얼굴을 손으로 쓸어내리면서 농담하듯 웃었다. 새할머니도 웃을 줄 아는 사람이었구나. 만발했던 여름 꽃송이가 차례로 떨어진 마당은 밤하늘 높이 두둥실 떠 있던 커다란 연등 때문에 환했다. 새할머니의 손끝에서는 낯선 기름 냄새가 났다. 올해는 유난히 달이 밝대요, 하던 내 말에 그렇구나, 새할머니가 고개를 끄덕였다.

나는 압도적인 크기의 달을 올려다보았다. 티베트 고원 위에도 공평히 비추고 있었을 거대한 달 주위로 어둠이 푸른빛으로 서서히 용해되고 있었다. 이토록 신비하리만큼 달이 큰 까닭은 타원형의 궤도 탓에 이따금씩 지구 가까이 다가오기 때문일 뿐이라지. 꽃향기처럼 얼굴 위로 쏟아지던 새하얀 달빛을 받으며 내가 아마 그런 생각을 하던 순간이었을 거다. 새할머니가 불쑥 아무렇지도 않은 듯 이렇게 말한 것은.

"대륙 사람 자식으로 태어나 대만 사람이 되어서 70년 넘게 여기서만 살았는데, 여기서 외로우면 어디를 간들 외롭지 않겠냐."

그리고 새할머니는 빛나는 달을 보면서 노래를 불렀다. 낭랑한 중국어로.

好一朵美麗的茉莉花	한송이 어여쁜 모리화
好一朵美麗的茉莉花	한송이 어여쁜 모리화
芬芳美麗滿枝椏	그 향기가 가지마다 넘치네
又香又白人人誇	향기롭고 하얗기에 모두가 좋아하네
讓我來將你摘下	한송이를 따서
送給別人家	임에게 보내련다
茉莉花呀茉莉花*	모리화야 모리화

새할머니가 중국어를 하는 모습을 본 것은 그때가 처음이자 마지막이었다. 내가 제대로 기억하고 있는 것인지는 모르겠지만 새할머니가 노래를 부르는 동안, 채 덜 익은 모과가 땅 위로 떨어져 내렸다. 나뭇가지에 앉아 있던 새가 어딘가를 향해 날아가기라도 했는지, 바람도 한점 없었는데. 선이 둥글고 파르스름한 열매는 긴 세월 동안 물에 씻긴 조약돌처럼 향기롭게 빛났다. 나는 노랫말을

---

* 중국 민요 「모리화(茉莉花)」.

이해할 수 없었지만, 새할머니의 목소리가 달밤과 썩 잘 어울린다고 생각했던 것 같다. 그렇지만 이 모든 기억이 혹시 꿈은 아닐까. 나는 그 밤의 기억에 대해서 누구에게도 말해본 적이 없다. 거짓말처럼 아름답던 그 밤, 할머니와 나 그리고 어느 틈엔가 내 옆으로 다가와 있던 진운이는 잠시 그렇게 서 있었는데. 덧없이 짧은 한순간 동안. 손만 내밀면 닿을 듯 닿을 듯 가까워 보였던 반투명한 달 아래. 마치 사이좋은 한 가족이기라도 한 듯이.

참 담 한 빛

로베르를 보낸
뒤 처음으로 울
었어요. 아이처
럼. 호숫가의 한가
운데, 희미한 빛
의 한복판에서요.

당신은 수선화를 향해 몸을 구부렸지.
그해 4월의 빗속에서― 당신의 마지막 4월.
― 테드 휴스 「수선화」 중에서[*]

망각보다 더 어둡고 긴 터널이 끝없이 이어진다. 어디선가 급브레이크 밟는 소리가 요란하게 들린다.

*

아델 모나한이 한국에 온 것은 지난여름의 일이다. 지난여름은 유난히 가물고 뜨거웠다. 비가 곧 내릴 거라던 일기예보는 번번이 틀렸고, 사람들의 기대를 저버린 채 마른장마가 계속되었다. 퇴각을 모르는 빛의 부대는 어둠을 완벽히 고립시켰다. 정호가 일주일

[*] Ted Hughes, *Birthday Letters*, New York: Farrar Straus Giroux 1998.

가량을 아델과 함께 보내게 된 것은 말하자면, 그런 여름의 한가운데였다.

아델을 한국에 초대한 쪽은 정호가 속한 『아트 앤드 필름』의 모회사인 H기업이었다. 케이블 채널을 인수한 이래 이런저런 이슈들로 그 무렵 H기업의 이미지는 돈을 벌기 위해서라면 수단과 방법을 가리지 않는다는 식으로 악화되어 있었다. 과거에 철강업으로 번창했으나 지금은 쇠락한 남서쪽 소도시에서 개최할 예정이던 다큐멘터리 영화제를 H기업이 갑자기 후원하기로 결정한 것은 이미지 쇄신이 필요했기 때문이었다. 이유야 어쨌든 판매 부수가 점점 줄어들어 폐간설까지 떠돌던 『아트 앤드 필름』으로서는 좋은 기회였다. 잡지사에 주어진 임무는 특집호를 기획하고 공식 데일리를 제작해 영화제를 홍보하는 일이었다.

『아트 앤드 필름』이 기획한 아이템 중 정호가 맡은 업무는 행사 기간 중 아델을 동행 취재하는 것이었다. 아델 모나한은 18년 전 「흩어짐」으로 아카데미영화제에서 장편다큐멘터리상을 수상한 이래, 에든버러와 런던 국제영화제에서 연달아 수상하며 명성을 쌓은 감독이었다. 그녀는 지난해 스러지는 빛이 폐허를 어루만지며 만들어내는 음영을 기록한 네번째 다큐멘터리 「남은 것들」로 베를린영화제에서 심사위원특별상을 수상하기도 했다. 시간과 함께 황폐해져가는 풍경을 적나라하게 보여주던 기존 작업과 달리 「남은 것들」은 서정적인 영상으로 이루어져서 흥행 면에서도 성공을 거두었고, 덕분에 아델의 대중적 인지도 또한 높아져 있었다. 그러므로 영화제를 기획하는 단계에서부터 일찌감치 아델이 심사위원장으로 초청된 것은 어찌 보면 당연한 일이었다.『아트 앤드 필름』역시 국제적 명성을 획득한 여성 감독의 첫 내한이라는 점을 부각하기로 지면 기획회의 때 논의를 마친 상태였다. 정호가 여러 아이템 중에서도 동행 취재라는 중요한 꼭지를 맡게 된 것은 그동안 갈고 닦아온 영어 실력 때문만이 아니었다. 그는 입사한 이래 감정에 휘둘리지 않는 신속하고 효율적인 일처리로 능력을 인정받아 까다로운 업무들을 도맡아왔다. "이런 건 선배밖에 할 수 없는 일이에요." 회식 자리에서 어떤 후배들은 다른 기자들의 눈을 피해 그렇게 말하기도 했다. 그러면 동년배 남성의 평균치보다 키가 머리 하나만큼 더 크고 체중도 30킬로그램쯤 더 나가는 정호는 관자놀이를 물수건으로 닦아내며 "아니야." 멋쩍게 웃었다. 대개는 빗방울이 홈통 두드리는 듯한 소리인지, 달궈진 기름이 튀는 소리인지 분간이 가지 않을 정로로 시끄러운, 잡지사 근처의 치킨집에서였다. 정호가 처음부터 영화잡지 기자를 꿈꿨던 것은 아니었다. 보증을 잘못선 아버지 때문에 서울 소재의 사립대학 대신 지방 국립대에 다녀야 했던 시절 그는 일간지의 정치부나 사회부 기자가 되기를 소망했다. 그렇지만 어디서든 신임을 받는다는 것은 기분 좋은 일이었으므로 정호는 이내 잡지쟁이의 삶에 만족하게 되었다. 특별히 가진 것 없이 출발한 그가 후배들의 말처럼 동기들에 비해 많은 것을 성취했다면 그것은 그동안 성실히 살았고, 쓸데없이 후회하거나 자신의 몫이 아닌 걸 욕망하며 인생을 낭비하지 않았기 때문이라고 정호는 남몰래 생각해왔다. 좌절의 순간에도 위기를 기회로 만들어내는 힘. 정호는 자신의 그런 면이 장점이라고 믿어왔다. 그리고 아델을 성공적으로 취재해서 자신의 믿음이 틀리지 않음을 증명해내고 싶었다. 그러나 결론부터 말하자면 아델을 취재하는 일은 여의치 않았다. 동행 취재를 해도 좋다고 승낙했던 아델이 한국에 오자 돌연 마음을 바꿔 취재를 거부했기 때문이다. 아델은 한국이란 나라 따위에는 아무런 관심도 없다는 듯이 호텔 방 안에만 있으려 했다. 공식적으로 참석해야만 하는 행사를 제외하면 아델은 호텔 방에서 두문불출했다. 주최 측에서 마련한 이런저런 만찬에 얼굴을 비치고 짧은 관광코스에 기꺼이 참석하는 다른 이들과 달리 아델의 태도는 일관됐다. 자기도 모르게 아델의 기분을 거스른 것은 아닐까 정호가 걱정하기 시작한 것은 그런 연유였다.

그러나 자신에게 아무런 잘못이 없음을 알게 되는 데는 그리 오랜 시간이 필요하지 않았다. 아델 모나한이 영화제 시작이 임박한 시점에 참석을 취소하고 싶다고 통보를 해와 난감했다는 이야기를 김 선배로부터 전해 들었기 때문이다. 갖은 설득 끝에 한국에 오긴 했지만, 아델은 억지로 끌려온 행사에 별다른 열정이 없는 모양이었다. 예술가들이 까다롭다더니. 정호는 아델이 세계적으로 유명한 감독이랍시고 제멋대로 구는 것 같다는 결론을 내렸다. 아니면 아시아인을 깔보는 인종주의자이거나. 그렇지만 데스크에서는 유명 감독 특집에 대한 기대가 컸다. 게다가 이미 배열표까지 다 나온 마당에 새로운 특집거리를 찾는다는 것은 말도 안되는 일이었다. 기자생활의 생리상 진짜 이유가 뭐든 펑크를 내면 실패자라고 낙인찍힐 게 뻔한 상황이었는데, 그런 불명예는 정호로서는 상상조차 할 수 없었다. 동행이 부담스러우면 다른 형식으로라도 인터뷰를 따야겠다는 절박한 심정으로 정호는 아델을 찾아가 억지로 웃으며 구미가 당길 만한 제안을 해보려고 노력했다. 그러나 그때마다 아델은 피로하거나, 무관심하거나, 혹은 한심해하는 얼굴로 "고맙지만 괜찮아요. 나는 오늘도 호텔에서 좀 쉬어야겠어요."라고 답하고 호텔 방문을 닫았다.

물론 아델이 어떤 생각을 갖고 살든 정호의 알 바가 아니었다. 다른 때 같았으면 그는 진즉에 적절한 대안을 찾아내 손쉽게 업무를 마무리 지었을 것이다. 그러나 당시 정호는 인생의 가장 가파른 절벽에 가까스로 매달려 있는 중이었다. 몇해째 서먹서먹하던 아내와의 사이가 몇달 전부터 최악으로 치달았지만 정호는 아내와 문제가 있다는 이야기를 아무에게도 하지 않았다. 그는 그것이 지나가는 일이고, 아내가 늘 그랬듯 종국엔 화를 풀 것이라고 믿었다. 그는 머지않아 절벽 위로 다시 기어올라가 낭떠러지를 뒤로한 채 유유히 걸어나갈 수 있을 거라고 생각했다. 그렇지만 뙤약볕 아래서 같이 담배를 피우며 아델에 대한 지저분한 농담을 하던 후배가 "선배님도 해결 못하는 일이 다 있네요."라고 말했을 때 정호는 영문 모를 위기감을 느꼈다. 정호는 회사 일에서만큼은 무능한 사람이 되고 싶지 않았고 아델의 인터뷰를 따내 보이고 말겠다고 결심했다. 그는 영화제 기간 내내 호텔 로비에 앉아 단신 기사들을 정리하며 아델이 마음을 바꾸기를 기다렸다. 그러나 온종일 기다려도 별 소득은 없었고 하루는 어김없이 편집장에게 깨지는 것으로 마감됐다. 난생처음 방문한 도시의 싸구려 모텔로 돌아가는 길에 느끼던 감정에 대해서 아내와 나눌 수라도 있었다면, 정호는 그럭저럭 일주일을 버텨낼 수 있었을지도 모른다. 그러나 자신이 느끼는 비참한 기분을 누구와도 나눌 수 없었으므로 감정은 해소되지 못한 채 차곡차곡 쌓였다. 그 때문일 거다. 엿새째가 되었을 때, 또다시 호텔 방문을 닫고 들어가려는 아델을 향해 정호가 당신은 인종주의자냐고 퍼붓기 시작했던 것은. 한번 폭발하자 그간 억눌러왔던 감정들이 제동 없이 내달리기 시작했다. 정호는 아델에게 오만하고 이기적이라고 면전에 대고 말했다. 당신이 그간 해온 예술 작업이 죄다 가식이고 위선인 걸 알았다고도 말했다. 좆됐다는 생각이 들었을 때는 이미 물을 엎지르고 난 후였다. "말이 지나쳤다면 미안합니다." 정호는 허둥지둥 자리를 떠났다. 그렇기 때문에 밤늦은 시간, 급한 대로 유명세는 덜하지만 기삿거리가 될 만한 제3세계 국가 출신의 다른 감독을 섭외하려던 정호는 폐막식에 참석하러 가기 전에 아델이 시간을 할애할 수 있다고 말했다는 부편집장의 연락을 받자 어안이 벙벙했고, 아델이 무슨 생각인지 짐작조차 할 수 없었다.

아델은 다음날 이른 오후 외출 채비를 하고 호텔 로비에 앉아 정호를 기다리고 있었다. 그가 다가가자 아델은 희미하게 미소를 지었다.

"어제는 제가 무례했습니다."

"무례한 건 내 쪽이었죠. 그렇게 느낄 거라고 미처 생각을 못한 내 잘못이에요."

아델과 정호 사이에 잠시 정적이 흘렀다.

"나를 인터뷰하고 싶다고 했지요?"

인터뷰를 해주려는 건가? 아델의 마음이 바뀌기 전에 당장 올 수 있는 사진기자가 누가 있을지 생각하느라 분주한데, 아델이 호텔 정문 쪽으로 발걸음을 옮기기 시작했다.

"사실 한국에 와 있는 동안 가보고 싶었던 곳이 있었어요. 인터뷰는 거기서 하죠."

아델이 걷자 새틴 소재의 긴 스커트 자락 아래로 샌들을 신은 발목이 보였다. 문득, 정호는 아델이 나이에 비해 젊고 아름다운 외모를 지녔구나, 하고 생각했다. 젊은 시절 아델은 미인이라는 소리를 꽤 많이 들었을 것 같았다. 정호는 아델이 원하는 것이 무엇인지 여전히 모르는 채로 아델을 뒤쫓았다. 정호보다 앞서 걸어가던 아델이 돌아보며 "그런데 차는 가져왔죠, 미스터 초이?" 하고 물었다.

*

아델 모나한의 개인사에 대해서는 알려진 바가 별로 없다. 정호가 조사한 바에 따르면 아델은 옛 동독 지역인 슈베린에서 태어나 여덟살 때 미국으로 이주했다. 그녀의 부모는 지금은 폴란드령이 된 슐레지엔 지역 출신으로 2차대전 이후 내지로 강제 이주된 독일인들이었다. 그녀의 부모가 이주에 이주를 거듭한 까닭에 아델은 가난에 찌든 유년 시절을 보냈지만 어릴 적부터 영화에 대한 남다른 열정을 보이며 14세에 첫번째 영화 대본을 썼다. 영화감독이 된 이후에는 세계 여러곳을 떠돌며 살았지만 아델이 가장 오랫동안 산 장소는 시카고로 알려져 있었다. 정호는 인터뷰를 하기 위해 아델의 다큐멘터리들을 거의 다 보았는데, 특별한 서사가 없는 작품들은 대체로 거주민이 모두 떠난 이후 허물어져가는 마을을 기록한 지루한 작업을 담고 있었다. 아델에게 국제적인 명성을 안겨준 「흩어짐」 역시 프랑스 동남부의 작은 마을이 소리 없이 허물어지는 과정을 5년에 걸쳐 기록한 영상이었다. 아델과 함께 차를 타고 도시를 가로지르다가 그녀에게 가장 애착이 가는 작품이 무엇이냐고 물었을 때 아델은 잠시의 침묵을 두고, 「흩어짐」이라고 말했다. "아무래도 첫 상을 받은 작품이니까 특별하겠네요." 아델은 바로 대답하지 않았다. "그렇게 생각할 수도 있겠네요." 아델은 훌륭한 감독일지는 모르나 인터뷰이로서는 최악이었다. 그녀의 대답은 애매모호했으며 늘 질문을 비껴갔다.

*

차 문을 열자 작열하는 햇볕에 데워진 공기에 숨이 막혔다. 정호는 아델을 옆자리에 태우고 운전석에 앉았지만 어디로 가야 할지 전혀 모르는 상태였다.

"가보고 싶었던 데가 어딥니까?"

아델이 비밀을 털어놓듯 조그마한 소리로 말했다.

"사실 난 절에 가보고 싶었어요. 불교에서는 죽음이 끝이 아니라고 한다던데, 맞나요?"

절이라. 정호는 지도를 검색해 아델이 머무는 호텔에서 가장 가까운 절을 찾았다. 산이 많은 도시에는 다행히 절이 많았다.

"터널을 지나는 길로는 가지 말아줘요."

정호가 친한 사진기자에게 행선지를 문자메시지로 보낸 뒤 내비게이션에 목적지를 입력하려는데 아델이 좌석의 등받이를 뒤로 약간 젖히면서 말했다. 터널이라니. 도시의 지리를 모르기는 그도 매한가지였다. 터널이 나오면 돌아가면 되지. 정호가 싸이드브레이크를 풀고 막 출발하려는 참이었다.

"안전벨트는 매지 않나요?"

정호는 짜증이 치미는 걸 간신히 참았다. 안전벨트를 당겨 매고 핸들을 꺾었다.

처음에는 내비게이션의 지시에 따라 가까운 절까지 가는 길이 순조로운 듯했다. 그러나 20여분 후에는 어디서 교통사고라도 났는지 도로 사정이 나빠졌다. 얼른 인터뷰를 따고 폐막식에 늦지 않게 돌아와야만 한다는 생각에 정호는 마음이 초조했다. 인터뷰는 어디에서나 할 수 있는 일이었고, 아델이 유별나게 굴지만 않았다면 가이드도 아닌데 이 고생을 할 이유는 없었다. 게다가 취재차 이 도시에 내려와 있은 지 거의 일주일이 다 되어가는데 아내로부터는 단 한차례의 연락도 없었다. 아내가 원하는 것이 정말 이혼인가. 정호는 꼼짝 않고 정차해 있는 차들의 뒤꽁무니를 노려봤다. 어디서부터 잘못된 거지. 모텔 방에서 홀로 잠들기 전, 더러워진 양말과 팬티 따위를 벗어 트렁크에 쑤셔넣을 때마다 어김없이 습격해오던 감정이 정호의 내면에서 서서히 번져갔다. 아내는 결혼생활이 결국 파탄에 이른 원인이 오직 정호에게 있다는 식이었지만 그는 억울했다. 애당초 아이를 원했던 것은 아내가 아니라, 정호였다. 아이가 죽어 슬픈 것은 아내만이 아니었다. 하지만 아내에게 그런 것 따위는 아무런 상관이 없는 모양이었다.

만약 아내에 대해서 생각하고 있지 않았다면 정호는 내비게이션에 나와 있는 터널 표시를 좀더 일찍 발견할 수 있었을까. 그렇지만 전방에 터널이 있다는 것을 알았을 때는 이미 유턴이 불가능한 상황이었다. "터널을 지나는 길로는 가지 말아줘요." 뒤늦게라도 인터뷰를 해주겠다고 말하면 내가 감지덕지할 거라고 생각했겠지. 아델은 졸고 있는지 선글라스를 낀 채 고개를 모로 하고 있었다. 염색한 건지 흰머리 하나 없는 그녀의 금발은 나이에 비해 윤기가 흘렀다. 시간과 공을 들여 손질한 사람만이 가질 수 있는 머리카락. 그는 잠시 정체가 풀린 틈을 타 기꺼이 가속페달을 밟았다. 차가 터널 앞에 있음을 뒤늦게 알아챈 아델의 손이 떨리기 시작했다는 것을 그는 미처 눈치채지 못했다.

터널은 곡선도로의 끝에 있었다. 아델이 이상한 증상을 보이기 시작한 것은 터널 입구 바로 앞에서였다. 그녀는 공포에 질린 사람처럼 가까스로 목소리를 짜내서 차를 멈추어달라고 애원했다. 정호는 하마터면 정말 브레이크를 밟을 뻔했다. 아델이 식은땀을 흘리며 학대받는 짐승처럼 계속 신음했기 때문이다. 어두웠지만 두 팔로 머리를 감싼 채 온몸을 떨고 있다는 것은 정호도 느낄 수 있었다. 목재를 실은 트럭이 옆으로 지나가자 차체가 진동했다. 연식이 오래된 트럭이 뿜은 시커먼 매연이 시야를 흐렸다. 특별할 것이 전혀 없는 터널이었다. 좁고 기다란 어둠. 그 끄트머리에는 환한 점처럼 흔들리는 출구. 그러나 아델은 곧이라도 호흡을 멈출 것 같았다. 터널의 출구는 아득하게만 느껴졌다. 차를 멈춰요! 그러나 터널 안에서 멈출 수는 없었다. 가까스로 터널을 빠져나온 정호는 비상등을 켜고 차를 한쪽에 세웠다. 핏기가 하나도 없는 얼굴을 보면 아델은 당장이라도 쓰러질 것만 같았다.

"괜찮아요? 병원에라도 모시고 갈까요?"

그 와중에 어처구니없게도 인터뷰는 물 건너갔다는 생각이 정호의 머릿속을 스쳤다.

아델이 고개를 저었다. 그들은 잠깐 그렇게 앉아서 무언가가 지나가길 기다렸다. 갓길 위에서. 아델의 호흡이 점점 잦아들었다. 이마가 땀으로 흥건하게 젖어 있었다.

"죄송합니다. 터널로 지나지 말라고 말씀하셨는데."

아델은 아무런 대답이 없었다.

그들은 절에 가는 것을 포기한 채 시원한 맥주를 마시고 싶다는 아델의 바람대로 쉴 만한 곳을 찾았다. 경제개발에서 소외되어 낙후한 도시의 변두리에는 마땅히 앉아 있을 만한 장소가 눈에 띄지 않았다. 예전에는 철공소가 몰려 있던 지역인지 지나치게 한산한 거리의 셔터가 내려진 건물들에는 무슨무슨 철강, 무슨무슨 기계 같은 간판이 달려 있었다. 좁은 골목을 몇바퀴 돈 끝에 정호가 겨우 찾은 곳은 작은 구멍가게였다. 앉을 곳이라고는 가게의 지붕에 잇댄 차양 아래 작은 평상밖에 없었다. 한낮의 거리는 무더위 속에 표정을 잃은 사람의 얼굴을 하고 있었다. 습도가 높은 공기에서는 젖은 종이상자 냄새가 났다. 민소매 차림으로 구형 선풍기 앞에 앉은 주인은 그들을 흘긋 쳐다보았다. 아델은 맥주를 단숨에 들이켰다. 인적이 드문 거리는 비현실적으로 적요했다. 가게 주인이 틀어놓은 라디오 소리가 잡음에 섞여 들려왔다. 버려진 건물들 위로 뜨거운 햇볕이 내리쬐었다. 시간에 맞춰 도착하지 못할 것 같다는 전화를 받은 사진기자는 싫은 소리를 했다. 폐막식까지는 두시간도 채 남지 않은 시각이었다.

"나 때문에 당황했죠?"

아델이 물었다.

"터널공포증인가봐요. 사실 내게 그런 증상이 생겼다는 걸 나도 한국에 와서 알았어요. 시카고에는 터널이 거의 없거든요. 그래서 계속 호텔 방에만 머물렀는데. 그래서 미스터 초이의 오해도 받았지만."

아델이 농담처럼 말했지만 정호는 전혀 웃음이 나오지 않았다.

"죄송하지만 무슨 말씀인지."

"공항에서 호텔로 오는데, 그때도 터널을 지났어요. 그런데 갑자기 맥박이 빨라지고 숨을 쉴 수 없는 거예요. 픽업을 나왔던 가이드 말이 한국은 산이 많아 터널이 많다더라고요. 아무튼 터널을 지나고 나자 괴로운 기억들이 다시 떠올라, 사람들을 만날 용기가 좀처럼 나지 않았어요. 이해할 수 없겠죠?"

정호는 아무런 대답도 하지 않았다.

"실례지만 결혼을 했나요?"

아델이 빈 맥주 캔을 만지작거렸다.

당신, 당신 이 개자식, 하고 악을 쓰던 아내.

"네."

"나도 결혼을 한 적이 있어요. 벌써 10년은 된 일이죠."

아델이 지친 목소리로 이야기를 하기 시작했다.

"결혼을 했다고요?"

아델이 결혼한 적이 있다는 사실은 정호가 찾은 어떤 자료에도 없었다. 베테랑 기자인 정호는 다 망하게 생긴 인터뷰를 구제할 수 있는 마지막 기회가 자신에게 주어졌다는 것을 직감했다. 정호는 얼른 맥주 캔의 뚜껑을 따서 아델에게 건넸다. 아직 충격이 채 가시지 않았는지 아델의 목소리는 맥주를 건네받는 손처럼 떨리고 있었다.

"그는 프랑스 사람이었어요. 로베르 로슈포르, 그게 그의 이름이었죠. 로베르. 미국에선 모두 그를 로버트라고 불렀지만 나는 로베르,라고 불렀어요. 로버트보다, 로베르가 더 아름답지 않나요?"

아델이 동의를 구하듯 정호 쪽을 바라보았다.

"그렇네요."

정호는 오로지 이야기를 더 끌어내기 위해 고개를 끄덕였다.

"이름처럼 아름다운 사람이었어요…「흩어짐」을 본 적 있죠?"

"그럼요."

"그걸 찍었던 프랑스 마을과 가까운 곳 출신이었어요. 차로 지날 수밖에 없던 알프스에 근접한 작은 마을…이었는데 알프스, 본 적이 있어요? 비현실적으로 크고 산꼭대기에는 그림책에서 본 것처럼 정말 눈이 쌓여 있어요. 그는 거기에서 빵을 만들어 팔았대요. 키가 크고… 마른 편이지만, 팔이… 설산의 등줄기를 닮은 남자였어요. 노동하는 남자요."

"그럼 그분을 만나신 건 「흩어짐」을 찍었을 때니까…"

정호는 시기를 가늠하기 위해 빠르게 머리를 굴렸다. 아델이 고개를 저었다.

"아뇨. 내가 그를 만난 건… 그 다큐멘터리를 찍을 때가 아니라 훨씬 후의 일이에요. 프랑스도 아니었고… 시카고에서였어요. 세 번째 다큐멘터리를 찍고, 돌아와 쉬고 있을 때였어요. 심신이 지쳐 있던 상태였는데… 우연히 그가 하는 빵집에 들어가게 됐어요."

"빵집 말입니까?"

"그래요… 그는 시카고로 이민을 와서 그곳에서 프랑스식 빵을 만들어 팔고 있었죠. 나는 오래전 프랑스에 가본 적이 있다고 말했어요. 그리고 아마 그에게 혼자 이민 온 거냐고 물었던 것 같아요. 그는 예전에는 결혼해 가족이 있었지만, 이제는 혼자가 되었다고… 퉁명스럽게 들리는 영어로 답하더군요, 화난 사람처럼요. 말은 그렇게 해놓고 내가 주문하지도 않은 빵을 손으로 잘라 내게 건넸어요. 갓 구워 속이 따뜻하고, 정말 그전에도 그후에도 먹어보지 못한 부드러운 빵이었어요… 빵이 아주 훌륭하다고, 내가 말했죠. 그랬더니 그가 나머지 빵을 또 주었어요. 그리고 우리는 이야기를 좀 나눴어요. 이를테면 나의 작업에 대해서… 그는 왜 그토록 쓸쓸한 작업을 계속하느냐고 물었죠. 나는 그에게 시카고가 마음에 드느냐고 물었던 것 같아요. 그는 마음에 든다고, 특히 시카고의 바람이, 그래요, 그는 이렇게 말했어요. 영혼을 뿌리째 뒤흔드는 것 같은 바람이 마음에 든다고. 그 순간이었을 거예요. 나도 모르게 그에게 물은 것은… 내가, 우리는 다음 주쯤 키스를 할 것 같다고 말하면 날 미쳤다고 생각할 건가요? 당황한 듯 그의 눈빛이 흔들렸어요. 그때 나는 마흔일곱이었고, 그건 사랑에 쉽게 빠질 수 있는 나이는 아니죠. 그렇지만… 나는 그 순간 내가 언젠가는 그의 두 팔에 안길 거라는 걸 알았어요. 그리고 정말 머지않아 우리는 키스를 했죠.”

  느린 어조로 힘겹게 말을 이어나가던 아델이 잠시 멈추었다. 정호는 아델의 말이 어디로 향하려는 것인지 알 수 없었다. 이야기는 생각보다 길어지고 있었다. 녹음이라도 할까. 어떤 식으로든 기사를 쓰는 데 도움이 될 거였다. 아델의 개인사라면 독자들의 흥미를 끌어내기 충분했다. 정호는 주머니에서 휴대전화를 꺼냈다. 녹음 전에 인터뷰이의 동의를 구해야 한다는 것은 알고 있었다. 그렇지만 그랬다가는 아델이 이야기를 중단할 수도 있었다. 폭염 탓에 땀이 등을 타고 흘러내렸다. 빌어먹을, 어째서 이렇게까지 더운 거지? 정호는 구겨진 손수건으로 턱밑을 훔쳐냈다. 아델은 정호가 그들 사이에 올려놓은 휴대전화를 발견하고도 다시 말을 이었다. 정호는 그것이 동의의 신호라고 받아들였다. 녹음 버튼을 눌렀다.

"그래요. 그리고 그와 결혼해 몇년을 살았어요. 말도 안되죠. 난 50년 가까이 결혼할 생각 없이 혼자 살았으니까요… 그렇지만, 결혼을 했고, 행복했어요. 행복이라니. 그건, 정말 기이한 일이 아닐 수 없어요. 이해할 수 있죠?"

행복이라. 그러고 보면 정호에게도 메말랐던 일상에 아내의 웃음이 잘 익은 과일의 즙처럼 스며들던 시절이 있었다. 소녀처럼 천진하게 웃던 아내. 아내는 별것도 아닌 일로 잘 웃는 만큼 뜻밖의 순간에 울고 토라져 연애 초 그를 늘 어리둥절하게 했다. 주로 그가 전화를 먼저 끊는다거나, 연락이 뜸하다거나, 했던 말을 기억하지 못해서였다. 그렇지만 아내는 또 금세 혼자서도 화를 잘 풀었고, 화해의 뜻으로 장을 잔뜩 봐서 그의 자취방 초인종을 눌렀다. 결혼 전 아내가 만들어주던 음식은 더러 짜고 대개 달았지만 정호는 맛있게 먹었다. 정호는 아내가 가져왔던 물건들, 제습제나 욕실 매트처럼 없이 살아도 무방했으나 삶의 질을 다소간 높여주는 것들에 익숙해졌다. 일찍 부모 곁을 떠나 혼자 만사를 해결하며 살았던 그의 방 안을 채운 인공 라벤더향과 다육화분은 생기를 더해주었다. 데이트할 때마다 메뉴를 혼자 고르지 못할 정도로 우유부단했던 아내는 처음으로 여행을 가서 묵었던 강릉의 펜션에서, 정호가 매사 결정을 도와주어 얼마나 든든한지 모른다고 수줍게 말했다. '아쿠아리움'이라는 객실명에 걸맞게 벽지에 불가사리와 물고기가 조잡하게 그려진 방이었다.

　그들의 관계가 변해버린 것은 말 그대로 하루아침의 일이었다. 일찍 결혼해 집을 얻고 아이를 낳아 이유 없이 매사에 불법체류자처럼 느껴지던 생활을 끝내고 싶었던 것은 정호였다. 아내는 조급해하던 그와 달랐다. 그렇지만 적어도 그가 기억하는 한 아내는 임신 자체를 거부하지는 않았다. 상황이 달라진 것은 아이가 별안간 호흡을 정지해버린 날부터였다. 임신 초기도 아니고, 6개월이나 된 아이가 배 속에서 숨을 돌연 멈출 수도 있다는 사실을 그들은 미처 예상하지 못했다. 마지막이 될 줄도 모르고 정기검진을 받으러 가던 날, 정호는 아내와 같이 병원에 가기 위해 월차를 썼다. 그리고 그날 병원에 가기 전 그들은 집 근처 공원을 손잡고 함께 걸었다. 완연한 봄이었고, 공원에는 노란 수선화가 가득 피어 있었다. 끝이 보이지 않을 정도로. 눈부실 만큼 무성한 수선화를 볼 수 있다니, 그들은 뜻밖에 운이 참 좋다고 생각했다. 완벽한 빛의 한가운데에서, 청설모를 발견한 아내가 "저거 봐!" 하며 그를 끌어당겼다. 서울에서 청설모를 본 것은 그때가 처음이었다. 머리가 조그맣고 꼬리가 풍성한 청설모. 주위를 둘러보다가 재빠르게 나무를 타고 사라져버리는 청설모를 보며 아내가 즐거운 듯 웃었는데. 퇴원하던 날 산모들을 위한 꽃다발이 즐비한 복도를 빠져나오다가 아내는 그날을 이야기했다. 아이가 어두운 배 속에서 그렇게 죽은 줄도 모르고 걷고, 웃었어. 그후 아내는 정호와의 잠자리를 거부했다. "호흡을 멈춘 아이를 배 속에 넣고 다니는 느낌을 모르면서 아이를 갖자고 하지 말아." 그것은 이미 오래전의 일이었지만 아내는 그 기억에서 쉽게 벗어나지 못했다.

"그런데… 모든 것이 달라진 건 지난 3월이었어요. 알다시피 영화제에 초청받아 우리는 몇개월 후 같이 한국에 올 예정이었어요. 우리에겐 아무런 문제가 없었죠. 그런데… 그가 느닷없이 비행기를 탈 수가 없다는 거예요. 보다 정확히 말하면 어느날, 멕시칸 음식을 먹으러 필센에 갔다가 집으로 돌아오는 차 안에서… 로베르가 도저히 비행기를 탈 수가 없게 되었으니 한국행을 취소했으면 좋겠다고 선언했어요. 나는 지난여름에도 멀쩡히 비행기를 타고 독일에 같이 다녀왔던 터라 그가 내뱉은 말이 숨은 뜻을 알아채야 할 어떤 수수께끼… 같은 거라고 생각했죠. 내 멋대로 일정을 짜서 기분이 나쁘다거나, 식당에서 그가 좋아하는 테킬라를 시키지 못하게 해 서운했다거나… 아무튼 그런 식의, 본뜻은 따로 있으나 그것을 알아채주길 바라고 겉으로 내세우는 문장들 중 하나일 수밖에 없다고… 그렇게 생각했던 거죠. 그렇지만 무슨 말에도 로베르는 비행기를 타고 싶지 않다는 말만 되뇌었기 때문에… 나는 마침내 '비행기를 탈 수 없다'는 그 말이 어떠한 답을 숨긴 수수께끼가 아니라는 것을 받아들일 수밖에 없었어요. 비행기가 무섭다는 거예요. 나와 한시도 떨어져 있고 싶지 않은지 나에게도 출국하지 말라고 사정하더군요. 그게 그즈음 남프랑스에서 독일 항공기가 추락했던 사건 때문이라는 것을… 나는 나중에야 알았어요."

아델은 또다시 말을 멈추었다. 이런 식의 독백이 언제까지 계속될까. 볕이 따가워 정호는 고개를 돌렸다. 저 멀리, 인적 없는 골목의 끄트머리로 어린 남녀 커플 한쌍이 걸어오는 것이 보였다. 어른 흉내를 내기 위해 화장을 진하게 하고 멋을 잔뜩 부렸지만 많아봐야 10대 후반밖에는 안되어 보이는 아이들이었다. 저 아이들은 이런 외진 데까지 어떻게 찾아왔지? 아이들은 주변을 두리번거리더니 조용히 웃음을 터뜨리며 골목 모퉁이의 그늘 속에 몸을 숨겼다. 프로그램이 바뀐 줄도 모르고 주인은 졸고 있는지 라디오에서 가게와 어울리지 않는 경쾌한 노래가 흘러나왔다. *je ne veux pas travailler, je ne veux pas déjeuner, je veux seulement l'oublier.* 골목 안, 글라인더나 망치같이 무용해진 연장들이 유물처럼 남아 있는 철공소 앞에 주저앉은 아이들은 누군가 그들을 지켜볼 거라고 전혀 상상하지 못하는 모양이었다. 그들은 늘 그곳에서 그래왔다는 듯이 해맑게 발로 장난을 쳤다. 여자아이가 풍선껌을 크게 불었다가 터뜨렸다. 아델은 맥주 한 캔을 더 땄다. 정호는 참을 수 없는 갈증을 느꼈다. 독일 항공기 사고에 관해서라면 정호 역시 불행히도 기억하고 있었다.

그랬다. 그것은 저먼윙스의 에어버스 A320이 추락하고 며칠이 지난 어느 밤의 일이었다. 그날밤, 아내는 설거지를 미뤄두고 텔레비전 앞에 앉아 있었다. 아내는 몇해 전부터 세계 각지에서 참사가 발생할 때마다 지겹지도 않은지 채널을 바꿔가며 관련 뉴스를 시청했다. 그날밤은 할 일이 없었으므로 정호도 물 한잔을 들고 거실로 나와 소파에 엉덩이를 걸친 채 티브이를 봤다. 순응을 모르는 짐승의 등뼈처럼, 끝없이 솟아 있던 검은 산맥들. 하필 그 순간 왜 간고등어 구운 냄새가 아직 남아 있던 거실 여기저기에 쌓인 영유아용 옷들이 눈에 띈 걸까. 포장을 뜯지도 않은 옷들은 모두 아이를 잃은 이후부터 아내가 습관적으로 사들인 것이었다. 옷들이 쌓이면 주기적으로 사진을 찍어 중고 싸이트에 올리고 박스에 담아 배송하는 것은 아내가 아니라 정호였다. 어둠의 밑바닥에 가라앉은 채 밖으로 나올 생각을 않던 아내. 아내는 웅크린 채 비행기의 잔해만 응시하고 있었다. 아내의 몸은 소파의 다른 쪽 끝에 앉아 있었지만 동시에, 대양이 갈라놓은 다른 대륙 위에 있는 듯 멀었다. 아내가 항상 끓여두던 결명자차는 쉬지근했다. 모든 걸 망쳐버리는 건 정호가 아니라, 아내였다. 정호는 새로 아이가 생기면 아내가 다시 살아갈 수 있을 거라고 생각했을 뿐이었다. 언제까지나 과거에 발을 묶어둔 채 살 수는 없었다. 이제 앞으로 나아가야만 했으니까. 그는 진심으로 그렇게 생각했다.

"솔직히 왜 이런 얘기를 미스터 초이에게 하고 있는지 모르겠어요. 아무에게도 해본 적 없는 이야기인데…"

아델이 말을 이으려 했다.

"힘든 얘기라면 더이상 하지 않아도 됩니다."

정호가 황급히 말했다. 이제 그의 팬티마저 땀에 젖어갔다. 그에게 필요한 것은 이런 말들이 아니었다.

"아녜요. 오늘은 왠지 이 이야기를 끝마치고 싶어요. 왜인지는 모르겠지만. 우리는 어차피 내일이 지나면 다시 만날 일이 없잖아요. 우리는 서로를 잊어버릴 테니까. 그러니까…"

아델이 주름진 목에 건 원형 펜던트를 불안한 듯 만지작거렸다. 호흡이 가빴던 탓인지 달아올랐던 얼굴은 이제 오히려 언제라도 쓰러질 듯 창백했다. 녹음 기능을 켜둔 채 엎어놓은 휴대전화는 평상 위에 여전히 놓여 있었다. 10대 아이들은 정호가 볼 수 있는 각도에 있는 줄도 모르고 서로의 몸을 서툴게 만지고 있었다.

"로베르를… 정신과에 데려갔어요. 언젠가부터 내 귀가가 예정된 것보다 조금만 늦어도 계속 연락을 해댔거든요. 도대체 왜 늦느냐고… 받을 때까지 전화를 계속했어요. 그래서 데리고 갔었어요. 나는 견딜 수가 없었으니까… 그런데 로베르는 치료를 거부했어요. 받아온 약들을 나 몰래 변기에 버렸어요. 나는 그에게 소리를 질렀어요. 내가 미쳐버리는 꼴을 봐야 끝낼 거냐고… 그만할 때도 되지 않았느냐고…"

남자아이가 여자아이의 가슴께를 더듬기 시작했다. 여자아이가 간지러운 건지 부끄러운 건지 몸을 조금 뺐다.

"알프스 터널의 화재에 대해서 들어봤어요? 9톤의 마가린과 12톤의 밀가루 포대를 싣고 이딸리아로 가기 위해 터널에 진입한 볼보 트럭에서 화재가 발생한 사건이라더군요. 이딸리아와 프랑스 두곳에 화재경보가 울렸지만 대응을 잘못해 결국 39명이 목숨을 잃었대요… 그 사건이 일어난 것이 1999년 3월 24일이에요. 저먼윙스가 알프스에 추락한 것은 2015년 3월 24일이고요. 이런 우연이 일어날 확률이 세상에 얼마나 될까요? 1999년 알프스의 터널 안에서 사망한 사람들 중에 로베르와 전처 사이의 아이들이 있었다는 것을, 나는 저먼윙스가 추락한 후에야 알았어요… 아이들이 죽고, 전처와 이혼한 것은 나와 만나기 전의 일이니까, 나는 알 수 없었던 거죠."

남자아이의 손은 이제 옷 속을 파고들어 가방으로 가린 여자아이의 가슴을 주물렀다. 정호는 그것을 서글픈 마음으로 바라봤다.

"나는 알 수 없었어요… 그건 매우 오래된 일이니까. 그건 슬픈 일이지만, 그들이 그 저먼윙스에 탔던 것도 아니고, 나는 로베르가 그만 잊고 자학을 멈췄으면 했어요. 그럴 수 있잖아요. 그걸 바라는 건… 나쁜 건 아니잖아요…?"

순식간에 늙어버린 여자가 선글라스 너머로 정호를 바라봤다. 그가 고개를 끄덕여주기만 하면 모든 것이 괜찮아질 거라는 듯이. 정호는 눈이 부셔 고개를 또다시 떨궜다. 뜨거운 열기가 그를 침범하고 있었다. 도대체 이 여자는 무슨 생각인 걸까? 이런 고백을 느닷없이 털어놓는 이유가 대체 뭘까? 그것도 나한테? 불행은 언제나, 누구에게나, 시도 때도 없이 닥쳤다. 중요한 것은 불행을 극복하는 방식이라고 정호는 굳게 믿었다. 불행을 감당하지 못하는 약해빠진 사람이라면 넌덜머리가 났다. 정호는 갑자기 성마른 분노를 느꼈다.

모든 걸 망쳐버린 건 그가 아니라, 아내였다.

"로베르를 내 곁에서 떠나보내고 집에 돌아와서, 나는 꿈도 꾸지 않고 잤어요… 그리고 다음날 아침에 깼는데… 깼는데, 로베르가 없는 일상으로 이루어진 새로운 세계가 펼쳐질 거라는 생각을 하자 방 안에서 조금도 움직일 수가 없었어요. 아직 그의 체취가 남아 있는 방에 꼼짝없이, 송장처럼 꼼짝없이 누워 있고만 싶었어요. 로베르도 그랬을까요. 방 안에 불도 켜놓지 않고 앉아서… 그런데 말이죠… 오후가 되니까 어처구니없게도 배가 고파오는 거예요. 나는 로베르가 언제 만들어두었는지 모르는 오래된 빵을 냉동실에서 찾아내 구웠어요… 그리고 땅콩버터를 발라 허겁지겁 먹었어요… 프랑스빵에 땅콩버터라니. 로베르가 살아서 봤다면 불경을 저질렀다며 노발대발했겠지만… 그리고 로베르와 즐겨 걷던 미시간 호숫가에 가서 걸었어요. 저녁의 호숫가는 얼마나 평화롭던지요.

나는 꽤 걸었어요. 공기의 온도가 달라지고 냄새가 달라졌을 텐데, 전혀 느끼지 못하고 몇시간이나. 그러다가 문득 고개를 들었는데, 장관이 펼쳐져 있는 거예요… 폭풍이 몰려오는 것처럼 거대한 구름이 하늘과 맞닿은 수평선 위까지 뒤덮고 있었어요. 그 사이로 석양의 빛이 그려놓은 기하학적 무늬가, 내가 단 한번도 본 적 없는 분홍색의 기하학적인 무늬가 펼쳐져 있었고요. 수면 가까이에는 수많은 갈매기들이 무리를 지어 둥그렇게 날아다니고 있었어요. 폭풍이 몰아치기 전에 먹이를 찾으려는 듯이… 나는 호숫가에

서서 그 모든 풍경을 바라보다가 내가 미소를 짓고 있다는 것을 깨달았어요. 황홀할 정도로 아름답다,고 생각하고 있다는 것을 말예요. 지난해까지도 매년 독립기념일이면 이곳에서 불꽃이 터지는 장관을 함께 구경하던 로베르를, 두번 다시 볼 수 없게 되었는데도 말이죠. 이렇게 살아지겠구나. 시간과 함께. 그런 생각이 들었어요… 그런데 그것이 치유일까요. 초이, 나는 그제야 비로소 로베르가 왜 그토록 치유되는 걸 두려워했는지 깨달았어요. 그리고 로베르를 보낸 뒤 처음으로 울었어요. 아이처럼. 호숫가의 한가운데, 희미한 빛의 한복판에서요."

라디오에서는 다시 누군가의 목소리가 흘러나오기 시작했다. 용접 불꽃 같은 햇살에 평상이 번득였다. 강렬한 햇빛은 한치의 어둠도 허용하지 않으려는 듯 무자비하게 진군을 거듭했다. 차양의 그늘은 정호의 툭 튀어나온 무릎의 절반만 겨우 가릴 뿐이었다. 바람 한점 없는데 차양이 돛처럼 흔들렸다. 빛에 노출된 정호의 신발은 남루했다. 이야기를 마친 아델은 정호로부터 뭔가를 기대하듯 가만히 앉아 있었다. 정호는 어느새 축축해진 손을 면바지 위에 반복적으로 닦아내다가 옷 솔기의 풀린 실밥을 발견했다. 대체 나한테 뭘 원하는 거지? 아델이 자세를 고쳐 앉으려다 빈 캔을 건드리는 소리가 아주 가까이에서 들려왔다. 그는 실밥을 힘껏 당겼다. 이번에는 내가 아무에게도 들려주지 않은 이야기를 해야 하는 차례이기라도 한 건가. 정호는 자문했다. 그러니까, 뿌리를 깊게 내린 나무가 하늘을 가릴 정도로 무성하게 자라는 꿈을 꾸던 밤 아이가 찾아왔다는 사실에 대해서? 임신 사실을 알게 되었을 때 당황한 아내가 어떤 얼굴로 울었는지, 초음파 사진을 본 날은 또 어떤 얼굴로 행복하게 웃었는지에 대해서? 아니면, 태그가 그대로 붙어 있는 아이 옷들을 치우다가 고등어 냄새가 진동하던 거실에서 아내에게 무슨 짓을 했는지에 대해서? 커다란 수박이 그려진 티셔츠나 이빨을 드러낸 공룡이 그려진 점프슈트 같은 옷들 위에 눕혀져 버둥대던 아내. 공포에 질린 눈으로 그를 바라보며 다리에 완강히 힘을 준 채 정호에게서 벗어나려던 아내.

아델은 기진맥진한 얼굴로, 그렇지만 고집스레 그의 옆에 앉아 있었다. 아델을 떠나왔으나 정호에게 도달하지 못한 무언가, 캐러멜처럼 열기에 녹아내려 그들 사이에 들러붙은 무언가를 정호는 분명하게 의식할 수 있었다. 그렇지만 정호는 끝내 아델이 원하는 말을 하지 않았다. 잡음 섞인 노래가 세 곡쯤 더 흐르고 났을 때, 그들은 자리에서 일어섰다. 어딘가 빈 건물 안으로 들어가기라도 했는지 10대 아이들은 사라져버린 후였다.

"충분한 기삿거리가 되었나요?"

아델이 정호와 헤어지며 폐막식장 앞에서 웃으며 물었다. 고통스러운 것도 같고 홀가분한 것도 같지만, 동시에 참혹한 것도 같던 얼굴. 아델은 뒤로 돌아서, 개막식 때 사용했던 레드카펫을 다시 밟으며 식장 안으로 들어갔다. 녹아내리듯 땀이 흘렀고, 볕이 정호의 눈을 찔렀고, 콘크리트의 지열 탓에 발밑이 뜨거웠다. 정호는 점점 작아지다가 이내 소멸해버리는 아델의 뒷모습을 보면서 불교에서는 자살을 살생의 죄로 간주한다고 말해버리고 싶은 충동을 느꼈다. 그렇지만 그 말을 전하기 위해 아델을 뒤쫓아가지는 않았다. 아델이 그에게 들려준 이야기를 기사로 쓰지도 않았다. 아델은 예정대로 폐막식에 참석한 후, 미국으로 돌아갔다. 폐막연설에서 그녀는 정호에게 했던 종류의 이야기는 단 한마디도 하지 않았고, 다만 관찰자로서 기록하는 삶이 주는 기쁨과 희열에 대해서만 담담히 말했다.

영화제가 끝난 이후 몇주의 시간이 흐르자 태풍이 몰려오면서 폭우가 쏟아졌고, 무심히 계절이 바뀌었다. 그날 이후 정호는 아델이 말했던 대로 그녀를 다시 만날 일이 없었다. 아델이 그랬다는 것처럼 인터넷 창을 열고 알프스 터널 화재 사고에 대한 자료를 검색한 적은 몇번 있었다. 정호는 그날의 날씨가 하필 연간 20일밖에 일어나지 않는 이상기후로 바람이 이딸리아에서 프랑스 쪽으로 불었고, 양 국가 간의 소통이 원활히 이루어지지 않아 그토록 많은 희생자들이 있는 줄 모른 채 진압이 늦어졌으며, 불이 53시간이나 타올랐다는 사실을 알게 되었다. 이딸리아 보안팀에서 공기를 빼는 대신 프랑스 쪽으로 대량 투입하는 바람에 불길이 번졌고, 과열된 트럭의 엔진이 폭발한 것이 원인으로 추정된다는 것도. 그리고 공교롭게도 그날은 정말 16년 뒤 저먼윙스가 알프스 위로 추락한 바로 그날이었다. 그러는 사이 몇몇 기자들이 이직했고, 그렇지만 충원은 이루어지지 않아 잡지사의 업무는 더 많아졌다. 정호가 그날의 일에 대해서, 빛의 조각들이 부러진 칼날처럼 떨어져내리던 거리와, 아직 어린 육체를 가진 10대 아이들을 훔쳐보며 아델과 나란히 앉아 있던 일에 대해서 생각하는 시간은 점점 줄어들었다. 정호는 거의 그 일을 잊을 뻔했다. 그러니까 출장 때문에 급히 강원도에 가야만 했던 어느날이 오기 전까지는 말이다.

그때 정호는 크랭크인을 앞둔 흥행 감독의 영화를 취재하러 강릉으로 가고 있었다. 하늘이 높고 청명한 날이었다. 서울톨게이트를 빠져나갈 때까지 막히던 도로 사정은 신갈분기점 이후부터 나아졌다. 정호는 횡성휴게소에 들러 우동으로 간단히 요기를 하고 다시 차에 올랐다. 밀가루 음식은 자제했어야 하는데. 몇주 사이 살집이 더 붙은 그는 안전벨트를 매며 잠깐 후회했다. 멀리, 능선 위로는 열구름. 도로변에 심긴 노박덩굴나무에 앉았던 박새 한마리가 날아올랐다. 그 뒤에 줄지어 선 높다란 나무의 우듬지 위로 참담하리만큼 눈부신 햇빛이 폭설처럼 쏟아져내렸다. 정호는 당일치기로 강릉에 갔다가 돌아오기에는 아까운 날씨구나, 하고 생각하며 둔내터널에 진입하기 위해 속도를 줄였다. 그 순간이었다. 알 수 없는 공포가 그의 뒷덜미를 내리친 것은. 어디선가 낯선 짐승의 비명 소리가 귓가에서 울렸다. 느닷없이 핸들을 잡고 있는 손이 떨려왔다. 그는 맥락도 없이, 굶주린 맹수의 입안 같은 어둠속에 알 수 없는 무엇인가가 서 있을 것 같다는 의심에 사로잡혔다. 그가 제때 브레이크를 밟지 않아 차들이 부딪히고, 부딪히고, 부딪혀 터널 안에서 커다란 화재가 일어나는 상상. 피를 흘린 채 죽어가는 고라니처럼, 유리창을 뚫고 나간 누군가의 몸이 차가운 터널 바닥에 내팽개쳐지는 그런 말도 안되는 상상을 떨쳐버릴 수가 없었다. 그러자 점차 이마와 등줄기를 타고 땀이 흘러내리기 시작했다. 고원지대에 있는 것처럼 숨이 가빠왔다. 정호는 돌연 지금까지 아무에게도 말하지 못했던 것, 그러니까 이른 아침 출근하기 위해 일어나보면 여전히 아내가 그에게서 가장 먼 침대 가장자리에, 손대기만 하면 떨어질 듯 웅크린 채로, 완전히 무관한 타인처럼 잠들어 있다는 것을 누군가에게 말하고 싶은 충동을 느꼈다. 비록 그 말을 입 밖에 내고 나면 더욱 외로워질 것을 알면서도. 정호는 가까스로 차를 갓길에 대었다. 그리고 공포가 사라지기를 기다렸다. 그렇지만 한편으로 그는 이 공포가 오래도록 사라지지 않으리라는 것을, 사라졌다가도 계속, 계속 되돌아오리라는 것을, 그러나 누구에게도 이해되지 않을 것을 알았다. 정호는 핸들 위에 커다란 몸을 웅크렸다. 그의 삶은 돌이킬 수 없는 방식으로 달라질 것이었으나 그는 자신을 고통스럽게 할 감정이 두려움인지 죄책감인지 분간할 수 없었다. 호흡을 고르기 위해 눈을 감자 어두운 심연의 저편으로 가라앉는 무언가가 보였다. 배의 닻처럼, 녹슨 십자가처럼. 옆 차선에서는 차들이 그를 지나쳐 어딘가를 향해 맹렬히 달려갔다.

* 이 글을 쓰는 데 실비아 플라스 『실비아 플라스 시 전집』(박주영 옮김, 마음산책 2013)과 테드 휴스 『생일 편지』(앞의 책)를 참고했다.

높은  물 때

언젠가 자신에게
도 삶이 우호적이
던 때가 있었다. 꿈
을 꾸는 대로 모
든 것이 이루어지
던 달콤한 날들
도 분명 존재했다.

이 집의 부엌과 거실로 이어지는 벽면에는 'sto distruggendomi' 라는 문장이 칼로 새겨져 있었다. 칼자국이 마모된 상태로 보아 수백년은 더 되었으리라 추정만 할 뿐 쓴 사람이 누구였는지 아무도 알지 못하는 문장이었다. 누가 썼는지 알 수 없는 까닭은 13세기에 건물이 지어진 이래 헤아릴 수 없이 많은 사람들이 이 집을 거쳐갔기 때문이었다. 이곳에 머물렀다 떠나간 이들에 대해 확언할 수 있는 바는 이제 그들이 모두 죽었고, 다른 사람들이 그러하듯 죽을 때 철저히 혼자였을 것이라는 사실뿐이었다. 물론 기록이 남아 있는 사람이 한명도 없는 것은 아니다. 베네찌아의 한 도서관에 비치된 먼지 쌓인 향토사책 속에는 지금은 여러 가구가 나눠 살고 있는 이 건물 전체가 15세기 말에서 16세기 초까지 조반니 마리아 첼리니의 저택으로 쓰였다고 기록되어 있었다. 그 문서에 따르면 조반니 마리아 첼리니는 당시 지중해 동부와의 교역으로 막대한 부를 축적한 무역상이었다. 그의 집 앞, 에메랄드빛 물이 흐르던 운하에는 그의 수많은 배가 정박해 있었는데 갑판 위에는 포도주와 올리브유가 언제나 가득했다.

사실 부유했던 것이 조반니 마리아 첼리니만은 아니었다. 십자군 원정에 의해 동방무역이 확대된 이후 도시는 더할 나위 없이 풍요로웠다. 오래전 베네찌아공화국의 건국신화를 화려한 6운각 시문으로 찬양한 시인은 그즈음의 베네찌아를 오색빛이 휘황한 보석함에 비유했다. S자 운하가 가로지르는 시가지는 금박 장식의 석조 건물들로 수놓아져 있었다. 리알또 다리에서 싼마르꼬 광장까지 이어지던 향수 가게에서는 온갖 감미로운 향들이 당시 유행대로 노란색 비단 가발을 쓴 여인들을 유혹했고, 골목마다 환전상들과 금 세공사들이 줄을 이었다. 1년에 한번 도시에 커다란 축제가 열릴 때면 양탄자와 꽃으로 장식한 배들이 운하를 가득 메웠다. 황금실로 수놓은 깃발이 지중해의 온화하고 향긋한 바람에 펄럭였고, 물감과 향수로 단장한 색색의 노새들은 갑판 위에서 세상에서 가장 평온한 표정을 지었다. 사람들은 화려한 가면 뒤에서 기꺼이 방탕해졌다.

베네찌아가 축적했던 부는 실로 놀라운 것이어서 동인도로 가는 뱃길이 발견되고, 깡브레 동맹전쟁을 겪었음에도 불구하고 도시는 오랫동안 살아남았다. 인구를 반이나 앗아간 페스트와 나뽈레옹 1세의 침략도 도시를 소멸시키지 못했다. 조반니 마리아 첼리니는 그의 저택 2층 오른쪽, 그와 그의 아들 그리고 손자가 하녀의 엉덩이를 만지기 위해 병풍 뒤로 숨어들었던 응접실 자리에서 먼 훗날, 극동의 분단국가에서 온 부부가 불법 민박을 운영할 것이라고는 꿈에서조차 상상할 수 없었다.

*

"머리라도 좀 잘라야겠어." 윤이 말했다. "수염도 좀 깎고." 윤은 식탁 앞에 앉아 인상을 찌푸리며 제를 바라보았다. 제는 턱수염을 오른손으로 만졌다. 오랫동안 방치해둔 탓에 덥수룩해진 수염에 빵 부스러기가 붙어 있었다. 머리를 깎거나 면도를 마지막으로 한 것이 언제였는지 기억도 잘 나지 않았다. 제는 윤을 보았다. 윤의 번들거리는 얼굴에는 실수로 붓을 떨어뜨려 사방으로 튄 물감 자국처럼 기미가 가득했다. "넌 뭐라도 좀 찍어발라." 윤은 기분 나쁘다는 듯 입을 씰룩거리며 식어빠진 인스턴트커피를 마셨다. 두시였다. 그들이 들이닥칠 때까지는 아직 여유가 있었지만, 지난 세월의 흔적을 지우기에는 턱없이 부족한 시간이었다.

제는 느릿한 걸음으로 약속 장소인 싼따루치아역으로 나갔다. 윤이 멋대로 머리카락을 너무 짧게 잘라 목덜미가 서늘했다. 두 손을 주머니에 찔러넣은 채 제는 끊임없이 속으로 귀찮게 됐다고 되뇌었다. 정말 귀찮게 되었다. 싼따루치아역 앞 광장으로 이어지는 좁은 골목에는 더러운 비둘기들이 함부로 날아다녔다. 광장에 다다르자 약속 장소인 관광안내소 앞에 있는 젊은 아시아인 남녀가 제의 시야에 들어왔다. 남자아이는 서서 여행책자를 들여다보고 있었고 여자아이는 트렁크에 기대어 앉아 까딱거리며 발장난을 쳤다. 남자아이가 무슨 농담을 했는지 여자아이가 갑자기 웃음을 터뜨렸다. 지나치게 해맑은 아이들의 얼굴에 제는 낭패라고 생각하면서 귀찮게 되었다고 한번 더 뇌까렸다.

남자아이는 제에게 보낸 메일에서 자신의 이름이 준오라고 소개했다. 아주 흔한 이름은 아니었지만 그렇다고 특별히 희귀한 이름도 아니었다. 준오라는 이름의 아이를 알고 지낸 듯한 기분이 들었던 것은 그 때문일 수도 있었다. 준오는 자신이 제의 과 후배이며 제에 대한 이야기를 선배들로부터 많이 들었다고 말했다. 실제로 준오가 열거한 이름들은 제 역시 아는 이름이었다. 그 때문에 비록 기억에 없었지만 준오라는 아이가 자신의 후배인 것만큼은 사실 같다고 제는 생각했다. 준오는 휴학 중이며 과 후배인 여자친구와 배낭여행을 하고 있는데 베네찌아에 들를 것이라고 말했다. 메일의 끝에는 선배님을 꼭 만나뵐 수 있으면 더할 나위 없는 영광이겠습니다,라고도 썼다. 제는 그를 만나고 싶은 생각이 조금도 없었다. 그렇지만 윤의 생각은 달랐다. 윤은 누구든 간에 오겠다는 사람을 마다할 때냐고 비난하는 투로 말했다. 가뜩이나 비성수기라 수입이 전무하다는 것이 그 이유였다. 작년 여름 성수기 때 예년만큼의 수입을 올리지 못했다는 사실을 기억이나 하냐고도 다그쳤다. 물론 제도 기억했다. 작년 여름에는 심각한 가뭄으로 쓸 수 있는 물의 양이 턱없이 부족해 관광객들을 많이 받을 수가 없었다. '물의 도시'라는 도시의 별칭을 생각하면 아이러니한 일이었다. 후배라는데 돈을 받을 수나 있겠냐,고 생각하면서도 제는 더이상 윤과 다투고 싶지 않았다. 제는 모든 것이 다 귀찮았고 될 대로 돼라, 하는 심정이었다.

이제 겨우 스물넷이라는 준오와 미영이라는 이름의 스물한살짜리 여자친구는 제를 보고 허리를 90도로 숙이며 큰 소리로 인사했다. 20일간의 여행 중 마지막 여행지라고 했는데도 그들은 그다지 피곤한 기색이 없어 보였다. 준오는 건장한 체격으로 키가 제보다 머리 하나는 더 컸고, 머리카락을 새빨갛게 염색했다. 미영은 귀여운 타입으로 웃으면 볼에 보조개가 팼다. 그들은 커다란 배낭을 메고 트렁크를 끌며 제를 따라 걸었다. 트렁크 바퀴가 돌길에 부딪쳐 요란한 소리를 냈다. 준오는 제를 향해 한껏 들뜬 목소리로 이렇게 만날 수 있다는 것이 얼마나 큰 영광인지 모른다는 둥, 초대해주셔서 감사하다는 둥의 인사말을 크게 늘어놓았다. 제는 슬리퍼를 끌 듯이 앞서 걸으며 담배나 한대 피웠으면 좋겠다고 생각했다. 낙서가 많은 건물 벽 옆의 좁은 계단에 접어들자 물비린내가 났다. "역시, 베네찌아는 물의 도시라더니 운하가 있네요!" 준오는 무엇에든 감탄할 준비가 되어 있는 여행객처럼 말했다. "여기야." 제는 운하 옆 낡은 건물의 커다란 문 앞에 멈춰 서 열쇠로 문을 열었다. "너희는 여기서 초인종을 세번 눌러. 그럼 우리가 열어줄 거야. 꼭 세번 눌러야 해. 잡상인이 많아서 한두번 누르면 안 열어주니까." 준오와 미영은 제의 말을 하나도 놓치지 않겠다는 듯이 진지한 얼굴로 고개를 주억거렸다. 제는 몹시 피로했다.

제의 아파트는 2층에 있었다. 복도에는 등이 있었지만 어두침침했고, 몹시 낡은 계단은 더러웠다. 누군가 버려둔 자전거가 계단참에 녹슬어 있었다. 준오와 미영은 트렁크를 들고 힘겹게 좁은 계단을 올랐다. 미영의 트렁크를 들어줄까 하는 생각이 아주 잠깐 머리에 스쳤지만 제는 생각을 행동으로 옮기지 않았다. 2층에는 양옆으로 문이 두개 있었고, 제의 집은 그중 오른쪽이었다. 제는 페인트가 벗겨진 붉은 문을 열었다. 문소리에 윤이 느릿한 걸음으로 주방에서 나왔다. 집 안은 어딘가 바람이 새기라도 하는 것처럼 서늘했다. 투숙객이 올 때마다 윤이 끓이는 보리차의 냄새가 온 집 안 곳곳에 축축하게 스며 있었다.

이 집에 처음 입주하던 날 현관문을 붉게 칠한 것은 제였다. 그 무렵 제가 작업했던 모든 미술작품에는 붉은색이 등장했다. 그것은 제가 오래전 처음 보았던 이딸리아의 뜨거운 태양처럼 강렬하고 선명한 색깔이었다. 그때 제는 베네찌아에 비엔날레를 보러 왔었다. 지도교수의 작품이 전시될 예정이었기 때문이다. 아무리 애제자라 하더라도 먼 유럽까지, 그것도 학부생이 교수와 동반하는 경우는 학과가 생긴 이래 없었다. 그만큼 제가 받았던 대우는 파격적이고 놀라운 것이었다. 그렇지만 제가 받는 특혜에 이의를 제기하는 이는 아무도 없었다. 같은 학과 내에 제를 질투하거나 시기하는 사람은 많았겠지만 누구도 대놓고 제에 대한 험담을 할 만큼 배짱을 갖지는 못했던 것이다.

　제는 지방의 소도시 출신으로 일찍부터 그 도시에서 열린 대부분의 사생대회에서 대상을 휩쓸었다. 미술에 특별한 재능을 가진 부모를 둔 것도 아니었고, 이름난 미술선생에게서 사사한 것도 아니었기 때문에 그 도시 사람들은 제를 천재라고 불렀다. 그가 고등학교에 입학했을 때, 학교 미술선생은 그에게 전국대회에 참가해보지 않겠느냐고 제안했다. 미술선생은 젊었고 의욕이 넘쳤다. 제는 전국대회에서도 대상을 거머쥐었다. 3년 뒤, 그는 국내에서 가장 실력이 뛰어난 미술학도들이 모인다는 대학에 우수한 성적으로 입학했다. 그리고 그 안에서도 늘 주목을 받았다. 지도교수는 비엔날레를 취재하러 온 기자와의 인터뷰에서 앞으로 한국 미술계의 스타가 될 것이라고 제를 소개했다. 교수가 제에 대해 길게 했던 말들은 지면 부족 탓에 단 한줄로 요약된 채 사라지고 말았지만, 어쨌거나 그 모든 일은 제가 스물다섯이 되기도 전에 벌어진 일이었다. 제는 이듬해 졸업을 했고 그뒤 대형 캔버스에 물감을 입체적으로 수없이 덧칠한 뒤 금속과 거울 조각을 붙여 만든 기형적 건축물 그림들로 주목을 받았다. 그가 뉴욕 진출을 위한 발판으로 삼겠다며, 그의 작품에 관심을 보였던 현지 전시 기획자를 찾아 베네찌아에 다시 온 것은 스물여덟살 때였다. 그리고 그때 그는 윤과 함께였다.

　준오와 미영은 부산스럽게 집을 둘러보았다. 준오는 넉살 좋게 "형수님이라고 부르는 게 좋을까요?" 하더니 윤이 머뭇대는 사이 "형수님, 물 좀 마셔도 되나요?"라고 물었다. 집에는 거실로 쓰는 진녹색 벽의 방 말고도 방이 세개 더 있었는데 그중 하나는 커플룸이었고 나머지 두 방에는 2층 침대가 각각 두개, 세개씩 놓여 있었다. 성수기에는 보통 만실일 때가 많았기 때문에 윤과 제는 부엌에 매트리스를 깔고 잤다. 그렇지만 비성수기에는 방이 빌 때가 많았다. 그러면 윤과 제는 빈방을 차지하고 잠을 잤다. 사람들이 들고날 때마다 빈방은 바뀌었고, 그때마다 윤과 제 역시 방을 바꿔야만 했다. 그들 명의로 된 집이었으나 잠을 자려고 침대에 누우면 그들은 유목민이 된 것만 같은 기분을 느꼈다. 별이 가득한 초원의 하늘 대신 삐걱거리는 매트리스 위에 누운 그들이 올려다보는 것은 세월에 마모된 천장뿐이었지만.

　제는 준오와 미영에게 그들이 묵을 커플룸을 보여주었다. 침대 시트는 새로 빨았는데도 낡은 티가 가려지지 않았다. 헤드도 없는 침대는 그저 싸구려 철제 받침대 위에 매트리스를 얹은 것에 불과했다. 침대 아래 깔아둔 러그에는 보풀이 일어나 있었다. 제는 방문을 여는 순간 오랫동안 잊고 살았던 수치심 비슷한 것을 느꼈다. 함부로 자신을 찾아온 방문객들에게 화가 나기도 했다. 그렇지만 제는 동시에 방을 본 그들의 얼굴이 일그러지는 것을 보고 싶은 어처구니없는 욕망을 느꼈다. 그것은 이해할 수 없는 감정이었고, 아주 찰나적인 감정이었지만, 어떻게 보면 수치심이나 분노보다 더욱 강한 충동이었다. 그러나 방을 본 두 남녀는 "아, 여기가 저희 방이에요? 감사합니다. 방이 아주 넓네요." 하고 말했을 뿐이었다. 그들의 얼굴에는 어떠한 실망의 빛도 비치지 않았고, 오히려 활짝 웃고 있었다. 만족해하는 그들을 보면서 제는 안도감을 느껴야 했고, 실제로 어느정도 안도감을 느꼈지만, 동시에 한편으로는 전보다 조금 더 큰 수치감과 분노를 느꼈다. 제는 "내일부터 해면이 상승할 거야."라고 말하고 방을 빠져나왔다. 준오와 미영은 그것이 무슨 말인지 알아듣지 못한 채 철없는 아이들처럼 웃었다.

"이걸 신고 다녀야 할 거야."

다음날, 제는 준오와 미영 앞에 고무로 된 검정 장화 두켤레를 내려놓았다. 몇해 전 배낭여행을 왔던 커플이 버려두고 간 것이었다.

"온 도시에 물이 찼어."

제가 말했지만 준오와 미영은 무슨 말인지 이해하지 못한 얼굴이었다. 그들은 윤이 만든 제육볶음과 시금칫국을 아침식사로 먹었다. 다채롭게 구할 수 없는 한국 조미료의 맛을 모두 설탕으로 무마하려는 것처럼 윤의 음식은 갈수록 지나치게 달아졌다. 준오와 미영은 밥을 한그릇씩 해치우고, 설거지를 도와주겠다고 나섰다. 제는 그들에게 시내 지도를 주면서 오징어튀김이나 파스타 등을 먹을 수 있는 주변 식당 몇군데를 알려주었다. 민박집에 오는 손님들을 보내주는 댓가로 커미션을 받기로 되어 있는 식당들이었다. 숙박을 하려는 다른 손님은 여전히 없었다. 장화를 신고 현관 쪽으로 내려가던 준오와 미영이 탄성을 내질렀다.

"와, 선배님 대단해요!"

운하의 물이 범람해 건물 입구가 온통 물에 잠겨 있었다. 제는 슬리퍼를 신은 채 물살을 헤치고 그들 앞으로 걸어가 대문을 열었다. 그러자 더 많은 물이 출렁이며 현관 안으로 들어왔다.

"이게 대체 어떻게 된 일이야!"

준오와 미영이 또다시 믿을 수 없다는 듯한 눈빛으로 밖을 바라보았다. 베네찌아는 만 안쪽 석호(潟湖) 위에 흩어진 119개의 섬들이 400여개의 다리로 이어진 도시였다. 그중 시가지는 아주 오래전 석호의 사주(沙洲)였던 곳에 세워졌는데, 그 탓에 지반이 약하고 쉽게 물에 잠겼다. 해수면 상승으로 바닷물에 잠긴 도시에는 더이상 땅이 남아 있지 않았다. 모든 건물은 물 위에 떠 있는 것처럼 보였고, 미처 제대로 묶어놓지 못한 곤돌라들이 어제까지 거리였던 골목에 둥둥 떠다녔다. 관광객들은 장화를 신은 채 물살을 헤치며 거리를 걸었다. 장화를 준비하지 못한 관광객들은 무릎까지 차오른 바닷물에 바지를 다 적시며 걷고 있었다. 준오와 미영이 재난영화의 주인공들처럼 서로의 손을 꼭 잡고 건물 밖으로 나서자 제는 있는 힘을 다해 건물의 대문을 닫았다. 미처 빠져나가지 못한 바닷물이 어둠속에 고여 서서히 부패해갔다.

제는 다리에 묻은 물기를 닦으며 집 안으로 들어섰다. 윤은 티셔츠와 팬티만 입고 식탁 의자에 앉아 준오와 미영이 남긴 음식을 한데 비벼 먹고 있었다. 거대한 허벅지와 흉측하게 늘어난 뱃살 탓에 윤의 보라색 팬티는 비현실적으로 작아 보였다. 윤이 원래부터 뚱뚱했던 건 아니었다. 일본 인형같이 오밀조밀한 얼굴에 각선미가 빼어난 윤에게 반했던 일이 과연 실제로 있기나 했는지 의심스러웠다. 윤은 허겁지겁 음식을 입속으로 밀어넣었다. 입 주변과 손가락은 기름기로 번들거렸다. 그릇에 머리를 처박고 음식을 먹어치우는 윤은 한마리의 돼지처럼 보였다. 늙고 더러운 지방덩어리의 몸. 제는 윤을 혐오스러운 눈으로 쳐다보았다. 미영의 존재 때문일까. 윤에 대한 혐오가 모처럼 선명하게 느껴졌다. 학부 졸업 직후 처음 만났던 윤은 미영처럼 예뻤겠지만 이제는 기억도 나지 않았다.

그 무렵 제는 몇몇 동기들과 단체전에 참여했고 크지는 않았지만 개인전도 열었다. 제의 개인전은 이런저런 신문의 문화면에 소개되기도 했다. 한 유명 미술잡지에서는 주목해야 할 스타 미술가로 그를 인터뷰했다. 굴지의 정유회사 CEO가 세운 미술관의 기획전시에 젊은 작가로는 유일하게 작품을 주문받기도 했다. 모든 것은 제가 기대했던 것보다 더 순조롭게 풀려나갔다. 너무나도 순탄한 자신의 삶이 두려울 때도 있었고, 자신의 작품에 호의를 가졌던 평단이 어느 순간 등을 돌리지는 않을까 걱정이 되기도 했지만, 시간이 흐를수록 제는 거듭되는 성공과 주변의 찬사에 익숙해졌다.

제는 사실 그때까지 살아오면서 크게 실패해본 일이 없었기 때문에 대부분의 순간에 자신의 능력을 믿는 편이었다. 신입생 시절에는 많은 지방 출신 학생들이 그러듯 수도권 출신의 중산층 아이들이 갖고 있는 특유의 자신감과 세련됨에 약간의 열등감을 느꼈다. 그러나 이내 그는 그 결핍으로부터 자신을 보호하는 법을 터득했다. 그는 재능만이 자신을 성공하게 해줄 것이라 믿었고, 수없이 많은 그림을 그렸다. 잘나갔기 때문에 제의 주변에는 사람이 많았지만 동시에 그는 오만하다는 평을 종종 들었는데, 제로서는 자신이 왜 그런 평가를 받아야 하는지 납득할 수 없었다.

해수면 상승을 알리는 싸이렌이 도시 전체에 울렸다. 비까지 내려 도시는 점점 더 깊이 물속으로 가라앉았다. 배수시설이 좋지 않은 터라 빗물은 빠져나가지 못한 채 그대로 골목에 갇혔다. 그 탓에 예정보다 일찍 숙소로 돌아온 준오와 미영은 젖은 양말과 바지를 벗어 말렸다.

평상시처럼 제가 인터넷으로 한국의 개그 프로그램을 시청하며 킬킬대고 있는데 준오와 미영이 거실로 나왔다. 러닝셔츠 차림인 것이 신경 쓰여 제는 벗어두었던 윗옷을 찾아 걸쳤다. 미영과 준오는 거실을 어슬렁거리며 멋대로 집 안 곳곳을 구경했다. 핫팬츠를 입은 미영의 다리가 자꾸 신경 쓰이고, 뭐가 재미있는지 깔깔대는 그들의 웃음소리가 거슬려 제는 볼륨을 높였다.

"선배님, 이거 뜻이 뭐예요?"

준오가 부엌과 거실을 잇는 복도의 벽에 칼로 새겨진 글씨를 발견하고 큰 소리로 물었다.

"'나는 소멸하고 있는 중이다.'라는 뜻이야."

제는 귀찮다고 생각하며 대꾸했다.

"거실의 초록색 벽지는 선배님이 바르신 거예요?"

얼마 안 가 미영도 큰 소리로 질문했다.

"원래 그렇게 되어 있었어."

제의 퉁명스러운 말투를 눈치채지도 못했는지 그들은 문 색이 벽지와 잘 어울린다는 둥 쓸데없는 말들을 늘어놓았다. 제는 볼륨을 최대치로 올렸다. 윤은 다음날 아침식사를 준비하며 닭고기의 힘줄을 커다란 식칼로 내리쳤다.

"참, 이거 같이 먹으려고 사왔어요!" 방으로 들어간 미영이 포도주 한병을 들고 다시 나왔다. 그들은 치즈와 감자칩, 포도주를 식탁에 올려놓았다. 준오와 미영은 윤과 제가 기뻐하는 모습이 보고 싶은 듯 눈을 빛냈다. 제는 하는 수 없이 노트북을 덮었다. 이토록 저돌적으로, 순진하게 다가오는 사람을 만나는 것이 너무 오랜만이었다. 제는 준오와 미영을 볼 때 느껴지는 낯선 감정이 무엇인지 알지 못했다. 그 감정은 설명될 수도, 명명될 수도 없는 것이었다.

준오와 미영은 식탁 주변에 둘러앉아 그들이 보았던 궁전과 다리 같은 것들에 대해서 떠들어댔다. 스스로 예쁘다는 것을 아는 여자애 특유의 애교 섞인 표정을 지으며 미영은 레스토랑에서 오징어튀김을 먹었는데 떡볶이 생각이 났다고 말했다. 준오는 벌써 몇번째, 학교에서 제에 관한 신화를 많이 들었다고 말했다. 준오의 말에 윤의 입꼬리가 기이하게 뒤틀렸고, 제는 기분이 상했다. 준오가 그림들을 보여달라거나 작업실을 구경시켜달라고 하지는 않을까 제는 걱정스러웠다. 작업실이었으나 이제는 4인용 도미토리일 뿐인 그 방에서 그림을 그리지 않은 지 너무 오래되었다. 이젤과 물감은 모두 창고에 처박혀 있었다. 준오가 도착하기 전날 밤, 제는 창고에 처박아둔 망친 그림들이라도 꺼내놓아야 하는 것은 아닐까 잠시 고민했다. 제는 태연한 척 포도주를 들이켜고 싸구려 치즈를 집어먹으면서 더이상 자신이 그림을 그리지 않는다는 것을, 자신의 삶이 실패했다는 것을 준오가 이미 알아채지는 않았을까 초조했다.

준오는 포도주를 마시며, 그림을 그려 명성을 쌓고 돈을 많이 번 뒤 세계일주를 하면서 자유로운 예술가로 사는 것이 꿈이라고 고백했다. "선배님처럼 사는 게 너무 멋져요." 제는 준오가 자신을 비웃는 것이라 생각해 몹시 기분이 나빠졌다가, 이내 그것이 준오의 진심이라는 사실을 깨닫고는 더욱 기분이 상했다. 가스레인지 위 커다란 주전자 안에서는 보리차가 끓고 있었다. 푸른 가스불이 주전자를 집어삼킬 듯 넘실댔다. 주전자 뚜껑이 위태롭게 달그락거리기 시작했다. 세계여행을 하는 낭만적 예술가의 삶을 꿈꾸는 준오를 미영은 존경 어린 눈빛으로 올려다보았다. 미영이 준오 쪽으로 몸을 기울이며 웃음을 터뜨리자 목이 깊게 파인 티셔츠의 한쪽 어깨가 흘러내렸다. 준오는 그런 미영이 귀여운지 따라 웃으며 그녀의 옷을 추어올려주었다. 잠깐 맨살을 드러낸 미영의 어깨는 동그스름했다. 티셔츠 아래 솟은 가슴은 탄력적으로 보였다.

"초록색 벽지 말야. 너희 초록색 벽지 때문에 나뽈레옹이 죽었다는 사실 아니?"

윤이 의자에서 일어서며 뜬금없이 말했다.

"아뇨, 처음 들어요. 왜 죽었어요?"

미영이 윤을 따라 일어서며 콧소리 섞인 말투로 물었다. 가스레인지 앞에 선 윤의 처진 엉덩이 옆, 미영의 엉덩이는 작고 봉긋했다.

"참, 선배님, 그림 좀 구경시켜주세요."

귀청을 찢을 것 같은 소리와 함께 주전자에서 수증기가 날카롭게 치솟았다. 주전자 벽에 사마귀처럼 맺힌 물방울들이 안간힘을 쓰고 매달려 있다가 허망하게 줄지어 떨어져내렸다. 푸른 불꽃이 닿은 주전자의 아랫부분이 화상을 입은 듯 검게 그을려 있었다. 김이 서려 아무것도 보이지 않는 창밖에서 싸이렌이 또다시 울렸다. 윤이 갓 끓인 보리차를 투명한 컵에 따랐다. 보리차는 불빛에 황금색으로 빛났는데 어딘지 푸르스름한 빛깔이 감도는 것도 같았다.

줄기차게 떨어지는 빗줄기에도 준오와 미영은 열심히 베네찌아의 골목을 헤매고 다녔다. 관광객들이 번번이 길을 잃는 미로 같은 골목에서 그들 또한 어김없이 길을 잃었고, 화려한 가면과 색색의 젤라또, 터무니없이 비싼 피자 따위를 파는 가게들을 기웃거렸다. 나흘째 되던 날, 준오와 미영은 무라노 섬으로 향했다. 유리 공예품으로 유명한 섬에서 미영은 목걸이를 하나 장만하고 싶다고 말하기도 했다. 그들을 항구까지 안내해주고 제는 집에 가기 위해 도시를 가로질렀다. 그칠 듯 그치지 않는 비 탓에 도시는 온통 흐렸다. 원색의 건물들은 해마다 반복되는 침수로 색이 바랬다. 간이 널빤지 다리를 딛고 한줄로 걷는 관광객들의 우산이 부딪쳐 튄 물방울들이 깨진 유리조각처럼 쏟아져내렸다. 돌풍이 불어 우산이 자주 뒤집혔다. 지구온난화로 인해 해수면이 상승해 도시는 해가 갈수록 점점 더 깊이 침수된다고 했다.

제는 물살을 헤치며 앞으로 천천히 걸었다. 언젠가는 베네찌아라는 도시 전체가, 바닷속으로 사라져버렸다는 전설의 대륙처럼 가라앉아버릴지도 몰랐다. 누군가가 널어놓은 하얀 시트가 비에 젖은 채 펄럭였다. 마주 보는 오렌지색과 파란색 건물 사이, 빨랫줄에 걸려 있는 커다란 시트 위로 사방이 물에 젖어 착륙할 곳을 찾지 못한 비둘기들이 떼를 지어 힘겹게 날아갔다. 제는 리알또 다리 위에 올라가 장화를 벗었다. 장화에서 더러운 물이 쏟아졌다. 육지를 덮어버린 바다 위로 죽은 물고기인 양 페트병이 떠내려갔다. 정박해 있는 곤돌라가 늙은 노새처럼 비에 젖어 있었다.

오래전 제는 아름다움에 있어서만은 타협이 없었다. 자신이 생각하는 아름다움이야말로 진정 아름다운 것이라는 확신이 있었기 때문에 그는 단호했다. 마치 절대적인 미의 기준을 자신만 아는 듯, 그는 단호한 태도를 유지하는 것을 오히려 사명으로 여겼다. 제는 허리춤까지 오는 물살을 두 손으로 헤쳤다. 그리고 보면 윤의 부모로부터 받은 은행 대출금을 들고 베네찌아로 돌아와 민박을 시작한 지도 벌써 8년째였다. 그 당시 제는 재기하고 말겠다는 생각에 사로잡혀 있었다. 실패한 채로 귀국할 수 없다는 것을 마지막 한국 방문 이후 절실히 깨달았던 것이다. 제의 부모는 제가 상을 받거나 인터뷰 기사가 신문에 실릴 때마다 동네에 플래카드를 내걸었다. 후배나 동기들은 모두 제의 성공담만을 기대하고 있었다. 불법 민박을 시작한 것은 가능한 한 이곳에 오래 남아 돌파구를 찾아야 했기 때문이었다. 숙박업을 시작하고 몇해가 흘렀을 때, 윤은 제에게 말했다. 이제라도 그냥 돌아가자. 아기도 갖고 싶고, 지금이라도 늦지 않았어. 그러나 제는 그럴 수가 없었다. 조금만 더 하면 돼. 거의 다 왔어. 그렇지만 그들은 어디에도 도달하지 못했다. 마지막으로 찾아갔던 전시 기획자는 제의 그림을 보며, 너는 그냥 욕심에 눈이 멀어 영혼도 없이 유행만 좇을 뿐이야,라고 비난했다. 윤은 어느날, 여기는 베네찌아도 아니고 한국도 아니야,라고 소리 질렀다. 윤의 기세에 이젤이 요란한 소리를 내며 바닥으로 쓰러졌다. 그러면 여기는 어디지? 제는 묻고 싶었다. 이곳이 어딘지는 제 역시 알 수 없었다.

밤사이 비가 더욱 세차게 내렸다. 예년과는 어딘지 다른 비였다. 일기예보에서는 폭우라는 표현을 썼다. 이 도시의 기후 묘사로는 적합하지 않은 단어였다. 이 역시 지구온난화 탓이라고 했다. 빗줄기가 요란한 소리로 떨어져내렸다. 빗소리에 놀라 제는 잠에서 깼다. 꿈에서 집이 물살에 쓸려 어딘가로, 어딘가로 떠내려갔다. "창이 어디 열렸나봐, 가서 좀 닫아." 제는 윤을 향해 팔을 뻗었다. 침대 옆자리는 비어 있었다. 빗소리가 시끄러울 정도로 컸다. 제는 하는 수 없이 몸을 일으켰다. 잠이 덜 깬 채 배를 긁으며 걷던 제는 이상한 장면을 목격하고 흠칫 놀랐다. 어둠속에 무엇인가가 웅크리고 있었다. 그것은 틀림없는 윤의 뒷모습이었다. 비대하고 둥그런 뒷모습. 윤은 암흑 속에서 준오와 미영이 묵는 방 앞에 경건히 무릎을 꿇고 있었다. 13세기에 지어진 집답게 방문의 열쇠 구멍이 뚫려 있어 마음만 먹으면 안을 충분히 들여다볼 수 있었다. 윤은 열쇠 구멍을 통해 방 안을 훔쳐보고 있는 게 분명했다. 얼마나 집중했는지 제가 가까이 다가오는 것도 전혀 눈치채지 못했다. 어두울 텐데 대체 뭘 보는 걸까. 제는 윤을 잠시 내려다보다가 벽에 귀를 바싹 붙였다. 처음에는 빗소리 말고 아무 소리도 들리지 않았다. 건너편에서 어떤 소리가 감지된 것은 제가 포기하고 벽에서 귀를 떼려 할 때였다. 아주 희미한 신음 소리였다. 제는 얼른 다시 귀를 벽에다 가져다 댔다. 벽 하나를 사이에 두고 준오와 미영이 몸을 섞고 있었다. 입을 틀어막은 것 같은데도 점점 가팔라지는 미영과 준오의 신음 소리가 낡고 서늘한 벽을 타고 들려왔다. 윤은 열쇠 구멍에 눈을 댄 채 무릎을 꿇고, 제는 벽에 귀를 갖다 댄 채 서서 그들이 절정으로 치닫는 장면을 상상했다. 제는 윤의 몸에 손을 대지 않은 지 정말 오래되었다는 사실을 깨달았다.

사방이 조용해지자 자리에서 일어서던 윤이 제를 발견하고 흠
칫 놀랐다. 너무 오랫동안 무릎을 꿇고 앉았던 탓에 다리에 힘이
들어가지 않아 잠시 휘청했으나 윤은 이내 벽을 짚고 균형을 잡았
다. 제는 아무것도 묻지 않았지만 윤은 뭔가를 대답해야 한다고 생
각했는지 퉁명스럽게 한마디를 내뱉었다. "너무 심심해서." 가스
레인지 위에는 늘 그렇듯 보리차가 가득 담긴 주전자가 놓여 있었
다. 언젠가도 윤은 그렇게 말했다. 너무 심심해서. 그때 무료한 얼
굴로 윤은, 내가 보리차에 비소를 넣는 거 몰랐지? 하고 물었다. 제
가 그림을 포기하고, 미래에 대해서 어떤 희망도 기대도 더이상 갖
지 않으리라 생각하던 무렵이었다. 결코 사람을 해칠 일은 없을 정
도의 양이니 걱정 말라며 윤은 제의 앞에서 보리차를 마셨다. 왜
그런 짓을 하는 건데? 제가 심드렁한 말투로 물었다. 곰팡이가 핀
딱딱한 치즈 위, 침식의 흔적처럼 희끗한 줄무늬. 포도주잔을 타고
끈끈한 액체가 얼룩을 그리며 흘러내리고 있었다. 금파리 한마리
가 유리잔 가장자리에 위태롭게 앉아 있다가 미지근한 포도주 속
으로 고꾸라졌다. 검붉은 액체 속에 빠진 파리가 다리를 떨며 허우
적거렸다. 윤은 비소에 중독된 투숙객 중 누군가가 갑자기 죽을 수
도 있다는 상상을 하면 지루함이 조금은 견뎌진다고 했다. 지랄하
네. 비소가 어디서 났는데? 윤은 무표정한 얼굴로 대꾸했다. 당신,
나뽈레옹이 왜 죽었는지 알아? 윤의 눈은 거실의 초록색 벽지에 고
정되어 있었다. 비소중독이야. 나뽈레옹 방이 초록색 물감 들인 벽
지로 꾸며져 있었거든. 윤의 표정이 어딘지 기괴해, 제는 애써 더

아무렇지도 않은 척 코웃음을 쳤다. 헛소리하네. 윤은 심드렁한 얼굴로 둔탁한 몸을 일으켰다. 그럼 실컷 드시든지. 살을 찌우는 것을 제외하면 이 세상에 존재를 증명할 방법이 없다는 듯 기하급수적으로 팽창하던 윤의 육체. 윤은 투숙객이 올 때면 늘 보리차를 끓였다. 그렇지만 지금껏 이 민박집에 묵었던 투숙객 중 죽어 나간 사람은 없었다. 지루한 매일매일이 지루하고 또 지루하게 흘러갈 뿐이었다.

제가 침실로 돌아와 겨우 다시 잠이 들었을 때, 두툼한 손이 그를 흔들어 깨웠다. 윤이었다.

"무슨 일이야?"

제는 잠에서 덜 깬 채 윤을 향해 물었다. 윤은 얼빠진 목소리로 대답했다.

"죽었나봐."

윤의 목소리가 떨렸다.

"무슨 소리야?"

제는 어처구니가 없었다.

"죽은 것 같다고."

무슨 말인지 도무지 이해할 수 없었지만 허둥대며 방을 나서는 윤의 모습에서 불길한 일이 벌어졌음을 본능적으로 직감했다. 제가 벌떡 일어서자 낡은 매트리스의 용수철이 비명을 질렀다. 부엌 입구에는 귀엽고 작은 미영이 눈을 감은 채 윤의 품에 파묻혀 있었다. 이게 대체 무슨 일이지? 제는 조금 전까지 벽 너머에서 들려오던 생생한 욕망의 신음 소리를 기억했다. 제가 벽에 귀를 대었을 때, 미영이 준오와 뒤엉켜 있던 것은 분명한 사실이었다. 그러나 어떻게 된 영문인지 지금 미영은 힘없이 윤의 두 팔에 안겨 있었다. 미영의 얼굴은 창백했고 팔은 무기력하게 늘어졌다.

"이게 대체 어떻게 된 일이야?"

제가 놀라서 물었다.

"비소 탓인가봐."

윤이 목소리를 낮추며 울 것 같은 표정으로 말했다. 식탁에는 물기가 채 마르지 않은 컵이 쓰러져 있었다. 윤이 나른한 목소리로 내뱉었던 말이 갑자기 제의 머릿속을 스쳤다. 보리차에 물감을 타왔다던 윤의 말이 사실인가. 물감 따위로 정말 비소중독이 될 수도 있단 말인가. 그럴 리는 없었다. 그렇지만 미영은 지금 하얗게 질린 얼굴로 쓰러져 있었다.

"죽은 것 같아. 어떻게 해?"

윤이 조금 더 다급한 말투로 물었다. 신경질적인 윤의 목소리를 듣자 갑자기 제의 심장이 빠르게 뛰기 시작했다. 이건 정말 터무니없는 일이야. 제는 머리를 가로저었다. 아무리 생각해도 있을 수가 없는 일이었다.

"앰뷸런스를 불러야 할까? 근데 그럼 나 감옥 가는 거야?"

멍하니 서 있는 제에게 윤이 채근하듯 질문을 퍼부었다.

"우리, 살인범이 되는 거냐고!"

살인범이라는 윤의 말에 제는 정신이 번쩍 들었다. 그렇다. 이러고 있을 때가 아니었다. 정말 죽은 것이라면 어떻게든 이 상황을 해결해야만 했다. 누군가 이곳에서 죽었다는 사실이, 아니 누군가를 이곳에서 죽였다는 사실이 알려진다면 제의 삶은 정말 끝장이었다. 죽은 게 아니라 잠깐 기절한 것일 수도 있어. 제는 미량을 넣을 뿐이라던 윤의 말을 가까스로 기억해냈다.

"죽은 게 확실한 거야?"

제는 미영의 심장에 귀를 갖다 대었다. 봉긋하고 탐스럽던 미영의 가슴에서는 아무 소리도 들려오지 않았다. 콧구멍 아래 손가락을 대보았으나 더운 김 역시 느껴지지 않았다. 정말 죽은 거란 말인가? 제는 눈앞에 펼쳐진 현실을 받아들이고 싶지 않았다. 미영에게 병이라도 있었던 걸까? 재수 없게, 비소에 민감히 반응하는 체질이었던 걸까? 제는 미영의 빰을 연거푸 내리쳤다. 어디선가 본 것을 기억해내 제는 미영의 입을 벌리고 인공호흡을 시도했다. 그렇지만 미영은 아무런 반응이 없었다.

제는 이마의 흥건한 땀을 훔쳤다. 미영의 죽음이 돌이킬 수 없는 사실임을 받아들이는 것 말고는 다른 방도가 없어 보였다. 그러자 이 죽음이 세상에 알려진다면, 윤이 살인범으로 몰린다면, 아니 자신이 공범으로 몰린다면, 앞으로 벌어질 일들이 두서없이 제의 머릿속에 떠올랐다. 미영의 죽음이 세상에 알려져서는 안된다는 생각이 제를 잠식하기 시작했다.

"준오는, 준오는 자?"

제가 윤을 향해 다급히 물었다.

"모르지."

윤이 대답했다.

"그렇게 멍청히 서 있지 말고 가서 좀 들여다봐."

제가 신경질적인 목소리로 다그쳤다. 윤은 넋이 나간 얼굴로 준오와 미영의 방문 앞에 무릎을 꿇었다.

"곯아떨어진 것 같아."

제는 미영을 내려다보았다. 미영의 얼굴은 석고로 만든 가면처럼 하얗게 굳어 있었다. 제는 충동적으로 미영을 둘러업었다.

"어떻게 하려는 거야?"

윤이 조그맣지만 날카로운 톤으로 물었다.

"물에 흘려버려야겠어."

생각지도 않은 말이 입 밖으로 튀어나왔다. 그랬다. 그러자 처음부터 계획하기라도 한 듯이 물에 흘려보내는 것이 최선이라는 생각이 제를 사로잡았다. 온 도시는 물에 잠겨 있었다. 사람들이 깨기 전에 바다로 가서 미영을 던져버리고 오면 괜찮을 것이다. 영화에서 본 것처럼 다리에 무거운 것을 묶어서 던져버리면 된다. 죽은 것이든 기절한 것이든 비소 때문이라면, 바다에 던지는 순간 미영은 모든 비밀과 함께 물속으로 가라앉을 것이다. 물은 당분간 계속 불어날 예정이었다. 해수면이 다시 낮아지는 봄이 오면 미영의 몸은 이미 썩어 없어져 있을 것이었다. 미영의 퉁퉁 불은 몸은 물고기에 의해 살점이 뜯기고 미생물에 의해 천천히 분해되어 사라질 것이다. 그러면 아무도 미영의 시체를 찾지 못할 것이고, 미영은 그저 실종 처리될 것이었다.

"넌 뭐든, 매달 수 있는 무거운 걸 좀 찾아봐."

제가 윤을 향해 조그맣지만 단호한 말투로 말했다.

"집에 무거운 게 어딨어?"

윤이 대꾸했다. 제는 화가 치밀었다. 윤이 비소 따위를 보리차에 타지만 않았다면 이런 일은 일어나지도 않았을 거였다. 그렇지만 윤과 실랑이를 할 시간은 없었다. 제가 미영을 업고 복도를 빠져나오는데 어디선가 또다시 싸이렌이 울려왔다. 집 안은 칠흑처럼 어두웠고, 물비린내가 진동했다. 일단 얼른 밖으로 나가야 했다. 아무것도 의심하지 않고 잠들어 있는 준오에게 이 장면을 들켜서는 안 됐다. 그런데 준오가 떠오르자, 미영이 사라진 것을 알면 준오가 가만있을 리 없다는 데 생각이 미쳤다. 보리차에 독을 탔을 거라고는 누구도 상상하지 못할 것이므로 준오가 살인을 의심할 이유는 없을 것도 같았다. 그렇지만 준오는 의심할 것이고 경찰에 신고할지도 몰랐다. 경찰에 신고하면 불법으로 민박을 운영했던 사실이 들통날 거였다. 윤이 보리차에 초록색 물감을 타왔다는 사실이 발각될 수도 있었다. 아, 준오도 같이 죽여야 하는 것일까. 싸이렌이 또다시 시끄럽게 울려댔다. 죽여버려야 하는 것일까. 그렇게 생각하자 제의 심장이 거세게 뛰었다. 독주를 한잔 마시고 싶다는 생각이 간절했다.

"준오를 어떻게 하지?"

제가 윤을 돌아보며 물었다. 미영의 발을 묶기 위한 끈과 구형 텔레비전을 힘겹게 안고 뒤따라오던 윤이 불안한 얼굴로 제를 올려다보았다. 제와 윤이, 무엇이 되었든 둘 모두를 위해 같이 고민을 하는 것은 정말 오랜만이었다. 골똘히 생각에 잠긴 윤의 얼굴에서 제는 자신의 그림에 숨겨진 아름다움의 비밀을 찾아내려고 몇십분 동안 작품 앞에 서 있던 스물여섯살짜리 여자의 얼굴을 보았다. 반듯한 이마에서 코로, 턱으로 이어지던 윤의 옆얼굴에는 1960년대 미국 영화 속 고전 미인의 선이 있었다.

"내가, 내가 생각해볼게."

제는 지금이라도 당장 윤을 덮치고 싶은 충동을 느꼈다. 제는 윤에게 성욕을 다시 느낄 수 있다는 사실에 당황했다. 몇년 만인지 기억도 나지 않았다. 제는 어쩌면 모든 것이 새로 시작될 수 있을지도 모른다고 생각했고, 그러자 어이없게도 기뻤다. 사체가 경직되어감에 따라 점점 더 무겁게 그를 짓눌렀으나 상관없었다. 그는 다시 그림을 그릴 수 있을 것이고, 윤은 예전의 아름다움을 되찾을 수 있을 것이다. 처음부터 다시. 심장이 점점 더 세차게 뛰었다. 이것이 기쁨 때문인지 두려움 때문인지는 분간할 수 없었지만, 제는 자신이 틀림없이 살아 있다고 느꼈다.

제는 미영을 업고 밖으로 나왔다. 대문은 차오른 물 때문에 쉽게 열리지 않았다. 제와 윤이 힘을 합쳐 가까스로 육중한 문을 열자 짜고 썩은 내 진동하는 물이 거침없이 건물 안으로 범람해 들어왔다. 도시는 대홍수가 난 것처럼 잠겨 있었다. 제는 계단에 내려놓았던 미영의 시체를 다시 둘러업었다. 미영의 몸은 점점 더 무거워졌다. 물을 헤치며 앞으로 나아가는 것은 불가능했다. 제와 윤은 자전거나 살이 부러진 우산과 함께 집 앞으로 떠내려오는 곤돌라를 간신히 붙잡았다. 그들은 미영을 태우고 집에서 구할 수 있는 가장 무거운 물건이었던 구형 텔레비전을 실었다. 곤돌라가 너무 작아 윤은 탈 수 없었다. 제는 노를 저어 앞으로 나아갔다. 사위가 여전히 망각처럼 어두웠으나 곧 해가 뜰지도 모른다는 생각에 제는 마음이 급했다. 어둠에 잠긴 더러운 물이 첨벙첨벙 소리를 냈다. 제는 계속 노를 저었다. 가능한 한 멀리, 바다로 가야만 했다. 낡은 건물들이 바닷물에 부식하는 소리가 서걱, 서걱, 서걱, 서걱, 서걱, 서걱, 서걱, 서걱, 제의 귓가에 울렸다. 오래된 건물들 사이로, 저주받은 혼령들이 수군거리는 것 같은 소리를 내며 바람이 불었다. 괴기스럽게 녹아내리는 얼굴을 한 채 건물들이 제의 움직임을 감시하듯 내려다보고 있었다. 제는 자신의 삶이 왜 이렇게 되어버렸을까 생각했다. 언젠가 자신에게도 삶이 우호적이던 때가 있었다. 꿈을 꾸는 대로 모든 것이 이루어지던 달콤한 날들도 분명 존재했다. 모든 것이 손에 닿을 듯 가까이 있었다. 아주 오래지 않은 일이었지만 동시에 까마득한 옛날의 일이었다.

　제는 어떤 건물도 보이지 않는 곳에서 곤돌라를 멈추었다. 더이상 노를 저을 힘이 남아 있지 않았다. 물안개가 낀 사위는 카본블랙을 덧칠한 듯 검었다. 제의 머리 위로, 실금처럼 가늘게 그려진 그믐달만이 네이플스옐로우 빛깔로 어둠속에서 번득일 뿐이었다.

그 주변으로 달무리가 오레올린색 물감을 스펀지로 뭉개놓은 듯 희미하게 어둠을 물들였다. 무엇도 눈에 띄지 않아, 제는 그곳이 섬에서 멀리 떨어진 바다일 거라고 믿었다. 제는 장갑을 끼고 끈으로 미영의 발을 묶은 다음 구형 텔레비전을 달았다. 10년 전, 윤과 제가 처음 베네찌아에 도착해 원룸에 살던 시절 장만했던 것이었다. 텔레비전 같은 것은 필요 없다고 생각했던 제와 달리 윤은 모름지기 집에는 가장 크고 좋은 텔레비전이 중앙에 놓여 있어야 한다고 주장했다. 유럽에 신혼집을 장만할 줄은 꿈에도 몰랐다며 좁은 원룸 바닥을 광이 나도록 쓸고 닦던 윤의 두 뺨은 빨갛게 상기되어 있었다. 끈을 묶는 제의 손이 덜덜 떨렸다. 심장이 계속 빠르게 뛰었다. 어처구니없게도 웃음이 나왔다. 희미한 달빛에, 검은 물결이 흩뿌려놓은 티타늄조각처럼 반짝였다. 제는 미영을 바닷속으로 밀어넣었다. 그 바람에 곤돌라가 뒤집힐 듯 휘청거렸다. 제는 간신히 균형을 잡으며 곤돌라 바닥에 엎드렸다. 다 끝났다. 제는 이제껏 숨을 참았던 사람처럼 거칠게 숨을 몰아쉬었다. 등줄기를 따라 땀이 흘러내렸다. 그제야 제는 자신이 얇은 면 티셔츠에 사각팬티 차림이라는 것을, 11월의 음습한 밤공기가 차갑다는 것을 깨달았다. 제는 곤돌라 바닥에 몸을 눕혔다. 제가 눕자 작은 곤돌라가 꽉 찼다. 부패의 냄새가 코를 찌르는 물의 한복판에 누워 제는 자신의 뜨거운 심장을 느꼈다. 관 속처럼 컴컴한 하늘 아래서 그는 아주 오랜만에 살아 있음을 실감했다. 그는 살아 있었다. 그리고 그는 살고 싶었다.

*

제에게 메일 한통이 도착했다. 준오였다. 선배님께,라고 시작하는 메일에는 한국에 잘 도착했다고 쓰여 있었다. 메일을 다 읽은 제는 장화를 신고 집을 나섰다. 준오는 베네찌아에서 함께 보낸 시간이 무척 즐거웠다고, 여행하는 동안 힘들고 괴로웠던 적도 많지만 배운 것이 더 많았노라고 썼다. 그는 아직 진로를 결정하지 못했지만 여행을 통해 얻은 긍정의 힘으로 조금 더 용기를 갖고 꿈을 이루기 위해 도전을 하겠다고도 썼다. 그리고 메일의 말미에는 미영이도 안부를 전해달래요,라고 덧붙였다.

"또 어딜 나가?"

윤이 제의 뒤통수에 대고 소리를 질렀다. 팬티 차림으로 거실을 어슬렁거리는 윤이 걸을 때마다 허벅지가 출렁였다. 더럽고 어두침침한 계단을 내려가 가까스로 육중한 문을 열자 짜고 썩은 내 진동하는 물이 거침없이 건물 안으로 범람해 들어왔다. 제는 천천히 물살을 헤치며 걸어나갔다. 주인을 잃은 곤돌라 하나가 어디선가 쓰레기와 함께 떠내려왔다. 페인트칠이 벗겨져 얼룩덜룩해 보이는 곤돌라였다. 그날 만약. 수도꼭지를 최대로 튼 양 각 건물의 배수관에서 물이 콸콸 쏟아져나왔다. 그날 만약 미영이 죽은 것이 현실이었더라면. 제는 가끔 생각했다.

제는 서서히 쌴마르꼬광장 앞을 걸었다. 12세기부터 17세기까지 그려졌다는 대성당의 벽화를 보고자 했던 관광객들은 침수로 성당 문이 폐쇄되어 허탕을 치고 돌아섰다. 성당 직원들은 소용없는 짓인 줄 알면서도 바닷물을 밖으로 퍼서 버렸다. 천천히 바닷물에 침식되고 있는 것은 대성당 벽면만이 아니라는 사실을 그들은 모르지 않았다. 제는 성당 쪽으로 헤엄치듯 걸어갔다. 가슴팍까지 차오른 물을 타고 죽은 쥐가 떠내려왔다. 제는 물속에서 한발씩 걸어나갔다. 화려했던 성당의 금박 장식이 오랜 세월에 씻겨 벗겨지고, 먼 옛날 등대로 쓰였던 붉은 종탑의 아랫부분은 바닷물에 삭아갔다. 은빛 가면을 쓴 무희들이 있던 자리는 모두 물에 잠겼다. 나뽈레옹이 세상에서 가장 아름다운 응접실이라고 했던 광장 위로 노천 까페의 노랗고 파란 플라스틱 의자들이 둥둥 떠다녔다. 영원할 듯 빛나던 순간은 사라지고 모두가 종국에는 늙고 병들어 종료되는 것이 삶임을 이미 알고 있다는 듯, 사람들은 피로한 얼굴로 묵묵히 집에 차오른 물을 양동이 가득 퍼서 창밖으로 버렸다. 윤은 아름다웠던 그 모습을 되찾을 수 없을 것이고, 제 역시 모든 것이 가능했던 시절로 돌아갈 수 없을 것이었다. 제는 피부로 스며드는 한기를 느끼며 "생은 수없이 많은 모멸감과 열패감을 선사할 것이지만 그 와중에 아주 가끔 또 영원에 대한 기대를 갖게 할 것이고 또 아주 가끔 아름다움에 대한 희망을 품게 할 것이다."라는 문장을 떠올렸는데, 그것은 제가 졸업전시회 팸플릿의 머리말로 썼던 문장이었다. 단기간에 큰돈을 번 중국인 관광객들이 곤돌라 위에 앉아 비를 맞으며 순간을 영원히 기록하기 위해 사진을 찍고 있었다. 서부식

악센트가 강한 미국인 고등학생들이 더러운 물속을 헤엄치다가 중국인들의 카메라를 향해 손짓했다.

제는 물기로 얼룩져가는 도시의 한복판에서 어디로 가야 할지를 모른 채 붙박이처럼 서 있었다. 그리고 물에 젖어 흡사 쥐처럼 보이는 비둘기 한마리가 타는 갈증을 이기지 못하고 머리를 처박은 채 허겁지겁 소금물을 마시는 모습을 오래도록 지켜보았다.

북 서 쪽  항 구

당신은 내가 알
고 있는 가장 고
독하고, 가장 따뜻
하고, 가장 아름
다운 사람이에요.

잠을 깨운 이는 역무원이었다. 가방에서 주섬주섬 열차표를 꺼내어 건넨 뒤 나는 창밖으로 무심히 시선을 던졌다. 커다란 적란운이 하늘의 왼편에 걸려 있었다. 켜켜이 수직으로 쌓인 거대한 흰 구름. 그 아래 끝도 없이 펼쳐진 밭은 연녹색이었다. 밀밭일까. 아침 여덟시 반밖에 되지 않았는데도 사방이 환했다. 새파란 하늘, 투명하리만치 하얀 구름, 옅은 초록색의 지평선. 의사는 색이란 빛을 흡수하고 반사하는 정도에 따라 결정되는 것이라고 말했다. 나는 영원히 녹지 않는 설산을 닮은 구름을 다시 한번 쳐다보았다. 그러나 저것은 설산이 아니라 응결된 거대한 수증기덩어리일 뿐이고, 이내 사라질 것이다. 적란운은 곧 비가 올 거라는 신호였지만 아직까지는 빗방울이 떨어지지 않았다. 손에 잡힐 듯, 잡히지 않는 구름이 기차만큼이나 빠르게 반대 방향으로 흘러갔다. 기차는 일정한 리듬으로 덜컹거리며 북서쪽으로 달렸다. 한시간 반만 더. 이른 시간이라 그런지 기차 안에는 사람이 별로 없었다. 객실 안 어딘가에 갓난아이가 탔는지 울음소리만 간간이 울렸다. 짙푸른 너도밤나무숲이 차창 밖을 몇번 더 스쳤다. 기차가 함부르크에 도착한 것은 아침 열시였다.

기차역은 혼잡했다. 어디선가 향신료 섞인 기름 냄새가 풍겨왔다. 나는 기차역을 가로질러 갔다. 마중 나온 이 하나 없는 낯선 기차역을 관통해 역사 안에 있는 관광안내소를 찾았다. 사방에는 오래전에 겨우 읽는 법만 배운 외국어뿐. 나는 안내소의 직원에게서 함부르크 시내의 지도를 한장 얻고, 약속 장소인 함부르크 시청까지 찾아가는 길을 안내받았다. 그곳을 약속 장소로 정한 이는 레나라는 독일 여성이었다. 며칠 전 보냈던 나의 메일에 회신하면서, 그녀는 함부르크가 초행인 나를 고려해 쉽게 찾을 수 있는 곳을 약속 장소로 정했다. 사흘밖에 되지 않는 베를린 출장 중 무리해서 당일치기 함부르크행을 결정한 거였다. 길을 잃거나 서로 엇갈려서 시간을 낭비하고 싶지는 않았다. 장거리 비행의 여파와 시차 탓에 몸이 너무 피로했다. 나는 역 앞의 작은 까페에서 커피를 한잔 사들고 거리로 나섰다.

사실 아버지가 입원하지만 않았더라면 내가 무리해서 함부르크까지 올 이유는 없었다. 여행을 좋아하는 편도, 함부르크에 아는 사람이 있는 것도 아니었기 때문이다. 아버지가 갑자기 병원에 입원하게 된 것은 6개월 전이었다. 화장실에서 나오다가 미끄러져서 엉치뼈가 부러지는 바람에 거동이 불가능해진 까닭이었다. 엉치뼈를 다치기 이전부터 아버지의 입원을 권유했던 누나들이 적극적으로 입원 수속을 밟았다. 아버지의 시력이 급격히 나빠지면서 누나들은 어머니와 아버지 단 두분이서 생활하는 것이 더이상 불가능하지 않겠냐고 이야기하기 시작했다. 어머니 혼자 아버지를 돌보는 것은 무리라는 거였다. 누나들이 그렇게 말할 때마다 두분을 모시고 살라는 뜻인가 하는 생각에 마음이 불편했던 나로서는 그에 동조하지도, 반대하지도 못한 채 우유부단한 태도를 취할 수밖에 없었다. 그렇다고 걱정이 되지 않았던 것은 아니다. 아버지의 시력은 점점 더 나빠지고 있었다. 의사는 머지않아 아버지가 실명할 것이라고 말했다. 어머니 혼자 눈이 보이지 않는 아버지의 수발을 드는 것은 사실상 불가능했다. 아직 얼마든지 혼자 생활할 수 있다며 멋대로 돌아다닐 아버지의 성격을 알기 때문에 어머니의 고생은 빤히 예상할 수 있었다. 그렇지만 아버지를 모시고 살겠다는 말은 좀처럼 쉽게 나오지가 않았다. 누나들 중 누구도 선뜻 나서지 못하는 이유도 나와 같은 게 아니겠냐고, 밤마다 그렇게 생각하며 나는 죄책감을 조금이나마 덜려고 애썼다.

아버지가 환한 대낮, 화장실에서 나오다가 미끄러져 엉덩방아를 찧었다는 연락을 해온 것은 어머니였다. 사남매 중의 막내, 그것도 누나들과 나이 차이가 많이 나는 막내 중의 막내임에도 아들이라는 이유만으로 어머니는 나에게 의지했다. 나는 어려서부터 그것이 부담스럽고 끔찍했다. 어머니가 나에게 부재하는 남편의 역할을 기대한다는 것을 눈치챈 열두살 때쯤, 나는 집 앞 골목에 쭈그리고 앉아 노란 위액을 토해냈다. 늘 집에 없던 아버지도, 내게 너무 많은 기대를 걸던 어머니도, 눈에 보이는 어머니의 차별에 나를 시기하던 누나들도 다 견딜 수가 없었다. 그 밤, 환자복으로 갈아입은 아버지가 아이 같은 얼굴로 아무것도, 아무것도 보이지가 않아, 하면서 울었던 그 밤, 나는 오랫동안 뒤척이다가 침대를 빠져나와 조금 울었다. 베란다에 선 채로. 맞은편 건물의 불빛 때문에 유리창 위로 누군가의 모습이 어른거렸다. 아버지처럼 어깨가 둥글게 굽은 그 사내가 누구인지 나는 알았다. 구부정한 자세로 창가에 기대어 있는 나의 곁으로, 잠에서 깬 아내가 다가왔다. 왜 울고 있어. 아내가 나의 어깨를 감싸며 물었다. 아버지에 대해 아는 것이 하나도 없어서. 내가 답했다.

정말이지 나는 아버지에 대해 아는 것이 너무 없었다. 물론 대부분의 아버지와 아들의 관계가 그렇단 것은 알고 있었다. 우리의 관계가 유난히 나쁜 편은 아니었을 것이다. 그렇다고 돈독한 것도 아니었다. 아버지를 생각하면 언제나 가장 먼저 떠오르는 것은 바다 냄새였다. 아버지는 내가 태어나기 전부터 배를 탔다. 부둣가에서 일하는 하역부였으니 배를 탈 이유는 없었는데도, 아버지는 종종 배를 타고 멀리 갔다가 바닷바람 냄새를 풍기며 아주 가끔 집에 들어왔다. 기억 속의 어머니는 자주 울었다. 어머니는, 어머니 말에 따르면, 과부나 다름없는 삶을 살았다. 그런 것 치고는 애를 넷이나

낳았잖아요. 나는 어머니의 푸념을 듣기 싫어 그렇게 말했지만 남
편이 늘 바깥으로만 나도는데 네명이나 되는 아이를 홀로 키우는
것이 쉽지는 않았을 것이다. 수려한 외모에 반해 반대를 무릅쓰고,
여덟살이나 차이가 나는 나이 많은 사내와 결혼을 한 댓가라면 댓
가였다. 나와 열살 차이가 나는 큰누나는 곧잘 어머니의 편을 들어
줬지만 나는 남자라는 자각을 한 이후부터 아버지와 같은 편이었
으면 좋겠다는 생각을 자주 했다. 그렇지만 아버지는 같은 편을 하
기에 문제가 많은 사람이었다. 아버지가 술 냄새와 바다 냄새를 동
시에 풍기며 어쩌다가 집에 들어올 때마다 누나들과 나는 방에서
숨을 죽였다. 나이를 먹으면서 아버지와 같은 편이 되겠다는 생각
은 깨끗이 사라졌다. 친구들의 아버지에 비해 나의 아버지는 훨씬
늙고 추레했다. 무역이 줄어들고 공장들이 문을 닫아 더이상 일거
리가 없어질 때까지 오랜 시간 동안 아버지는 유령처럼 그 부둣가
를 맴돌았다.

청록색 지붕과 화려한 벽면 장식이 인상적인 함부르크시 청사가
멀리서 모습을 드러내기 시작하자 조금씩 긴장이 되었다. 약속 시
간까지는 30분 정도가 남았다. 함부르크는 처음이니 잠시라도 주
변 명소들을 관광하며 기다릴 수도 있었지만 그러고 싶지 않았다.
어차피 내가 이 도시에 온 목적은 관광이 아니었으니까. 게다가 너
무 피곤했다. 나는 그냥 시청 앞 광장 벤치에 자리를 잡았다. 사람
들은 하루를 시작하느라 분주해 보였다. 먹을거리를 팔기 위한 간

이 스탠드를 세우는 사람들. 아무것도 없던 허공 위로 쏘시지나 음료 따위의 메뉴가 적힌 작은 스탠드의 골격이 천천히 형태를 잡아갔다. 레나는 동양인의 외모를 지닌 나를 비교적 쉽게 알아볼 수 있을 것이라고 말했다. 함부르크역에 내린 이후로 동양인을 도통 본 적이 없으니 어쩌면 레나의 말처럼 내가 쉽게 눈에 띌지도 모르겠구나, 하고 생각했다. 나는 레나가 어떻게 생겼는지 전혀 알지 못했다.

광장의 한쪽 끝에서는 누군가가 쭈그리고 앉아 트럼프 카드로 집을 짓고 있었다. 다른 한쪽에서는 두명의 사내들이 팬터마임을 시작했다. 금발의 여성이 두차례 내 쪽으로 오기에 레나인 줄 알고 다가갔지만 그들 중 누구도 레나는 아니었다. 약속 시간이 15분이나 지나자 혹시 장소를 착각한 것은 아닐까 나는 걱정이 되기 시작했다. 지난 메일 속에는 분명히 시청 앞이라고 쓰여 있었다. 관광안내소의 청년이 건네준 지도를 가방에서 다시 꺼내려고 하는데 누군가가 내 앞에 다가와 섰다. 어두운 색의 머리에 회갈색 눈을 가진 그녀의 얼굴은 어딘지 기묘했다. 스스로를 레나라고 소개한 여자는 독일어 악센트가 강한 한국어로 나의 이름을 확인했다. 그제야 나는, 이름만 듣고 무심코 금발의 여자를 상상하고 있었지만 나와 만나기로 되어 있던 사람이 게르만족의 얼굴을 하고 있을 리가 없다는 것을 깨달았다. 내가 기다리던 사람은 나처럼 동양인의 얼굴을 하고 있거나 그렇지 않으면 혼혈인의 얼굴을 가진 사람이어야만 했다. 레나는 심순옥의 딸일 테니까. 악수를 하자며 레나가 나를 향해 내미는 손을 맞잡았다. 레나의 손은 조금 뜨거웠다. 긴장 탓에 나의 손이 차가웠던 것이거나. 날은 맑았고 바람이 불었다. 커피라도 마실까요? 레나가 나에게 물었다. 우리는 시청 앞 광장을 통과했다. 운하 옆 회랑에 늘어선 테라스는 사람들로 붐볐다. 레나와 나는 테라스의 한 테이블을 차지하고 앉아 각자 맥주를 시켰다. 맥주가 들어가자 비로소 긴장이 조금 풀렸다.

함부르크라는 도시에 대해 처음 언급한 것은 아내였다. 베를린 출장이 결정되었다는 소식을 전한 직후였다. 아버지가 입원을 하고 내가 조금 울었던 날이 지난 뒤 몇번째 주말이었던가. 아버지의 병문안을 갔다 오던 차 안에서 아내는 심순옥에 대한 이야기를 꺼냈다.

"여보, 혹시 아버님의 첫사랑 알아?"

백화점 세일 기간 탓에 차들이 도로 위에 정체되어 있었다. 유니폼을 갖춰 입은 백화점 주차요원이 호루라기를 요란하게 불면서 주차장으로 진입하는 차량과 직진할 차량들의 움직임을 통제했다. 괜히 이 길로 들어섰다는 생각에 짜증이 나기 시작하던 참이었다. 아버지의 첫사랑이라는 말은 주말 한낮, 정체된 도로 위의 상황을 생각하면 너무나 아득하고 비현실적이었다. 아버지에게도 첫사랑이 있었겠지만 그런 것 따위를 나는 단 한번도 상상해본 적이 없었다. 아버지가 누군가를 사랑할 수 있는 사람이라니.

"작년 봄에 말이야, 아버님이 우리 집에 며칠 다니러 오셨을 때 내가 한번 여쭤본 적이 있었거든?"

나는 아버지가 우리 집에 일주일 동안 머물다 갔던 지난봄을 떠올렸다. 어머니와 싸우고 갑작스럽게 집으로 들이닥친 거였다. 이렇게 불쑥 오시면 어떻게 해요? 나는 아내의 연락에 너무 놀라 무리해서 정시에 퇴근했다. 아버지는 당신의 집인 양 소파 위에 모로 누운 채 뉴스를 보며 술에 취한 사람처럼 큰 소리로 욕을 해대고 있었다. 아내에게 창피하기도 하고 미안하기도 해서 나는 아버지에게 평소보다 더 심하게 화를 냈다. 아버지가 머물던 일주일 동안 나는 새벽마다 잠에서 깨었다. 아버지가 새벽부터 일어나 화장실을 가고, 냉장고를 뒤지다가 무엇인가를 떨어뜨리거나 쏟기 일쑤였기 때문이다. 아버지는 아예 나의 집에 눌러앉고 싶어하는 기색이었다. 아내도 나도 출근하고 나면 어차피 비어 있는 집인데 뭐가 그렇게 짐이 되느냐는 식이었다. 그렇지만 아버지는 내가 아내와 집을 얻을 때 단 한푼도 보태주지 않은 사람이었다. 아니, 집은커녕 내가 대학을 다니고 취업을 준비할 때도 용돈 한번 준 적 없었다. 나는 아버지의 뻔뻔함에 불같이 화를 내며 거의 쫓아내다시피 그의 등을 떠밀었다. 그렇게 끔찍하기만 했던 일주일이었는데 대체 아내는 어느 틈에 아버지에게 첫사랑을 다 물어봤을까. 아버지에 대해 아는 것이 하나도 없다며 아내 앞에서 눈물을 보인 이후, 아내는 아버지에 관해 알고 있는 것들이 생각날 때마다 나에게 이야기해주기로 결심한 모양이었다. 아버님이 된장에 무친 비름나물을 좋아하셨던 것 알지? 아버님 귀랑 당신 귀랑 똑같이 생긴 거 알지? 뭐, 이런 식으로.

차들이 경적을 울렸다. 수신호를 주기 위해 움직이는 주차요원의 베이지색 소매가 허공에서 맥없이 흔들렸다. 나는 앞차의 움직임을 따라 브레이크 페달을 떼었다 밟았다가만 지루하게 반복하면서, 얼마나 어처구니없는 말인가 생각했다. 아버지의 첫사랑이라니.

테라스 옆 운하에는 백조 두마리가 물 위에 떠 있었다. 병든 것처럼 보이는 백조들은 더럽고 목이 지나치게 짧았다. 후드점퍼를 입은 아이들이 백조를 향해 빵조각을 떼어주고 있었다. 한여름인데도 바람은 한국의 가을처럼 차가웠다. 어디서부터 말을 꺼내는 것이 좋을지 몰라 나는 잠시 망설였다. 이렇게 만나주어 고마워요, 라고 말하자 레나가 웃었다. 엄마의 첫사랑에 대해서 들을 수 있는 기회라는 것이 흔한 일은 아니잖아요?라고 덧붙이면서. 나는 레나의 얼굴을 보며 심순옥의 얼굴을 떠올려보려 했다.

나의 추측이 맞다면 오래전, 나는 레나도, 심순옥도 본 적이 있었다. 딱 한번. 그날따라 아버지는 구두를 신었다. 갈색의, 아버지 걸음걸이대로 밑창이 닳은 구두. 아버지가 앞서 걷고 어린 나는 아버지의 그림자가 닿지 않는 거리에서 뛰듯이 따라갔다. 우리가 어디로 가는지 나는 몰랐다. 아버지는 언제나 그렇듯 말이 없었다. 화교가 하는 중국집 앞에 다다랐을 때 진동하던 자장면의 냄새에 입안 가득 침이 고였다. 식탁을 차지하고서도 아버지는 오랫동안 아무것도 시키지 않았다. 중국인 식당에는 금전적 풍요를 기원하는 부적이 벽 여기저기 붙어 있었지만 나는 한자 읽는 법을 몰랐다. 해독할 수 없는 글자들을 눈으로 따라가는 일이 지루해졌을 즈음, 문이 열리고 한 여자와 소녀가 들어왔다. 상기되었던 아버지의 표정. 아버지는 끝내 그녀가 누구인지 내게 말해주지 않았지만, 기억 속 아버지의 표정으로 미루어보면, 그녀가 심순옥이고, 그 옆에 따라 들어오던 커다란 눈의, 비쩍 말랐던 여자아이가 레나이지 않았을까.

"뭔가 오해가 있었나봐요. 우리 엄마 이름은 심순옥이 아니에요. 엄마의 이름은 김찬숙이에요."

레나가 유리잔을 테이블 위로 내려놓으며 당황스러운 목소리로 말했다. 나는 내 얼굴 근육이 눈앞의 얼굴만큼이나 당혹감으로 굳어가는 것을 느꼈다.

"그럴 리가요. 내가 함부르크 한인교회 목사님께 구해주실 수 있나 여쭤봤던 것은 틀림없이 심순옥 씨나 심순옥 씨의 가족분 연락처였는데요."

"뭔가 잘못된 게 틀림없어요."

레나가 여전히 당혹스러운 목소리로 다시 한번 말했다.

"나도 목사님에게서 엄마 일로 꼭 만나고 싶어하는 사람이 있다는 이야기를 전해 들었지만, 우리 엄마 이름은 김찬숙인걸요."

레나는 가방에서 휴대전화를 꺼내어 어딘가로 전화를 걸었다. 대체 어떻게 된 일인지 알 수가 없었다. 레나는 한참을 기다리더니 독일어로 조그맣게 알아들을 수 없는 말을 중얼거리고는 전화를 끊었다.

"전화를 받지 않네요. 어쩌죠. 엄마 친구나 내가 아는 교회 분들

중에도 심순옥이라는 이름의 사람은 없는 것 같은데…”

레나가 난감해할수록 나는 더욱더 당황스러워졌다. 일단 눈앞의 사람에게 무슨 말을 해야 좋을지 모르겠다는 생각이 들었고, 심순옥을 만날 수 없게 되었다는 사실이 실감 나자, 그다음에는 이렇게 피곤해 죽겠는데 잠도 못 자가며 대체 무엇을 하러 이 도시까지 온 걸까 하는 생각이 들었다. 나는 말도 안되는 실수를 한 목사에게 화가 났다가, 애초에 아버지의 첫사랑 얘기를 꺼낸 아내에게 화가 났다가, 이내 아버지의 첫사랑을 만나보고 싶다는 생각을 충동적으로 한 나 자신이 어처구니가 없었다. 이제 와서, 아버지의 첫사랑 따위를 만난들, 무슨 소용이란 말인가. 내가 아무런 말이 없자 레나는 미안한지 다시 여기저기 전화를 걸기 시작했다. 그렇지만 결과는 마찬가지였다.

“며칠 동안 함부르크에 체류하는 거면 함부르크 병원에라도 전화를 해서 심순옥 씨를 찾아봐줄 수 있을 텐데… 오늘밤에 돌아간다고 했죠?”

레나가 안타까워하는 목소리로 물었다.

“신경 쓰지 마세요. 오늘 여섯시 기차로 다시 베를린에 돌아가요. 내일 낮에 베를린에서 비행기를 타고 귀국하거든요.”

내 목소리는 내가 듣기에도 비참할 정도로 서글펐다. 우리는 말없이 잠시 앉아 있었다. 레나가 심순옥의 딸이 아니라면, 더이상 물을 것도 들을 것도 없으니 가서도 좋다고 말해야 하는 게 아닐까 생각했지만, 그녀가 가버리면 이 낯선 도시에서 남은 시간을 뭘 하며 때울 수 있을지 막막했다. 모든 게 엉망진창이었다. 온몸은 무겁고 머릿속은 하앴다. 대체 이 상황을 어떻게 정리해야 하지, 한참을 궁리하고 있는데 레나가 말했다.

"혹시, 괜찮으시다면 점심 같이할까요? 어차피 오늘 하루 종일 일정을 비워두었어요."

당황해하는 날 배려한 말이었을 것이다. 그러고 보니 아침부터 맥주 몇모금 말곤 먹은 게 없었다.

우리는 맥주 값을 계산하고 같이 일어섰다. 그사이 광장에는 더 많은 스탠드가 세워져 있었다. 레나는 나만큼이나 키가 컸다. 어쩌면 독일인의 유전자 때문일지도 모른다는 생각을 했다. 그런데 심순옥이 독일인과 결혼하기는 했던 걸까? 나는 갑자기, 훔쳐 읽었던 심순옥의 편지 내용이 헷갈렸다.

"어쩌면 함부르크에서 일하신 게 아니지 않을까요?"

주문한 음식이 나오기를 기다리며 레나가 물었다. 레나가 나를 데리고 간 곳은 관광객보다는 그 지역 사람들이 많이 찾는다는 독일음식점이었다. 나는 레나가 권해준 민물고기와 감자 요리를 시켰다. 식당 안은 사람들로 붐볐다. 어디에도 유색 인종은 없었다.

"틀림없이 봉투에 함부르크라고 쓰여 있었어요."

'틀림없이'라고? 그렇게 말하기는 했지만 나는 이제 내가 보았던 편지봉투 겉면에 함부르크라는 글씨가 적혀 있었는지 아닌지조차 헷갈리기 시작했다. 대체 어디서부터 잘못된 것이란 말인가.

"하긴 함부르크 시립병원에서 일했다고 서로 다 아는 것은 아닐 테니까요. 시기가 엇갈렸을 수도 있고. 잠시 일하다가 다른 데로 갔을 수도 있고. 그렇죠?"

레나가 물었다. 나는 고개를 끄덕이며 맥주를 들이켰다.

"귀찮게 해드려 죄송하지만 혹시, 어머니께 한번 여쭤봐주실 수 있나요? 심순옥 씨라는 분을 아시는지."

심순옥을 만나야겠다는 생각은 시들해진 지 오래였다. 그렇지만 아무래도 조금은, 여기까지 온 나의 수고가 아깝다는 생각이 들었다. 심순옥을 만나지는 못하더라도 그녀에 대해 뭐든, 사소한 것 하나라도 들어야 이 도시까지 굳이 찾아온 보람이 있을 것만 같았다. 레나가 쥐고 있던 포크와 나이프를 내려놓았다. 그리고 테이블 위의 탄산수 병을 집어 들고 잔에 따르더니 한모금 마셨다.

"그랬으면 좋겠는데, 엄마가 알츠하이머를 앓고 있어서요."

레나가 아주 작게 미소를 지었다. 우리는 눈이 잠깐 마주쳤다. 그리고 각자 시선을 다른 곳으로 옮겼다.

한 사내의 눈이 멀고, 한 여자의 기억이 사라지는 데 필요한 세월의, 가늠할 수 없는 두께.

"그래서, 당신이 찾는 심순옥 씨가 당신 아버지의 첫사랑이라는 거지요?"

레나가 화제를 전환하기 위해서인 듯, 조금은 밝은 톤으로 물었다.

"네, 제가 알기로는요."

나는 내가 아는 것과 모르는 것을 더이상 구분할 수 없는 지경이 되었다. 테이블 위 꽃병에는 색색의 꽃. 노란색, 보라색, 빨간색의 꽃. 그리고 언젠가는 시들어버릴 분홍색의 꽃.

"그런데 아버지의 첫사랑은 찾아서 뭐하게요?"

그녀가 물었다.

"그러게요."

내가 답했다.

편지들은 아버지의 물건들을 정리하는 과정에서 발견되었다. 아버지의 입원이 몇달 안에 끝날 수 없다는 판단이 내려지면서 어머니는 살던 집을 정리하겠다고 나섰다. 말하지는 않았지만 우리 집에서 함께 살고 싶어하는 눈치였다. 그러나 나는 어머니의 의중을 짐짓 모른 척했다. 내가 선뜻 어머니와 같이 살겠다고 말하지 않자 어머니는 그 모든 것을 아내의 탓으로 돌렸다. 언제나 내게 의사처럼 전쟁통에도 써먹을 수 있는 기술을 지녀야 한다고 말하던 어머니는 내가 보잘것없는 회사에 입사했을 때 한번 실망했고, 어머니의 기준에서 나보다 더 별 볼 일 없는 아내와 결혼했을 때 또 한번 실망했다. 어머니는 대개의 시어머니들이 그렇듯 모든 불행의 근원을 아내의 탓으로 돌리기 시작했다. 어머니와 나의 갈등을 지켜보던 아내는 우리 집 근처에 작은 아파트를 얻어드리면 어떻겠느냐는 절충안을 제시했다.

편지뭉치는 이사 전날 정리했던 아버지의 옷장 가장 깊숙한 곳에서 나왔다. 아버지의 사적인 편지니 읽을 권리가 없다는 생각이 잠시 들었지만, 호기심이 양심의 가책보다 더 강했다. 편지봉투에 적혀 있던 'Sun-Ok Shim'이라는 이름과 'Hamburg'라는 지명 탓이었다.

"아버님의 첫사랑은 심순옥이라는 분이셨대."

아내는 그날, 혼잡했던 백화점 앞길에서 나에게 말했다. 나는 정체된 도로 탓에 신경이 곤두서 있었다. 아내는 내 기분 따위는 아랑곳하지 않고, 밝은 어조로 말했다. 심순옥은 아버지와 같은 동네에 살던 친구의 막내 여동생이었다고 했다. "두분은 서로 많이 사랑하셨나봐. 그렇지만 심순옥 씨가 파독 간호사로 지원하면서 헤어지셨대. 원래는 1년만 갔다 오기로 했는데 심순옥 씨가 더 오래 독일에 머물게 되면서 결국에는 소원해질 수밖에 없었다나봐." 나는 아버지의 사랑이야기 따위에는 관심이 없었다. 아버지가 누군가를 사랑할 수 있는 사람이라는 것도 상상이 가지 않았지만 사랑했다 한들 나와는 무관한 일이었다. 나는 환자복을 입은 채 처량하게 누워 있는 아버지를 생각했다. 그렇게 힘없이 누워 있을 거라면, 전적으로 나를 의지하는 얼굴로 "아무것도, 아무것도 보이지 않아."라고 울먹이며 말할 거였다면, 젊고 혈기가 왕성하던 시절 나에게 조금 더 다정했다면 좋지 않았겠느냐는 생각. 기분 탓인지 핸들을 잡고 있는 내 눈앞의 사물들이 휘어진 것처럼 보였다. 아직은 그럴 리가 없었다. 나는 눈을 깜박였다. 의사는 증상이 나타나는 것은 대체로 5, 60대라고 말했다.

그날 내가 찾은 편지는 모두 열한통이었다. 한달에 한번꼴로 온 편지들을 모아두었나 했는데 편지는 꽤 오랜 세월의 간격을 두고 쓰인 것들이었다. 아버지가 편지를 소중하게 간직했다는 것이 내겐 너무 낯설었다. 아버지가 무엇인가를 소중하게 다룰 수 있는 사람이었다니. 나는 충동적으로 아버지의 편지들을 훔쳐왔다. 심순옥은 아버지를 범주씨라고 불렀다. 범주씨. 나는 심순옥의 첫사랑이었던 아버지가 궁금해졌다.

주문했던 음식이 차례로 나왔다. 우리는 맥주를 한잔씩 더 시켰다. 나는 술을 많이 마시지 말라는 의사의 조언을 떠올리며 알코올이 들어가지 않은 맥주를 시켰는데, 알코올이 빠진 맥주는 맛이 형편없었다. 레나는 함부르크에 처음 온 나를 위해 이 도시와 우리가 주문한 음식에 대해 이것저것을 설명해주었다. 연노란색 머스터드소스가 끼얹어진 생선요리는 예전부터 항구 노동자들이 즐겨 먹던 향토음식이라 했다. 레나는 친절하고 상냥했지만 우리의 대화는 자꾸 끊겼다. 레나가 한 대학의 동아시아언어학과에서 한국어를 연구하고 있다는 것이나, 내가 고등학교 때 독일어를 배웠지만 인사말밖에는 할 줄 모른다는 이야기들을 주고받았지만 대화는 이어지지 않고 겉돌았다. 괜히 시간을 뺏는 것 같아 나는 레나에게 미안하다는 생각이 들었다. 무엇이든 이야기를 이어갈 구실이 필요했다.

"레나씨 어머니도 파독 간호사셨던 거죠?"

나는 가까스로 이야깃거리를 찾아내었다. 어차피 우리를 연결해주는 것이라고는 그것밖에 없었다.

"엄마는 75년에 독일로 이주했어요." 레나가 답했다.

"빈곤에서 벗어나고 싶던 차에 우연히 신문에서 파독 간호사 모집공고를 봤대요. 그래서 용기를 내서 떠나왔는데, 선원 사고가 빈번한 항구도시의 시립병원에 배치된 거죠."

레나가 칼로 생선을 썰면서 말을 이었다. 레나의 어깨에는 작지만 선명한 푸른색의 문신이 있었다. 레나의 머리카락은 갈색, 눈동자도 회색에 가까운 갈색. 그녀가 움직일 때마다 하늘색의 민소매 블라우스가 조금씩 흔들렸다. 물결처럼. 어딘가로 흘러가는 물의 결처럼.

"어머니는 오랫동안 그 병원에 근무하셨나요?"

내가 물었다.

"아뇨, 그렇게 오래 일하지는 않았어요."

레나가 장난스럽게 눈을 반짝였다.

"엄마는 화가가 되었거든요."

"화가요?"

나는 놀라 칼질을 멈추고 레나를 쳐다보았다. 레나가 웃었다.

레나는 그녀의 어머니가 간호사 시절, 타지생활이 외로워 취미로 그림을 그렸다는 이야기를 들려주었다. 미술도구를 살 돈이 없어 그냥 아무 종이에나 연필로 그렸다는데, 다정히 대해주던 독일인 간호사들에게 선물로 초상화를 그려준 것이 계기가 되어 미술 관계자의 눈에 띄게 되었단다.

"그런데 확실히 엄마한테 재능이 있긴 했나봐요. 그러다가 미술을 정식으로 배울 기회까지 획득하게 됐으니까요. 이렇게만 들으면 동화 같은 얘기죠?"

정말 그랬다. 가난에서 벗어나려고 이국까지 간호사가 되겠다고 왔다가 미대생이 된 여자의 삶에 대해서는 들어본 적이 없었다.

"엄마는 운이 좋은 케이스였어요. 그렇지만 그 당시 일이 얼마나 힘들었는지에 관한 얘기는 자주 했어요. 쉬는 날에 다른 병원에서도 일을 했다거나, 야근을 고의로 했다는 얘기는 엄마 같은 파독 간호사들을 만나면 늘 듣는 얘기예요."

그런 얘기라면 나도 알고 있었다. 아버지가 소중히 간직했던 심순옥의 편지 속에도 그런 내용이 적혀 있었다. 밤새 신생아 병동에서 아기의 기저귀를 갈고 목욕을 시켰다는 이야기. 독일 간호사들은 한달에 700마르크를 버는데 그녀는 다른 병원 야간근무까지 해서 수당으로만 그 두배 가까이 번다고도 썼다. 사람들이 나를 보며 돈 욕심이 많다고 수군대는 것 같지만, 상관없어요. 편지의 끝에는 언제나 보고 싶다는 말이 쓰여 있었다. 누가? 나의 아버지가? 정말, 나의 아버지가? 그리움에 지쳐서 울다 지쳐서 꽃잎은 빨갛게 멍이 들었어요.* 언젠가 우리 다시 만나면, 그때는 두번 다시 헤어지지 말아요.

"어머니가 그리신 그림들을 언젠가는 한번 보고 싶군요."

식사가 끝나갈 무렵, 내가 말했다. 웨이터가 계산서를 갖고 오고,

---

* 한산도 작사, 백영호 작곡, 이미자 노래 「동백 아가씨」.

식사비를 계산하려는 레나를 만류해 내가 음식값을 지불했다. 레스토랑 앞에서 우리는 작별 인사를 나누었다. 기차 시간까지는 아직 네시간이나 남아 있었다. 이제는 마음을 비우고 기차 시간을 앞당길 수 있는지 알아보기라도 해야겠다고 생각하며 돌아서 걷는데, 레나가 나를 불렀다. 뒤돌아보니, 레나는 도로 끝에 위태롭게 서 있었다.

"정말 엄마의 그림을 보고 싶으면 우리 집에 같이 가지 않겠어요?"

기억 속의 레나는, 아니, 그녀의 이름은 레나가 아닐 테지만 그냥 계속 레나라고 부른다면, 한국인이 아닌 것처럼 보이지 않았다. 물론 그 당시 어렸던 내게는 혼혈인이니 외국인이니 하는 개념도 제대로 없었다. 머리가 까맣고 눈도 까맸기 때문이었을지도 모르겠다. 우리는 서로 말이 통하지 않았지만, 아이들에게는 그런 게 별로 중요하지 않았다.

내 기억 속에서 그녀의 엄마와 나의 아버지가 이야기를 나누는 동안 우리는 허겁지겁 자장면을 먹어치우고 식당 옆 구멍가게에서 아이스크림을 하나씩 사 먹었다. 식당 앞 화단에 쭈그리고 앉아서. 색소 탓에 우리의 혓바닥은 진보라색으로 물들었다. 우리가 서로 말도 없이 뜨거운 햇살에 녹아내리는 아이스크림을 혓바닥으로 핥아먹고 있던 사이, 그녀의 엄마와 나의 아버지는 손이라도 잡을 수 있었을까. 그날 있었던 다른 일은 전혀 기억나지 않았다. 대체 그날따라 내가 왜 아버지와 함께 시내에 나갔는지, 어머니는 그때 무엇을 하고 있었는지도 알 수가 없었다. 다만 그날 집에 돌아오는 길에 목욕탕에 들러 처음이자 마지막으로 아버지와 목욕을 같이 했던 것은 생각난다. 그날 집으로 돌아오면서 처음으로 내게도 아버지가 있구나, 하는 생각을 했다. "엄마한테는 목욕 갔다 왔다고만 해라."라고 아버지가 말했던 것도 같지만 아닐 수도 있었다. 진위를 판단하기에는 너무 오래전의 일들이었다. 어쩌면 본능적으로 알았을 수도 있었다. 그날의 외출과, 녹아서 끈적이던 아이스크림에 대해서 어머니에게 말해서는 안된다는 사실을. 아니면 내가 사실을 털어놓는 바람에 어머니와 아버지가 싸웠는데 내가 그 기억을 까맣게 잊어버린 것일지도.

레나의 집은 시청에서 그리 멀지 않은 거리에 있었다. 우리는 버스를 타고 그녀의 집까지 갔다. 창밖으로 비가 흩뿌렸다. 한산한 거리에는 '세일'이라는 글자가 도처에서 보였다. 도로변 건물의 처마 밑마다 사람들이 가득했다. 우산을 쓰거나 쓰지 않은 사람들이 버스에 올라탔다. 2차대전 때 무자비한 폭격으로 완전히 파괴되었던 도시는 더이상 그 비극의 흔적을 찾아볼 수 없었다. 자전거 안장에 앉아 신호가 바뀌기를 기다리는 백발노인의 뒷모습. 잎사귀의 색이 저마다 다른 거대한 가로수는 하늘을 가릴 듯 높이 솟아 있었다.

레나는 골목 안쪽에 위치한 건물의 3층에 살았다. 레나를 따라 계단을 걸어 올라가며 처음 보는 여자의 집에까지 찾아가도 되나 조금 걱정이 되었다. 그렇지만 어색하고 불편한 나와 달리 레나는 아무렇지도 않은지 스스럼없이 현관문을 열었다. 커다란 개 한마리가 레나를 향해 달려왔다. 걱정 말아요, 물지 않아요. 레나가 말했다. 커다랗고 충직해 보이는 개는 코가 검었다. 나는 신발을 벗어야 하나 말아야 하나 현관 앞에서 잠시 망설였다. 집에는 커다란 창이 나 있었고, 천장이 높았다. 집 안 곳곳의 한국어 책들이 눈에 띄었다. 우리는 커피를 한잔씩 마셨다. 김찬숙 씨가 그렸다는 그림은 응접실 복도에 걸려 있었다.

"이게 내가 가장 좋아하는 엄마 그림이에요."

그새 비가 그쳤는지 햇살이 조금씩 들어오기 시작했지만 우리는 그림을 감상하기 위해 등을 켰다. 처음 그림 앞에 섰을 때 나는 그것이 당연히 목판화일 거라고 생각했다. 그러나 불빛에 모습을 드러낸 그것은 목판의 질감이 연상되도록 표면을 촘촘히 칠한 유화였다. 그 위로는 비슷한 듯 서로 다른 색과 모양의 작은 무늬들이 무수히 그려져 있었다.

"작품이 멋지네요. 이 작품을 가장 좋아하는 이유라도 있어요?"

오랫동안 그림을 바라보다가 내가 물었다. 레나는 잠시 답이 없었다.

"오래전, 엄마와 처음 한국에 갔을 때예요."

레나의 목소리는 작고 나직했다.

혹시 그때가 27년 전은 아니었나요. 나는 묻고 싶었다. 27년 전, 항구가 있는 도시는 아니었어요?

"아마도, 여름방학 동안이었으니까 두달 정도 체류했을까? 날씨가 무척 무덥고, 견딜 수 없이 땀이 났어요. 사람들은 쉽게 소리를 지르고 밀치고 지나다녔죠. 한국은 요새도 그렇죠?"

레나가 조그맣게 웃었다.

그리고 레나가 내게 들려준 이야기는 대강 이런 것이었다. 어느 날, 엄마가 친구를 만나는 동안 그녀는 식당 앞에 쪼그리고 앉아 엄마가 나오기를 기다린 적이 있었다. 한참을 기다리고 있는데 길을 지나가던 어떤 노인이 그녀의 눈앞에서 갑자기 개를 발로 차기 시작했다. 털이 까맣고 눈이 갈색인 작은 개였는데, 개가 죽을 것처럼 울든 말든 노인은 술에 취해 개를 걷어찼다. 그녀는 너무 놀라서 입을 틀어막은 채 그 자리에서 벌떡 일어섰다. 그리고 엄마가 친구와 얼른 헤어져 그녀를 데리러 오기만을, 그렇게 뙤약볕 아래 꼼짝 못하고 서서 기다렸다. 전깃줄과 빨랫줄이 아무렇게나 뒤엉켜 있던 골목에서는 쓰레기 냄새가 났다. 마침내 그녀의 엄마가 식당에서 나왔다. 그녀는 엄마와 손을 잡은 채 골목을 걸었다. 해가 이미 뉘엿뉘엿 지고 있던 시간이었는데, 낮은 지붕마다 펼쳐놓은 고추들이 말라가고 있었고, 좁은 비탈 골목은 공사를 하는지 흙모래가 파헤쳐져 있었다. 그녀는 갑자기 설움이 복받치기 시작했다. 나는 엄마, 여기가, 한국이 싫어. 다시 독일로 데려가줘. 거기까지 이야기를 하던 레나는 잠시 말을 멈추었다. 비구름이 완전히 걷혔는지, 커다란 창으로 햇살이 한꺼번에 밀려와 집 안은 순식간에 환해졌다.

"그렇게 떼를 쓰며 울고 있는데 갑자기 우뚝 멈춰 선 엄마가 나를 똑바로 응시하며 이렇게 말하지 않았겠어요? 그래, 이렇게 낯선 나라에서 지내는 건 힘들지? 그런데 넌 독일에서 엄마가 어떨지 생각이나 해봤니?"

레나는 내 쪽을 보지 않고 있었다. 나는 그림에만 시선을 두고 있는 레나의 옆얼굴을 바라보았다. 그녀의 광대뼈와 움푹한 눈. 서양인의 특징과 동양인의 특징이 적절히 섞여 있는 그녀의 얼굴을 말이다.

"엄마는 발음도 문법도 틀린 독일어로 나에게 말했어요. 평상시에는 한국어를 혼용했는데, 그 말만은 처음부터 끝까지 독일어로요."

레나는 알고 있을까. 그녀의 한국어는 더할 나위 없이 유창하지만 그녀의 문장에는 문어체에나 어울리는 한자어가 자주 섞여든다는 사실을.

나는 어린 딸의 손을 꼭 붙잡은 채 문법도 발음도 엉망인 독일어를 내뱉는 어떤 여자의 얼굴을 상상해보았다. 석양이 지고 있었고, 집집마다 붉은 고추가 말라갔고, 지린내가 진동했다는 골목의 풍경은 어딘지 내가 어린 시절 살았던 항구도시의 변두리 동네를 연상시켰다. 어린 레나와 그녀의 엄마는 내가 너무도 잘 아는 그 풍경 속으로 어느새 성큼성큼 들어와 서로 마주한 채 우두커니 서 있었다. 그리고 그들이 서 있는 비탈의 저쪽에서는, 목욕탕에서 갓 나와 상기된 볼을 한 소년이 아득히 멀기만 한 아버지를 놓칠세라 숨이 턱까지 차도록 바삐 걸어갔다.

"엄마는 어떤 마음으로 이 그림을 그렸을까요?"

레나의 질문에 나는 다시 그림을 찬찬히 살폈다. 이제 보니 결코 겹치지 않는 각기 다른 무늬들은 마치 허공을 부유하고 있는 듯 보였다. 어딘가를 향해 날아가고 있는 중인 것 같기도 하고, 내려앉는 중인 것 같기도 한 무늬들.

"참 이상하죠. 나는 이 그림을 보면 항상 그날 엄마가 내게 했던 말이 떠올라요."

말을 잠시 멈추었던 레나가 다시 입을 열었다.

"바람에 날리던 고추 씨앗처럼 떨어져내리던 엄마의 말. 내 안에 영원히 침투하지 못하고 미끄러져 어딘가로 흩어져내리던, 불가능하리라는 것을 어렴풋이 깨달으면서도 내가 한없이 붙잡고 싶었던, 그날의 그 말이요."

레나가 이야기를 마치자 우리 사이에 몇초의 정적이 흘렀다. 그리고 마침내 그림에서 시선을 거둔 레나는 내 쪽을 바라보았다. 마치, 이것으로 답이 되었나요?라고 묻듯이.

"여기 잠시만 앉았다 갈래요?"

레나가 물었다. 기차역으로 가기 전에 마지막으로 항구를 보고 싶다는 나의 말에 레나가 나를 항구까지 데리고 온 것이었다.

"이렇게 바람을 쐬는 게 얼마 만인지 모르겠어요."

바람이 불어 레나의 짧은 머리카락이 아무렇게나 흩날렸다. 체크무늬 스커트가 물결쳤다. 나 역시 이렇게 한가롭게 항구를 거닐어본 적이 있긴 했던가 하는 생각을 하던 참이었다. 연인처럼 보이는 남녀가 입을 맞추며 우리 곁을 지나갔다. 날은 뜨겁고, 수면은 반짝였다. '참 변덕스러운 날씨구나.' 하고 나는 생각했다. 도대체 이곳에 왜 있는 것인지 영문을 알 수 없는 조잡한 인디언 모형을 지나, 우리는 항구 초입으로 보이는 지점에 이르렀다. 선글라스를 낀 관광객들이 계단에 앉아 하염없이 수평선을 보고 있었다. 우리 역시 비가 마른 자리를 찾아 계단에 걸터앉았다. 물에는 요트처럼 보이는 작은 배들이 정박해 있었다. 더 커다란 배들은 수평선 가까이에.

"더 멀리 가면 좀더 큰 항구가 나오겠죠?"

나의 말에 레나가 고개를 끄덕였다.

"거기까지 가볼래요?"

나는 잠시 망설였다.

"아뇨, 그냥 여기에 조금 더 앉아 있죠."

무수한 빛깔로 부서져내리는 수면을 내려다보며 나는 다리를 앞으로 쭉 뻗고 가방을 바닥에 내려놓았다. 관광안내소의 직원은 꼭 찾아가봐야 할 곳의 하나로 이민박물관을 표시해주면서, 함부르크가 1850년과 1939년 사이 신세계를 향해 떠나간 500만 유럽 이민자들의 관문이었다고 설명했다. 그들은 대체 무엇을 기대하고 국경을 넘었을까.

"아름답지 않아요?"

레나가 한참 만에 다시 입을 열었다. 수많은 선박들을 바라보는 레나는 황홀한 표정이었다. 빈 돛대들이 상형문자처럼 푸른 하늘 위에 얽혀 있었다. 바로 옆에 앉아 하늘을 올려다보는 레나의 얼굴은 세월에 씻겨나간 흔적은 있었지만 잘 관리되어 있었고 그녀에게선 은은한 꽃향기가 났다. 그 중국집 앞, 비쩍 말랐던 소녀도 이만큼 나이를 먹었을 테지. 마지막으로 심순옥의 행방을 찾기 위해 여기저기에 다시 전화를 걸어주었던 레나는 집을 나서기 전 샌들을 고쳐 신으며 내게, 지금 그녀와 동료들은 정부의 지원을 받아 한국의 한 대학 연구팀과 함께 한독사전을 새롭게 만들고 있다고 말했다. 남한어와 북한어, 서독어와 동독어가 모두 포함되어 있는 사전이라고. 그러면서 이렇게도 말했다. "알츠하이머병에 걸린 뒤, 엄마는 독일어를 전부 잊어버렸는지 한국말만 해요. 근데요, 그토록 오랫동안 한국어를 학교에서 배웠는데도 여전히 엄마가 하는 한국어 중에는 내가 알아들을 수 없는 말들이 참 많아요." 그리고 약간의 사이를 두고 그녀는 들릴락 말락 한 목소리로 말했다. "엄마의 첫사랑은, 어떤 사람이었을까요?" 아이로 돌아가버린 그녀의 어머니에게 남아 있는 말은 대체 어떤 것들일까.

　나는 레나에게서 시선을 거두고 일렁이는 수면을 보았다. 아버지가 입원한 이후, 의사는 나 역시 아버지처럼 언젠가 시력을 잃을지도 모른다고 말했다. 사물의 가장자리가 흐릿하고 휘어져 보이면 증상이 시작되는 것이라고 했다. 이 모든 것이 어쩔 수 없는 유전의 법칙이라고도 말했다. 아무것도, 아무것도, 보이지 않아. 아버지는 그 시절 왜 그토록 배를 탔을까. 배를 타고 가고 싶었던 곳은 어디였을까.

어머니가 하도 울어, 허탕을 칠 줄 알면서도 아버지를 찾아 이미 먼 옛날 쇠락해버린 부두에 나가던 날들을 기억했다. 아버지처럼 오래전 전쟁통에 부모도 없이 낯선 곳으로 흘러들어온 소년이 새로 정착한 도시에서 할 수 있었던 일은, 그저 부둣가의 하역노동뿐이었을 것이다. 과거 온갖 말린 생선을 파는 좌판들이 줄지어 늘어서 있었다는 골목을 지나면, 바다 저 멀리 목재와 철강 따위를 실어나르던 시커먼 배들. 갯벌 탓에 뭍으로 가까이 다가오지 못한 채 공장 폐수처럼 검은 물 위에 떠 있던 그 배들. 고깃배들로 가득했다던 부두는 어린 내 눈에도 이미 몰락하고 있는 중이었다. 회색 공장 건물이 시야를 가리는 항구 초입에 폐허처럼 남은 선술집들. 서로 바특하게 붙어 있던 원색 함석지붕들과 간신히 루핑만 얹었던 더 허름한 지붕들. 담벼락 앞, 줄 세워진 갈색 고무 대야 크기들이 제각각이었고 텅 빈 화분들에는 꽃 대신 하얀 소라 껍데기가 박혀 있었다. 어스름이 깔리면, 바다에서는 선한 귀를 가진, 지친 짐승의 완만한 들숨과 날숨 소리가 들려왔다. 바닷바람 탓에 얼굴에서 소금기가 느껴졌다. 심순옥도 아버지처럼 월경했던, 그 도시의 수많은 이주민들 중 하나였을까. 아니면 그런 이의 딸? 만약 그렇다면 그녀는 무엇을 꿈꾸며 국경을 넘어 또다시 이주를 감행했던 걸까.

　"우리가 마지막으로 만났던 날을 언제나 기억할 거예요." 아버지가 가지고 있는 심순옥의 마지막 편지는 이렇게 시작했다. 그리고 그 편지는 이렇게 끝났다. "당신은 내가 알고 있는 가장 고독하고, 가장 따뜻하고, 가장 아름다운 사람이에요."

아직 청년인 아버지와 심순옥이 이별했을 항구도시의, 이제는 사라져버린 누추한 골목을 머릿속으로 그렸다. 야생 고양이들이 밤 뒤에 몸을 숨기고, 가로등마저 깨진 비좁은 골목에서 그들이 나눴을 입맞춤. 서로의 눈에는 세상에서 가장 빛났을 청춘의 남녀. 어디선가 요란한 기적 소리가 울렸다. 아주 먼 시간의 지층을 관통해 올라오는 듯한 소리. 커다란 화물선의 굴뚝 위에서 연기가 양감과 질감을 지닌 물체처럼 치솟았다. 아니, 영롱하게 빛나는 거대한 거품처럼. 서로 다른 빛깔의 비늘을 지닌 물고기처럼 수면이 팔딱였다. 나의 머릿속에는, 다른 여자를 평생 마음에 품은 남편 대신 아들에게만 집착하는 늙은 어머니도, 침대 위에서 보잘것없이 메말라가는 눈먼 아버지의 얼굴도 떠오르지 않았다. 그 무엇도 침범할 수 없을 것 같은 순간의 아름다움만이 오로지 나를 사로잡았다. 정말 아름다워요. 내가 탄식을 내뱉듯 속삭였다. 우리는 한동안 아무 말도 하지 않았다.

길 위의  친구 들

무정하고 불가해
한 일로 가득한 것
이 삶임을 깨닫
고 순식간에 늙어
버렸다고 느꼈던
계절들에 대해서.

우리는 끝을 향해 가기로 했다.

지난 몇년간 친구들과 여행을 계획한 적이 있긴 했지만 단 한번도 실행에까지 이른 적은 없었다. 친구들이 하나둘 결혼을 하고 아이를 낳고, 삶이 가족 중심으로 한정되기 시작하면서 우선순위가 바뀐 탓이었다. 계절에 따라 햇빛의 농도가 달라지듯, 나는 이 모든 변화가 자연스러운 일이라고 생각해왔다. 그렇지만 이번에도 흐지부지될 줄 알았던 여행이 눈앞의 현실로 다가왔을 때, 나는 내가 이런 일을 얼마나 그리워했는지 깨달았다. 커다란 배낭에 옷가지와 화장품 샘플을 챙겨 넣으면서, 고작 2박 3일 지방에 다녀오는 것인데도 불구하고 지나치게 들뜬 기분이었다.

이번 여행이 성사된 것은 신문에 실린 한편의 글 때문이라고 하면 지나친 비약일까? 올해 나는 별 볼 일 없는 단편소설을 써서 신춘문예에 당선이 됐다. 당선된 뒤 삶이 달라진 것은 딱히 없었지만 한가지만은 분명히 깨달을 수 있었다. 그것은 내 소설을 당선시켜준 신문의 독자층이 생각보다 꽤 넓다는 사실이었다. 오래전 알고 지내다가 연락이 끊긴 사람들이 이러저러한 방식으로 축하한다며 연락을 해왔다. 그중에는 예전에 잠깐 만났던 남자도 있었고, 고등학생 때 짝사랑한 국어선생님도 있었다. 그런 연락은 대개 반가웠지만, 짧은 몇마디를 주고받고 나면 끝나게 마련이었다. 그리고 3월을 지나면서부터는 그런 연락을 받는 일조차 뜸해졌다.

민아가 연락해온 것은 그로부터 한참 후인 10월 말이었다. 등단하고 거의 1년이 다 되어가는 시점이었다. 민아와 통화하는 것은 퍽 오랜만이었다. 우리는 대학 시절 친하게 지냈지만 민아가 신랑의 직장 때문에 목포로 이사하고 나서부터는 거의 교류가 없었다. 민아는 등단 소식을 들었다며 뒤늦게나마 축하 인사를 전하고자 전화를 걸었다고 했다. "어떻게 등단해놓고 나에게 연락을 안할 수가 있니?" 민아는 진심으로 섭섭한 말투였다. "아무래도 아기 키우고 그러니까 바쁠 것 같아서." 이것 역시 어느정도는 나의 진심이었다. 이런저런 대화 끝에 민아는 나에게, 얼굴도 한번 볼 겸 함께 여행을 갈 생각이 없느냐고 물었다. "작가 선생님이 된 네가 어떻게 변했나 보고 싶으니까 바빠도 꼭 같이 가줬으면 해." 민아와 둘이 보는 것은 정말 오랜만이고, 단둘이 하는 여행은 처음이었다. 평소에는 충동적인 결정을 하거나 귀찮은 일을 벌이는 데 적극적이지 않은 나였지만 친했던 친구와의 여행을 생각하니 제법 설렜다. 등단 소식을 미리 전하지 못한 것에 대한 미안한 마음도 어느정도는 작용했을 것이다. "그래서 어디로 갈 생각인데?" 웃음 섞인 나의 질문에 민아는 잠시 머뭇대더니, 조심스러운 말투로 "해남에 다시 가보면 어떨까?" 하고 물었다.

해남에 도착한 것은 다섯시간 동안 고속도로를 달려온 뒤였다. 우리는 해남종합버스터미널에서 만나기로 되어 있었다. 민아는 직접 운전해서 해남에 오겠다고 말했다. 우리는 해남에서 1박을 한 뒤, 목포의 민아 집에 가서 하루 더 놀기로 결정했다. 나는 버스에서 내리기 전에 콤팩트를 꺼내 화장을 살짝 고쳤다. 날씨는 늦가을답지 않게 따뜻했다. 터미널에서는 달짝지근한 자판기 커피 냄새가 났다. 양지바른 창가에서는 폴리에스테르 점퍼를 입은 사내가 흙 묻은 고구마와 직접 따다 볕에 말렸다는 산고사리를 상자째 팔고 있었다. 나는 두리번거리며 터미널 안을 걸어나갔다. 매표소 앞 벤치에 앉아 있던 누군가가 나를 보고 손을 들어올렸다. 머리가 짧아져 알아보는 데 시간이 걸렸지만, 민아였다.

민아가 몰고 온 차는 흰색 SUV였다. 자동차에 문외한인 내 눈에도 꽤 비싸 보이는 차종이었다. 차의 뒷좌석에는 아이용 시트가 실려 있었다. 차 안에서는 민아가 결혼한 지 6년 만에 어렵게 낳았다는 아이의 분 냄새가 났다. 차에 올라타서 우리는 반갑다며 다시 한번 인사를 주고받았다. 나는 민아의 외모가 예전과 많이 달라졌다고 생각했는데, 아무래도 시간이 많이 흘렀기 때문인 듯했다.

민아는 시동을 걸고, "먼 길 오느라 배고프지?" 하더니 나를 위해 챙겨왔다는 바나나를 건넸다. 바나나가 멸종할지도 모른다는 뉴스를 들었다며 멸종하기 전에 많이 먹어둬야 한다고, 자못 진지한 말투로 이야기해 나를 웃겼다. 민아는 자주색 헝겊 장바구니도 내게 건넸는데 안을 보니 유리병에 무화과잼과 매실청이 들어 있었다. "내가 직접 담근 건데, 너 주려고 싸왔다. 설탕 많이 안 넣었으니 양껏 먹어." 과육이 보이는 무화과잼과 시중에 파는 것보다 색과 농도가 훨씬 진한 매실청이었다. 뭔가 따뜻하고 간지러운 것이 옷 속으로 파고드는 느낌이 들어 나는 고맙다는 말 대신 괜히 "야, 이건 내가 목포 갔을 때 줘도 되잖아."라고 말했다. "아, 그러네. 내가 요새 정신이 이렇다. 너도 애 낳아봐라." 나는 민아가 건네준 무화과잼을 손가락으로 찍어 맛보았다. 새벽부터 장거리를 이동한 탓에 피곤했지만, 친구가 지난밤 긴 시간 저어가며 만들었다는 잼은 달콤했다. 오길 잘했어. 친구와 함께 좋은 시간을 보내며 그동안 아무에게도 하지 못했던 이야기들을 나눌 수 있을 것 같은 느낌이 들었다. 자동차가 달리기 시작하자 창문 틈으로 바람이 조금씩 들어왔다. 창밖으로, 계절과 어울리지 않게 새파란 파밭이 빠르게 지나갔다. 거의 10년 만에 찾은 해남의 풍경은 낯선 듯 익숙했다. 민아가 틀어놓은 라디오에서는 가을엔 편지를 쓰겠어요, 하는 서정적인 음악이 흘러나왔다. 등받이에 몸을 기대며 나는 지난 몇년 동안 외로웠음을 새삼 깨달았다.

　그리고,
　송이 이 자리에 함께 있었더라면 얼마나 좋았을까, 생각했다.

　우리가 해남을 처음 찾은 것은 대학 졸업을 앞둔 즈음이었다. 그해 나와 민아는 졸업이 예정되어 있었고, 송은 휴학을 했던 탓에 아직 몇학기를 더 남겨두고 있었다. 우리만의 여행을 계획했을 때 해남행을 제안한 사람은 송이었다. 아무래도 땅끝마을 때문이었다. 우리는 갈 수 있는 한 가장 멀리 떠나고 싶었고, 그 시절 가장 저렴한 비용으로 갈 수 있는 가장 먼 곳이 바로 땅끝마을이었다.
　성격도 외모도 서로 판이했던 우리가 친해진 이유는 대학 시절 문학동아리 활동을 같이 했기 때문이다. 지금은 문학동아리라는 종 자체가 멸절했지만 그 시절에도 문학동아리에 가입하는 신입생은 극히 드물었다. 동아리 내에 동기가 셋밖에 없었기 때문에 우리는 자연히 친하게 지낼 수밖에 없었다. 동아리의 활동이라고는 별게 없었고 시나 소설을 써서 문집을 엮는 것 정도가 선배들이 중시하는 전통이었다. 취미가 독서라는 단순한 이유로 문학동아리에 가입해 억지로 소설이나 시를 지어냈던 민아나 나와 달리 송은 진지하게 소설을 썼다. 나는 제목만 들어봤을 뿐인 『잃어버린 시간을 찾아서』나 『안나 까레니나』 같은 소설들을 송은 고등학교 때 읽었다고 말해서 주눅이 들었던 기억도 있다. 도대체 그런 책을 어떻게 읽을 엄두를 낸 거야, 하고 언젠가 물었더니 송은 대수롭지 않은 듯, 혼자 있는 시간이 너무 많이 남아돌았어서,라고 답했다.

자기 이야기를 하지 않는 편이라 송이 어떤 환경에서 자랐는지 알 길은 없었다. 송이 간혹 했던 말들을 종합해, 수유리 쪽의 인문계 고등학교를 나왔고 아버지가 고등학교 시절 즈음 돌아가신 것이 아닐까 짐작해볼 수 있을 뿐이었다. 식성이 까다롭지 않은데도 송은 유난히 치킨을 싫어했는데, 아무래도 송이 자라온 환경과 어떤 관련이 있는 것 같았다. 송의 식구가 통닭집을 했던 것은 아닐까. 신입생일 때였나, 그 이듬해였나, 송은 없고 민아와 둘만 있던 언젠가, 올리브유에 튀겼다지만 올리브유 향은 나지 않던 치킨을 뜯으며 추측해본 적이 있었다. 서울의 변두리, 프랜차이즈가 아니라 상호도 변변치 않은 허름한 통닭집에서, 몇번이나 재사용한 기름이 들러붙어 끈끈해진 플라스틱 의자에 교복 차림으로 앉아 똘스또이를 펴놓고 읽는 송. 멋대로 그런 상상을 하는 일이 얼마나 폭력적인 것인지도 그때는 미처 모른 채, 나는 그런 송을 그려보며 함부로 짠한 기분을 느꼈다. 무표정일 때는 제법 차가워 보여 친해지는 데 시간이 많이 걸렸지만 사실 송은 순진한 구석이 있었다. 순진하지 않았다면, 비웃음을 당할지도 모르는데 그런 말은 하지 않았을 거라고 나는 지금도 생각한다. 비가 많이 오던 날 두평 남짓한 동아리방에서, 소주병 안에 핀 곰팡이꽃을 보다가 송은 민아와 나에게 말했다. 비밀을 털어놓듯이. 소설가가 되고 싶다고.

우리는 읍내에서 점심을 먹은 뒤 예전처럼 땅끝마을에 가기로 했다. "옛날에 그랬던 것같이 땅끝 전망대에서 일몰을 보고, 우리가 묵었던 민박집에서 하룻밤을 자자." 말만으로도 우리는 그 시절로 돌아간 양 설렜다. 우리가 모른 척하면 우리 사이에 많은 시간이 흘렀다는 사실이 없어질 수 있기라도 한 듯이. 우리는 그해 우리가 했던 모든 일들을 기꺼이 복기하고 싶었다. 어쩌면 민아도 나처럼 만회, 하고 싶었던 것인지도 모르겠다.

우리는 우선 그 겨울 점심을 먹었던 식당을 찾아 식사를 한 뒤 땅끝에 가기로 했다. 식당은 전통시장 근처에 있었는데, 하필이면 장날이라 주차할 자리를 찾기 위해 한참을 헤매야 했다. 색색의 파라솔이 늘어선 시장은 해수욕장같이 보였다. 파도가 밀려오고 빠져나가듯, 알록달록한 색깔의 누비옷을 입은 아주머니들이 커다란 비닐봉지를 끌며 밀려왔다가 빠져나갔다. 인파를 뚫고 가까스로 다다른 식당에는 손님이 거의 없었다.

우리는 메뉴판을 보고 음식을 주문했다. 얼마 안 있어 금세 반질반질한 상 위로 참기름에 살짝 무친 나물 몇가지와 잘 익은 김치가 작은 종지에 담겨 올려졌다. 삼삼하니, 맛있네. 가게의 텔레비전에서는 리포터가 천일염 대신 중국산 정제염으로 배추를 절인 업체들을 고발하고 있었다.

"저런 놈들 때문에 우리가 손해를 보는 거야."

주인아주머니는 우리가 주문한 떡갈비를 상 위에 내려놓으며 혼잣말인 양 중얼거렸다. 들어보니, 절인 배추의 대부분이 해남에서 생산되는데, 저런 비양심적인 업체들 때문에 해남 주민들 전체가 장사가 안되면 어떻게 하느냐는 것이었다.

"사람들이 너무 이기적이에요."

우리는 최대한 공손한 말투로 아주머니에게 호응을 해드리며 음식을 먹었다.

"그런데, 얼마 전에 텔레비전을 봤는데 환자식 잔반을 재활용하는 병원도 많다더라."

아주머니가 사라지자 민아가 목소리를 낮추며 말했다.

"작은 병원에는 영양관리사 둬야 하는 법 적용이 안돼서 그런 거래."

민아는 중요한 비밀을 이야기하는 듯 심각한 얼굴이었다.

"너 큰 병원 갈 수 있게 보험은 들어놨어? 부모님 보험도 필요한 것 다 들었고?"

민아 신랑이 보험회사에 다녔었나? 갑자기 피곤해졌다.

"아기가 생기니까 병원 갈 일도 많아지고, 그런 일들이 예삿일 같지가 않은 거 있지."

그렇게 말하더니 민아는 밥을 먹다 말고 휴대전화를 꺼내어 아기 동영상을 보여주었다. 커다란 리본을 머리에 매단 채 엉덩이를 들썩이는 민아의 딸은 결혼식날 보았던 신랑의 얼굴을 똑 닮았다. 아이가 카메라를 보고 웃자 민아도 아이를 따라 웃었다. 아이의 엄마가 된 민아. 민아는 유행에 민감하고, 현실감각이 우리 중 가장 뛰어난 아이였다. 두달에 한번은 미용실에 가고, 그 계절에 유행하는 색조 화장품은 꼭 챙겨서 사던 아이.

"미안."

갑작스러운 내 사과에 민아는 영문을 알지 못하겠다는 표정으로 나를 보았다. 그리고 휴대전화를 상 위에 올려놓고 다시 밥을 크게 한 숟가락 뜨다가 갑자기 생각난 듯이 말했다.

"참, 땅끝 가는 길에 그때 그 절에 들러보지 않을래?"

우리는 미황사 주차장에 차를 세우고 내렸다. 비수기라 그런지 주차장에는 차가 없었다. 미황사는 10년 전쯤 해남에 왔을 때 교통편이 불편해 우리가 미처 둘러보지 못한 절이었다.

"네가 차를 가진 덕분에 여기도 결국 왔네." 절의 입구에서 우리는 신라 경덕왕 8년, 인도에서 온 경전과 불상을 싣고 가던 소가 누운 자리에 의조(義照) 스님이 이 절을 지었다는 설화를 읽었다. 절은 아담했다. 담벼락 가까이에는 커다란 감나무가 있었다. 아무도 따지 않는지, 꽃봉오리같이 환한 감들이 가지가 휘어지도록 열려 있었다. 절 뒤편으로는 달마산 자락이 펼쳐져 있었다. 민아는 점퍼 주머니에서 꺼낸 카메라로 절의 곳곳을 담았다. 민아의 얇은 점퍼가 바람에 둥실, 낙하산처럼 부풀어올랐다.

"저쪽에 좀 가서 서봐."

나는 약간 어색한 몸짓을 하며 민아의 카메라 앞에 섰다. 잎이 마구 떨어졌다. 샛노란 은행잎이. 민아가 내게 모양이 반듯하고 표면이 매끄러운 은행잎을 하나 건넸다. 나는 은행잎을 수첩 사이에 고이 끼워 넣었다. 우리는 민아의 카메라로 우리의 얼굴을 담았다. 화면 속에 두 명이 전부 다 들어올 때까지 찍는 일은 쉽지 않았다. 둘 중 하나가 자꾸 앵글 밖으로 벗어나거나 한 명의 얼굴이 자꾸 잘렸다.

미황사를 다 돌아보고 난 뒤 민아가 달마산을 산책하는 것이 어떻겠냐고 제안했을 때 나는 사실 처음부터 탐탁지 않았다. 등산은 원래 우리의 계획에 없었고, 나는 컨버스화를 신고 있었다. 그렇지만 미황사는 상상했던 것보다 더 작았고 민아는 좀 아쉬운 기색이었다.

"제시간에 내려와 땅끝에서 일몰을 볼 수 있을까?" 내 말에 민아는 등산로가 있다는 표지판을 보았다는 말로 나를 설득하기 시작했다. "조금만 올라갔다가 금방 내려오면 되지."

민아가 앞서고, 그 뒤를 내가 따랐다. 표지판에 그려진 길을 따라 걷고 있었지만 기대했던 것 같은 등산로는 나올 기미가 보이지 않았다. 길은 생각보다 좁았고, 바닥이 울퉁불퉁했다. 산악회가 지나갔다는 흔적의 빛바랜 리본들이 나뭇가지마다 묶여 바람에 을씨년스럽게 흔들렸다.

올라갈수록 나는 발목이 걱정되었다. 민아는 전혀 신경이 쓰이지 않는지 저만치 계속 앞장서 갔다.

"근데 너 인세나 원고료는 얼마나 받니?"

빠른 속도로 걸어가던 민아가 불현듯 생각난 것처럼 물었다.

나는 민아의 말투가 전혀 공격적이지 않다는 것을 알았지만, 약간 당황했다. 내 설명을 들은 민아는 "그걸로 먹고살 수는 있니?" 하고 또 물었다. 민아가 진심으로 걱정해주고 있다는 것은 알았다.

"근데 너 언제 시집가서 애 낳을 거야? 결혼 안하면 삶을 반도 모르는 건데 좋은 글을 쓸 수 있겠어?"

민아는 늘 이런 식이었다.

나는 부러진 나뭇가지들을 밟았다. 민아는 옛날에도 퍽 고집이 셌고, 무신경한 면이 있는데다 제멋대로였다. 잊고 살았는데, 그러고 보면 민아와 나는 예전부터 여러가지 면에서 종종 부딪치곤 했다. 우리가 별것도 아닌 걸로 다투거나 토라질 때마다 어른스럽게 중재자 같은 역할을 했던 것은 송이었다. 재수를 한 탓에 송이 우리보다 한살 많았기 때문만은 아니었다. 가정형편이 비슷한 민아나 나와 달리 송이 일찍부터 등록금을 마련하기 위해 아르바이트를 해왔기 때문이었을지도 몰랐다. 송은 끊임없이 휴학을 했고, 그래서 우리는 수업을 같이 듣거나 공강시간에 밥을 함께 먹은 기억이 별로 없다. 송이 휴학하고 아르바이트하던 학원 앞에 찾아가 셋이 생일파티를 했던 기억은 있다. 그 학기, 송은 평일에는 영등포 쪽 보습학원에서 단과반 영어강사로 일했고 주말에는 정릉 쪽에서 국어를 가르쳤다. 송의 생일이었던 토요일, 우리는 송을 깜짝 놀라게 해주기 위해 케이크를 사 들고 무작정 정릉을 찾았다. 낡은 학원 외벽에 번개 모양의 금이 크게 나 있어 놀랐던 기억. 입구에서 송이 나오길 기다리면서 더운 날씨에 생크림이 상해버리면 어쩌지, 안절부절못했던 기억. 학원 근처에 마땅한 식당이 없어서 결국 간판도 없는 삼겹살집의 철제 원형 테이블 위에 케이크를 올려놓았다. 5인분을 시켜 먹어도 배가 부르지 않던 신기한 삼겹살을 땀을 뻘뻘 흘리며 굽고 또 굽고서, 우리는 계절과 상관없이 키위와 포도, 딸기가 올라간 케이크에 초를 붙였다. "축하 노래 부를까?" 축하 노래도 불렀다. 언제나 피로해 보였던 송의 얼굴이 촛불 뒤에서 아주 잠깐, 환하게 빛났던 것 같은 기억.

우리는 계속계속 비탈을 올라갔다. 길은 좁고, 딱히 갈라지는 데도 없이 이어졌다. 길의 양옆은 난폭하게 자란 풀과 덩굴로 에워싸여 있었다. 신발 밑창이 얇아 돌멩이를 디딜 때마다 발바닥이 아팠다. 아직 시간이 일러 해가 하늘에 걸려 있었지만, 나무들의 키가 너무 높아 사위는 갈수록 어둑어둑해졌다. 밤이 일찍 찾아오는 계절이었다. 해가 지기 전에 땅끝에 도착할 수는 있는 걸까.

"슬슬 돌아가는 게 어때?"

앞서 걷는 민아를 향해 소리쳤다.

"조금만 더 가면 정상이 나올 것 같은데? 여기선 아무것도 보이지 않잖아."

민아가 뒤도 돌아보지 않고 답했다. 나뭇가지들에 가려 아무것도 내려다볼 수 없기는 했다. 조금만 더 올라가보지 뭐. 어쨌거나 우리는 오랜만에 만난 거였고, 나는 친구와 별것도 아닌 일로 충돌하고 싶지 않았다. 사실 해남에서 일출과 일몰을 보고 싶어했던 사람은 송이었다. "일출과 일몰을 동시에 볼 수 있대. 근사하지?" 송이 그토록 신나하던 모습은 그전에도, 그후에도 본 적이 없었다. 시작. 끝. 그런 유의 단어들에 겁도 없이 매혹을 느끼던, 그런 시절도 있었다.

가도가도 민아가 원하던 정상은 나타나지 않았다. 대신, 공기의 감촉이 바뀌고 어둠의 결이 촘촘해지기 시작할 무렵, 어디선가 푸드덕, 소리가 들려왔다.

"뭐야, 이건?"

내가 소스라치게 놀라 소리를 질렀다.

"새가 아닐까?"

우리는 잠시 멈춰 서서 주변을 둘러보았다. 사방이 조용해졌다. 민아는 다시 발걸음을 옮겼다. 새라고? 민아는 그렇게 믿는 것 같았다. 새라면 하늘로 날아가야 하는 게 아닐까? 소리는 분명히 아주 낮은 곳에서 들려왔다. 햇빛이 닿지 않는 그곳에는 거뭇거뭇한 잡풀들이 어둠속에 뒤엉켜 있었다.

길은 계속 어디론가 이어졌다. 비탈은 가팔랐다가 다시 완만해지기를 반복했다. 민아의 뒤통수만 바라보며 허덕허덕 뒤쫓는 동안 이정표가 간간이 나타났지만 제대로 가고 있는 중인지는 알 수 없었다. 일몰을 보는 것은 그만두고 더 어두워지기 전에 산 밑으로 내려가야 하는 게 아닐까. 기분 탓인지 공기도 점점 서느레졌다. 가야 할 길에서 멀어지는 느낌이었다. 빽빽한 나무들 사이로는 빛이 잘 들지 않았다. 불안한 눈으로 사방을 둘러볼 때마다 나는 무엇인가 위험한 것, 알 수 없는 치명적인 것이 어둠속에 두 눈을 부릅뜬 채 웅크리고 있을 것만 같은 느낌이 들었다. 그때 또다시 푸드덕, 소리가 들려왔다. 아주 가까운 곳에서. 너무 놀라 입 밖으로 비명이 튀어나왔다.

민아가 놀란 듯 가던 길을 멈추고 나를 내려다보았다.

"이제 내려가자, 쫌."

나는 주저앉은 채로 민아를 올려다보았다. 목소리에는 나도 모르게 짜증이 배어 있었다.

비탈을 내려오면서 우리는 둘 다 말이 없었다. 꽤 많이 올라간 줄 알았는데 내려오는 데는 시간이 얼마 걸리지 않았다. 생각만큼 높이 올라간 게 아니었던 거다. 등산로의 초입에서는 누가 밟았는지 감이 터져 들큼하고 떫은 내가 진동했다. 말없이 차에 오른 우리는 라디오도 틀지 않은 채 그냥 달렸다. 노면이 고르지 않아 차가 튈 때마다 발밑에 내려놓은 장바구니 속 유리병들이 서로 부딪치며 덜그럭덜그럭, 요란한 소리가 났다. 민아는 입을 앙다문 채 정면만 응시하고 있었다. 나는 어쩐지 신경이 곤두섰다. 해가 지기 시작했고, 이번에는 일몰을 땅끝에서 보지 못하는구나 하는 생각에 서글펐다. 땅끝마을에 도착했을 때는 이미 해가 사라져 있었다. 바닷물이 빠져나간 땅끝은 기억과 달랐다. 우리는 예전에 묵었던 민박집을 찾아 헤맸지만 아무래도 찾을 수가 없었다. 나중에 알고 보니 그 자리에는 횟집이 들어서 있었다. "하는 수 없지, 일단 저녁을 먹자." 저녁식사 시간이 한참 지나 있었다.

식사를 마치고 나오자 진이 빠졌고, 우리는 그냥 음식점 옆의 커다란 모텔에 묵기로 결정했다. 손님이 별로 없는지 조용한 모텔 내에서는 나프탈렌과 담배 냄새가 풍겼다. 나는 피곤이 몰려와 빨리 눕고 싶은 마음뿐이었다. 방은 작았고 킹사이즈 침대가 거의 방 전체를 차지하고 있었다. 나는 서둘러 침대 위에 걸터앉았다. 민아는 방에 들어서자마자 침대 시트를 살피고, 화장실 안에 들어가 위생 상태를 점검하기 시작했다. 그리고 마지못하다는 표정으로 침대 가장자리에 앉아서 "이런 데서 묵는 거 진짜 오랜만이다."라고 탄식조로 말했다. 서랍장 위에는 초록색 모기향과 모르는 사람의 머리카락이 엉켜 있는 플라스틱 빗이 놓여 있었다. 부끄러워할 이유가 전혀 없는데도 나는 이불을 끌어당겨 천이 해진 시트를 얼른 감췄다.

우리는 굉장히 어색한 얼굴을 하고 침대 모서리에 나란히 앉았다. 소주라도 사올까. 뭔가 해야 하지 않을까 싶어 말을 꺼내려는데 민아가 어딘가로 전화를 걸었다. "응, 응, 여보. 연두는 재웠어?" 전화를 걸 남편도, 재웠는지 확인할 아이도 없었기 때문에 나는 할 수 없이 구형 텔레비전의 플러그를 찾아 콘센트에 꽂고 텔레비전을 켰다. 파밧, 소리와 함께 화면에 불빛이 들어왔고 텔레비전에서는 공개 코미디 프로그램이 흘러나왔지만, 나는 좀처럼 프로그램에 집중할 수가 없었다.

가까스로 잠들었다 눈을 뜨니 해가 솟은 지 한참 후였다. 민아는 일어나 침대 위에서 책을 읽고 있었다. 이번에도 일출은 보지 못했다. 수첩 갈피 안의 은행잎은 바스러져 있었다.

날씨는 화창했고, 마을은 고요했다.

우리는 짐을 챙겨 모텔을 나왔다. 밝은 빛 아래에서 보니 민아의 차는 어딘지 마을과 어울리지 않았다. 우리는 아침 겸 점심을 먹기 위해 근처의 아무 식당에나 들어갔다. 자리를 잡고 앉은 뒤 냅킨을 접어 상대방 앞에 깔고 수저를 탁탁, 챙겨놓고 컵에 물을 따랐다. 우리를 감싸는 냉랭한 공기가 신경 쓰였다. 이럴 거면 여행은 왜 함께 오자고 한 거야. 나는 주인아주머니가 석쇠에 구워준 생선을 발라 먹다가 용기를 냈다. "전망대에 올랐다가 땅끝탑에 갈까?" 땅끝 전망대에 오르는 방법에는 모노레일을 타는 것과 걸어가는 것이 있었다. 의도한 것보다 내 목소리가 퉁명스럽게 들려 살짝 당황했는데 민아가 "이번에는 모노레일을 타자." 웃으며 답했다. 민아 나름의 화해의 제스처였다. "아니야, 걸어가도 돼." 이번에는 내가 웃었다.

오래전, 우리가 아직 셋이었을 때, 우리는 두차례 땅끝 전망대에 오르려고 시도했다. 한번은 일몰을 보기 위해서였고, 또 한번은 다음날 일출을 보기 위해서였다. 그때는 셋이 걸었던 그 길을 이번에는 둘이 말없이 걸었다. 어제처럼 묵묵히, 앞에는 민아가, 그 뒤에는 내가. 오른쪽으로는 산, 왼쪽에는 바다. 커다란 배낭을 멘 사내들이 우리를 앞질러 지나갔다. 영원을 맹세하는 연인들의 이름이 새겨진 자물쇠가 철망에 위태롭게 매달려 있었다.

땀이 났다. 바람이 불었다.

한참을 걸은 끝에 겨우 도착한 전망대 앞에는 예전처럼 벤치가 있었다. 우리는 전망대 앞에서 바다를 한참 동안 내려다보았다. 우리가 아직 어렸을 때, 세상에 대해 두려운 것이 지금보다는 적었을 때, 지켜야 할 것보다는 우리를 지켜줄 것이 조금 더 많았을 때, 셋이 같은 방향을 향해 앉아 있다고 믿었던 그 벤치에 앉아서. 둥근 태양이 솟았다가, 다시 가라앉는 자리. 시작과 끝이 맞물려 있는 땅. 날이 맑으면 한라산 꼭대기까지 보인다는 전망대에는 굳이 입장료를 내고 들어가지 않았다. 높은 곳에서 바라보는 바다는 아득하게 멀었다.

그해, 우리는 일몰을 보는 데는 성공했지만 끝내 전망대에서 일출을 보지는 못했다.

그래도 그날 새벽의 일을 나는 잊지 않았다. 새벽인데다 외등마저 없어 깜깜했던 골목의 풍경을. 골목 어디에서인가 들려왔던 고양이의 울음소리를.

"그때 기억나니?"

벤치에 앉아 내가 물었다.

"그럼, 기억하지."

민아가 답했다.

그날 새벽, 우리는 추위에 떨며 어두운 골목을 걸었다. "돌아갈까?" 누군가가 말했고 "아냐, 그래도 이왕 나왔는데 일출을 봐야지." 또다른 누군가가 말했다. 민아와 나는 겁이 나서 손을 꼭 잡았다. 송도 무서운 게 틀림없었지만 먼저 가자고 말을 꺼낸 게 자신이라 책임감을 느꼈는지 무섭지 않은 척 앞장을 섰다. 우리는 결국 전망대에는 다다르지 못했다. 땅끝탑에도 도착하지 못했다. 전망대로 향하는 계단에 도착하기도 전에 해가 뜨려 하고 있었기 때문에. 우리는 그냥 길 위에 멈춰 서서 바다 쪽을 바라보며 서 있었다. 날이 너무 추웠다.

"그때, 사라지더니 빈 박스를 몇개 주워왔잖아."

민아가 아련한 말투로 말했다.

그랬다. 기다리고 있으라며 어디론가 사라졌던 송이 빈 박스를 주워왔다. 해가 곧 뜰 듯이 사위가 점차 밝아왔고, 송은 종이상자에 라이터로 불을 붙였다. 바람이 불어 불은 붙을 듯 붙을 듯 붙지 않았다. "이제 관둬. 곧 해가 뜰 것 같으니 하늘이나 봐." 민아가 송의 팔을 끌어당겼다. 내가 민아에게 다가가 팔짱을 꼈다. 그때, 해가 수평선 위로 솟고, 불이 타닥타닥 소리를 내면서 간신히 옮겨붙었다.

"그 박스에서 비린내가 엄청 났잖아."

생선이라도 담겨 있었던지 불이 붙은 박스에서 비린내가 진동했다. 바람에 날리던 불똥이, 우주 가장자리의 외딴 별 위로 고요히 내리는 풋눈처럼 반짝였다. 우리의 얼굴 위로 치솟던 불길. 뜨겁고, 아름답고, 비릿했던 불길.

"혹시 까부 다 호까(Cabo da Roca) 나오던 소설 기억해?"

반도의 최남단임을 상징하는 땅끝탑 앞에 이르렀을 때, 민아가 물었다.

"응, 당연하지."

민아가 그 소설을 기억하고 있을 거라고는 생각하지 못했다. 그것은 송이 졸업 직전 문집에 실었던 소설이었다. 나는 작년 이맘때쯤 신춘문예에 투고할 소설의 첫 문장을 수없이 고쳐 쓰다가 침대 아래 처박아둔 문집들을 꺼내어 봤기 때문에 그 소설을 기억하고 있었다. 송의 소설 속에서 주인공 K는 가까스로 찾아온 까부 다 호까에서 몇줄의 글이 담긴 유리병을 바다로 집어 던졌다. 소설의 마지막 장면은 대충 이런 식의 문장들로 이루어져 있었다. 그곳은 아메리카 대륙을 발견하기 전까지 유럽인들에게는 대륙에서 가장 먼 서쪽 땅이라고 알려져 있던 곳이라 했다. 대륙의 서쪽 끝. 그러나 끝에 가닿은 사람은 알 수 있다. 끝이라고 생각했던 그곳이 결코 끝이 아니라는 것을. 끝인 곳에 이르면 길은 새로 시작된다. 단지 끝을 보기 전에는 아무도 그것을 상상할 수 없을 뿐이다. 벼랑 끝에 몰려, 이름마저 바꾸고 연고가 없는 낯선 도시에 가 홀로 정착하는 인물이 등장하던 송의 소설들은 대부분 이런 식의 터무니없이 낙관적이고 희망찬 말들로 끝났다. 허무에 기대는 것은 차라리 쉬운 거라고, 송은 언제나 내게 말했다.

아마도 민아의 청첩장을 받기 위해 셋이 모인 날이었을 거다. 결혼식에는 가지 못할 것 같다며 송이 대신 전해달라고 5만원을 내게 쥐어줬던 날. 아주 오랜만에 만난 송은 얼굴에 핏기가 하나도 없었다. 그때 나는 수습사원으로 일하던 잡지사에서 정직원으로 전환되는 데 실패해 마음에 여유가 전혀 없었다. 송은 여전히 각종 아르바이트를 전전하며 습작을 하고 있었다. 그즈음, 송은 기면증에 걸린 사람처럼 어디서든 갑자기 고꾸라져 잠든다고 했다.

"어떻게 그럴 수 있어?" 하고 묻자 송은 멋쩍은 표정을 지으며 그 대신 번번이 소스라쳐서 잠에서 깨어난다고 했다. 악몽을 꾸기 때문이었다. 송은 꿈꾸는 동안 손을 하도 꼭 쥐어 자다 깨어보면 손바닥에 손톱자국이 선명히 찍혀 있다고 말했다. "어디 아픈 건 아니니?" 하혈이 몇달째 멈추지 않는다고 했다. "그러지 말고 산부인과에 가." 내가 말했다. "혹시라도 병이 발견되면 어떻게 해." 행복해 보이는 민아와 헤어지고 우리는 버스 정류장에 서서 버스가 오기를 기다리던 중이었다. "그러면 치료를 해야지." 버스는 오지 않았고, 송은 아이보리색 종이에 금박 테두리를 두른 청첩장을 한동안 바라보았다. "수술해야 한다는 말이라도 들으면 아르바이트를 더 많이 해야 하잖아. 그런 건 너무 무서워."라고 말하던 송.

그날, 소설 같은 것, 이제 더이상 쓰지 마, 그렇게 말했다면 뭔가 달라졌을까. 수술이 필요하면 쓰라고, 돈을 뽑아서 쥐어줬더라면.

송이라는 이름을, 의식적으로, 언급하는 것을 피했기 때문에 우리의 대화는 어딘지 조금씩 구멍이 뚫려 있었다. 그것을 민아도 나도, 똑같이 느꼈겠지만, 그러나 민아도 나도, 둘 다 그 사실을 모른 척했다. 그렇게 할 때만 우리의 관계가 지속될 수 있음을 알았기 때문에. 새로운 관계를 만들며 살아갈 수 있을 것을 알았기 때문에.

"이곳에서 병을 던지면 까부 다 호까의 누군가가 받을 확률이 과연 있을까?"

암초 위로 파도가 거품을 내며 부딪쳤다가 사라졌다.

"그런 일은 기적에 가까운 일이 아닐까?"

송이 나의 인생에서 사라져버린 뒤, 다시 찾아 읽은 그녀의 소설 속에서 K는 바닷바람 소리보다 더 크게 숨을 몰아쉬며 세상의 끝을 향해 걸어나갔다. 구름이 짙게 드리워진 하늘 아래 황량한 바다. 잔영 속에 폐허 같은 모습을 드러낸 절벽 위의 십자가 돌탑. 그것을 향해 걷는 남루한 사내의 더운 입김, 한쪽으로 치우치는 발걸음, 홀로 오래 걸은 자 특유의 체취, 고독, 회한, 열망 따위의 감정들. 자신이 결코 가본 적 없었을 세상의 반대편 끝을 형상화하기 위해 송이 수없이 지우고 또 지웠을 문장들을 상상하면 어쩐지 외로워졌다.

"네가 소설가가 되어서 기뻐."

민아의 얼굴이 순간 너무 진지해 나는 늘 말하듯, 난 아직 소설가가 아니야,라고 대꾸하지 못했다.

"계속 열심히 써라."

삶에 생로병사가 있듯 사람 간의 관계에도 생로병사가 있다는 말을 들은 적이 있다. 그 말은 한때 내게 위로가 되기도 했지만, 지금 생각해보면 그 말을 처음 한 사람은, 모든 관계가 생로병사를 겪으며 자연사하는 것이 아님을 모르는 게 분명했다. 나는 지척에서 우리에게 닿을 것처럼, 닿을 것처럼, 밀려왔다가 하얗게 부서지는 파도를 보며, 미필적 고의에 의한 사고사로 끝나는 수많은 관계들에 대해서 생각했다. 기습적으로, 불시에, 사멸하는 관계들.

땅끝탑에서 민아의 차가 세워진 선착장까지 이어지는 바다는 서쪽으로 기운 햇살에 소금밭처럼 빛났다. 바닷가에는 한쪽 어깨만 닳은 배들. 선착장 근처 시멘트 바닥 위, 누군가가 깔아놓은 군청색 방수포 위에서 은빛 멸치가 반짝이며 말라가고 있었다. 우리는 다음 일정이 없었다. 아직 보지 못한 유적지를 둘러보아도 되었고, 아니면 간단히 이른 저녁을 먹고 해남을 떠나도 되었다. 우리가 망설이고 있는 사이, 고속버스 한대가 선착장으로 들어섰다. 선착장 입구 간이 매표소에는 보길도행 표를 판다고 적혀 있었다.

"섬에 갈래?"

민아가 물었다.

"배는 타기 싫어."

내가 말했다.

"그치?"

민아가 말했다.

어째서 이렇게 되어버린 것일까.

해면은 틀림없이 아름다웠다. 낙엽같이 빨갛고 노란 점퍼를 입은 아주머니와 아저씨들이 새하얀 배 안으로 자꾸자꾸 들어갔다. 다시는 보지 못할 사람들처럼. 이상하게도 가슴이 먹먹해와 우리는 노아의 방주에 올라타는 짐승들처럼 쌍쌍이 갑판 위에 오르는 이들을 바라보다가 고개를 돌렸다.

차 안에 앉아 우리는 각자 말없이 생각에 잠겨 있었다. 수확이 끝나 텅 빈 들판 위로 드문드문 민박집들이 서 있었다. 언뜻 바람에 휘청거리는 나무를 본 것 같은 착각이 일었다. 어떤 이유에서인지는 모르겠지만 나는 무엇인가가 끝나가고 있음을 느꼈다. 붙잡을 수 없는 무엇인가. 그러자 나는 별안간 지금까지 누구에게도 하지 못했던 말을 털어놓고 싶은 충동에 사로잡혔다. 언젠가부터 시시로 나를 갉아먹던 두려움에 대해서 말하고 싶은 충동. 무엇인가 가장 소중한 것, 가장 순결하고 깨끗했던 것이 산산이 조각나버린 것만 같아 소스라치게 놀라야 했던 시간들. 무정하고 불가해한 일로 가득한 것이 삶임을 깨닫고 순식간에 늙어버렸다고 느꼈던 계절들에 대해서. 그러나 나는 아무런 말도 꺼내지 않았다. 먼저 침묵을 깨뜨린 쪽은 민아였다.
"몇해 전, 까부 다 호까에 실제로 가보려고 포르투갈에 간 적이 있었어."
민아의 목소리는 해저 깊은 곳에서 들려오는 듯 잠겨 있었다.
민아가, 까부 다 호까에?
"싸구려 호텔에 묵었는데, 왜 막 하수구에서 머릿기름 냄새가 나는 그런 호텔, 혹시 알아?"
민아는 대답을 기다리며 운전하고 있었고, 나는 그런 호텔을 상상할 수 있다는 뜻으로 고개를 끄덕였다.

"까부 다 호까가 보고 싶어서 수중의 돈을 털어 비행기표를 끊고 몇시간을 날아갔는데, 잠이 계속 쏟아지는 거야. 이틀을 꼬박 그냥 호텔에서 잤어."

나는 옆에 앉은 민아를 보았으나 민아가 어디를 바라보고 있는 지 알 수가 없었다.

"사흘째 되는 날, 이래서는 안되겠다는 생각이 들더라고. 일어나서 사흘 만에 씻고 나갈 준비를 했어. 머리도 빗고 화장도 하고. 막 나갈 참이었는데, 유럽에는 무료 공중화장실이 없다는 게 하필 그때 떠오르지 뭐야. 화장실에 들렀다 나가야겠다 싶어 가방을 문 앞에 놓고 화장실에 갔어. 근데, 볼일을 보고 밖으로 나오려는데, 갑자기 문이 안 열리는 거 있지."

민아는 우스운 이야기를 하려는 듯이 장난스러운 목소리를 내며 작게 웃었다. 나도 민아를 따라 웃었다.

"문을 잡아 흔들고 몸으로 밀어도 화장실 문이 안 열려. 처음에는 금방 열릴 줄 알았는데, 아무리 흔들어도 열리지 않으니까 점점 무서워지더라고."

민아의 목소리가 점차 심각해졌다. 나는 무릎 위를 덮고 있는 스웨터의 까끌까끌한 부분을 손끝으로 훑었다.

"나는 화장실에 혼자 갇혀 있고 누구도 내가 여기에 갇혀 있는지 모르는데, 대체 언제 여기서 나갈 수 있을까 하는 생각이 자꾸만 들어. 전화기만 있었어도 프런트에 연락을 할 수 있었을 텐데 하필 휴대전화도 밖에 두고 온 가방 속에 있었어. 미친 듯이 문을 두드리고 소리를 질렀는데도 아무도 듣지 못하는 것 같았어. 바깥의 소리도 들리지 않고. 문을 두드리는데, 팔이 막 아픈데, 별것 아닌 걸 알면서도 막 무서워져. 침착해야 한다고 생각했지만, 무서운 거야. 유럽의 화장실은 욕실과 분리되어 있는 경우가 많거든. 창고같이 좁은 공간에 변기 하나밖에 없고 창문도 없는 그런 화장실 말야."

무슨무슨 상회, 무슨무슨 이발소 따위의 간판이 달린 단층 건물들이 우리 옆을 빠르게 지나갔다. 개가 컹, 컹, 짖었다.

"근데 처음엔 나가고만 싶더니, 앞으로 얼마나 더 오래 갇혀 있을지 모르니까 침착해야겠다는 생각이 차츰 들더라. 질식하면 안 되니까 너무 흥분하지 말아야겠다, 그래도 물은 있으니까 어찌 돼도 한동안 죽지는 않겠구나 하는 생각도 들고. 근데 말야, 화장실 전등에 쎈서가 달려 있어서 사람이 움직이지 않으면 전등의 불이 자꾸 꺼져. 불이 꺼지면 사방이 정말 깜깜해졌어. 완벽히 깜깜한 거 말이야. 완벽히."

민아는 완벽히,라는 부사에 힘을 주었다.

"그래서 나는 불빛을 만들기 위해 일어났다가, 다시 변기 위에 주저앉고, 일어났다가, 다시 주저앉고."

어두워질 때마다 다급하게 벌떡 일어나는 민아의 작은 몸이 머릿속에 떠올랐다. 민아의 부서질 것처럼 작은 몸.

"그러다가, 갑자기 그런 생각이 들어. 이렇게 자꾸 불이 켜졌다, 꺼졌다 반복하다가 전구가 나가버리면 그때는 어떻게 하지? 전구에 불이 들어올 거라는 기약도 없이 내가 이 안에서 버틸 수 있을까. 그래서 그때부터는 불이 꺼져도 일어나지 않았어. 전구의 필라멘트가 빨리 닳아버리면 안되니까. 근데 참 이상하지, 사방이 칠흑같이 어두워지니까 오히려 마음이 진정되더라. 어쩌면 오늘 오후, 아니면 내일이라도 청소하는 사람이 들어오겠지 하는 생각이 들고, 무엇보다 차라리 여기에서 이렇게 죽으면 좋겠다는 생각이 드는 거지."

나는 놀라 민아의 얼굴을 바라보았다.

"응, 그런 생각이 들더라고. 화장실의 변기 위에 주저앉아서, 한 사람밖에는 들어오지 못하는, 관처럼 좁고 기다란 화장실, 문 밑의 미세한 틈으로 조금씩 들어오는 그 빛을 보면서. 해가 지면 저 빛마저 사라지겠지, 생각하면서. 저 빛이 사라지는 속도만큼, 천천히, 아무에게도 발견되지 않고, 그냥 이대로 조금씩, 조금씩, 아무도 모르게 이렇게 죽어가면 좋겠다고."

짧은 침묵.

"어둠속에 그렇게, 변기에 기대어 눈을 감고 있는데, 갑자기 누군가 내 방문을 여는 소리가 들리고, 복도의 소음이 들려와. 어떤 사람들이 큰 소리를 내며 포르투갈어로 대화를 했어. 방 안으로 성큼성큼 들어오는 소리. 나는 나도 모르게 벌떡 일어나서 화장실 문을 두드렸어. 포르투갈어를 모르니까 막, 영어로, 한국어로, 나도 모르게 살려달라고, 도와달라고 소리를 쳐. 내 말을 알아들었는지 여자가 화장실 문을 잡아당기고, 열리지 않자 뭐라고 말하고, 어떤 남자가 오고, 문을 다시 흔들고, 영어로 잠시만 기다리라고 말하고. 또 반나절은 더 걸리고, 일요일이라 수리공을 불러오는 시간이 좀 걸린다고 내게 사과를 하고. 그러고 나서, 한참 만에 결국 문이 열렸는데, 사람들이 나를 에워싸고, 괜찮으냐고, 물어보는데, 울음이 왈칵 쏟아졌어. 이제는 괜찮아요, 걱정 말아요, 나를 에워싼 사람들이 영어로 말했어. 그런데 나는 자꾸 울음이 쏟아졌어."

민아는 말을 마치고 입을 다물었다. 민아는 살아서 다행이라, 죽지 않아서 다행이라 울었던 것일까. 아니면 다시 살아가야 하는 게 무서워서 울었던 것일까. 우리 주변에는 다시 침묵이 흘렀다. 나는 옆에 앉아 있는 민아를 바라보았다. 한 문장, 한 문장을 말할 때마다 고통스럽게 흔들리던 민아의 얼굴을. 밝고, 과장하는 것처럼 느껴질 정도로 당당하지만, 언젠가는 누군가가 휘두른 폭력을 감내한 적 있었을 것도 같은 사람의 얼굴을. 나는 무엇이든 민아를 향해 말을 건네야 한다고 생각했다. 그러나 무슨 말을 하는 것이 적절한지 선뜻 판단이 서지 않았다. 나는 그저 내 무릎 끝을 응시한 채 가만히 앉아 있을 뿐이었다.

그런데 황금빛 햇살이 유리창을 타고 들이치기 시작했다. 우리는 우리도 모르는 사이 창밖으로 일제히 시선을 돌렸다.

"차를 세워봐."

민아가 브레이크를 밟았다. 창밖으로 바다 위에서 커다란 해가 지고 있었다. 햇빛 탓에, 바다 쪽을 향한 민아의 비스듬한 옆얼굴 주위로 반투명해 보이는 빛무리가 생겼다. 빛 속에서 나는 핸들을 쥐고 있는 민아의 손을 좇았다. 햇살이 어른거리는 민아의 손톱은 바투 깎여 있었다. 나는 약간 안심했다. 그리고 삶은 돌이킬 수 없는 것, 지나가버린 것들로 이루어져 있는지도 모르겠다고 생각했다. 이번 여행이 끝나면 우리도 완벽한 타인이 되어버릴지 모른다고도. 한번도 만난 적 없는 사람들처럼, 인생의 어느 한점 교차한 적 없는 사람들처럼, 언젠가는 우리가 그렇게 서로에게서 사라져버릴 수도 있었다. 그렇지만 민아의 손톱은 짧았고 그러니까 민아가 혹여나 악몽을 꾸더라도, 그녀의 손바닥에는 상흔 같은 손톱자국이 새겨질 일은 없을 것이었다. 나는 바다 어디엔가 떠 있을지도 모르는 유리병을 상상했다. 그리고 그 병이 이곳에 닿을 수 있다면 좋겠다고 생각했다. 혹은 까부 다 호까에. 사방을 금빛으로 물들이며 커다란 해가 장엄하게 두개의 바위 사이로 몸을 숙이는 모습을 우리는 일차선 도로 위에 차를 세워놓은 채 바라보았다. 잠시만 더. 어차피 다른 차가 뒤에서 쫓아와 빨리 가라고 경적을 울리면 우리는 다시 달려야만 할 것이었다. 적어도 그때까지는. 나는 창밖을 내다보며 나의 무심함으로 인해 지켜내지 못한 모든 것들을 생각했다. 눈부시도록 찬란한 햇살이 우리가 타고 있는 차를 부드러운 파도처럼 집어삼켰다.

* 빠블로 네루다의 시 「길 위의 친구들」에서 제목을 빌렸다.

국 경 의  밤

열네살이 될 때까
지 아직도 엄마
의 자궁 속에 있
던 것은 모두 내
가 지독한 겁쟁이
이기 때문이었다.

엄마와 아빠가 40대 초반의 나이로 처음 유럽 땅을 밟았을 때, 나는 열네살이었고 아직 엄마의 배 속에 있었다. 엄마와 아빠는 태어나서 처음으로 국제선 비행기를 타고 시베리아와 우랄 산맥을 지나 프랑크푸르트 공항에 도착했다. 그때 나는 사춘기 소녀의 얼굴을 하고, 태아보다 더 작은 크기의 몸을 웅크린 채 엄마의 자궁 가장 따뜻한 곳에 가만히 자리잡고 있었다. 엄마와 아빠는 난생처음 하는 해외여행에 설레고 긴장한 표정이 역력했다. 엄마와 아빠보다 훨씬 더 겁이 많은 나는 그래서 더 인상을 쓰고 있었다. 14년 전 세포만 한 크기의 수정란이었던 내가 자꾸자꾸 나이를 먹어 열네살이 될 때까지 아직도 엄마의 자궁 속에 있던 것은 모두 내가 지독한 겁쟁이이기 때문이었다. 임신 사실을 처음 알게 되었을 때 엄마는 내가 이토록 겁쟁이인 줄은 알지 못했고, 그렇기 때문에 14년 동안이나 임신을 하고 있어야 하는 어처구니없는 상태에 놓이게 될 것이라고는 꿈에서조차 상상하지 못했다. 배가 봉긋 부풀어 오르고 조금씩 딱딱해졌을 무렵 엄마는 대부분의 임부들처럼 기쁘고 설레는 마음이었겠지만, 내가 10개월이 지나도, 20개월이 지나도 세상 밖으로 나올 기미를 보이지 않자 결국 이 모든 일에 익숙해지지 않을 수 없었다. 나와의 동거는 이내 평범한 일상이 되었다. 엄마를 진찰하던 의사 선생님은 아이가 도대체 왜 더이상 자라지 않는지 의아해했다. 제왕절개를 해서 억지로 꺼내기에는 터무니없이 작고, 눈을 딱 감고 없애버리기에는 이미 너무도 사람 형상을 갖춘 태아의 심장이 자궁 속에서 몇개월 동안, 몇년 동안 멈추지 않고 계속 뛰는 일은 정말 평생 한번도 본 적 없는 기이한 현상이라고, 두꺼운 안경알 너머의 눈을 동그랗게 뜨며 의사는 말했다.

엄마는 이러지도 저러지도 못하는 사이 그냥 나의 존재를 제 몸의 일부로 받아들였다. 임신한 엄마의 모습은 차츰 모두의 눈에 너무나도 자연스러워져서 엄마는 그냥, 예전보다 살이 조금 찐 여자처럼 보일 뿐이었다. 나로 인해 변한 엄마의 신체 일부는 불필요한 뱃살처럼 볼록하고 제거해버렸어야 하는 굳은살처럼 한결같이 딱딱했다. 나는 내 존재 자체로 엄마에게 짐이 되어버린 느낌이 들었고, 그래서 왜 이렇게 겁쟁이인가 속상한 마음이었지만, 그렇지만 뻔뻔하게, 속수무책 엄마의 배 속에서 나이만 먹어댔다. 나는 엄마에게 종종 미안한 마음을 느꼈다. 이를테면 엄마가 배 속에 나를 품은 채, 출퇴근시간 만원 지하철을 타고 다니면서 허리가 아파 괴로워할 때. 그렇지만 그럴 때마다 나는 미안한 마음을 견뎌내기 위해 내가 이토록 세상을 무서워하게 된 것은 절반 이상 엄마 때문이라고 괜히 탓하곤 했다.

사실 이 모든 사태의 원인이 엄마에게 있다는 것이 전적으로 틀린 말은 아니다. 엄마가 나를 가졌다는 사실을 알게 된 것은 바야흐로 일천구백팔십일년 봄이었다. 정확히는 그로부터 1년 전, 한 도시에서 수많은 사람들을 학살했던 이가 90.3퍼센트의 득표율을 얻어 다시 대통령직에 오른 지 세달이 막 지나고 있을 때였다. 엄마 아빠는 18년 동안 권력을 잡았던 독재자가 암살당한 해에 약혼을 했고 1년 후 결혼을 했는데, 신혼여행을 다녀올 즈음까지만 해도 극렬했던 시위가, 내가 엄마의 자궁에 처음 자리잡을 무렵에는 공포 속에 잠잠해졌다. 그 탓이었겠지만 엄마는 산부인과를 나오며 배에 두 손을 살포시 얹고, 이렇게 무서운 세상에서 내가 이 아이를 잘 키울 수 있을까,라고 혼잣말을 했다. 봄햇살이 따뜻했고, 엄마는 평소에는 먹지도 않던 냉면이 먹고 싶었다. 어쨌든 엄마가 봄볕에 눈살을 찌푸리며 읊조린 것은 아주 작은 혼잣말이었고 결코 나에게 두려움을 심어주기 위해 내뱉은 말이 아니었지만, 문제는 그때나 지금이나 내가 하필 매우 귀 밝고 눈치 빠른 아이라는 것이다. 나는 엄마의 탄식조의 말에서 바깥세상이 도무지 살 만하지 않다는 사실을 알아차렸고, 그 순간 가능한 한 천천히 자라나 엄마의 배 속에 오랫동안 머물러야겠다고 결심했다. 배 속에 머무는 동안, 엄마 아빠는 내가 대화 내용을 모두 들을 수 있다는 것을 의식하지 못한 채 아무 말이나 주고받았기 때문에, 나는 비록 육체적 성장은 더뎠지만 태아치고 아는 것이 꽤 많아졌다. 나는 엄마의 자궁 밑바닥에 웅크리고 있는 동안 바깥세상에서 온갖 흉흉한 일들이 벌어진다는 것을 알게 되었고, 결국 세상으로 나가기를 포기한 채 성장하기를 멈춰버렸다. 한동안 잠잠했던 시위는 다시 점점 거세졌고, 지구 반대편에서는 레이건이 반공을 내세워 저강도전쟁을 일삼았으며, 대처리즘이니 레이거노믹스니 하는 이름의 신자유주의 흐름 속에서 불평등이 심화되고 있었다. 아직 20대 후반이었던 엄마와 아빠는 매일 밤 침대에 누워서 도대체 세계가 어떻게 되는 걸까 걱정했다. 나는 엄마의 배 속에 웅크린 채 점점 더 엉망이 되어가는 세계를 상상하며 두려움에 떨었다.

세계의 안위를 걱정하던 엄마와 아빠가 난생처음 계획한 해외여행의 동선은 프랑크푸르트에서 출발, 독일을 횡단해 베를린까지 가는 거였다. 그해 아빠는 일주일간의 휴가를 마련해 가까스로 8박 9일의 여행 일정을 만들었는데, 사실 이 여행의 주된 목적은 베를린을 보는 것이었다. 때는 일천구백구십오년, 베를린장벽이 무너진 지 6년 만이었다. 그로부터 10년 전인 일천구백팔십오년, 구소련의 고르바초프가 '뻬레스뜨로이까 글라스노스뜨'를 외치며 체제를 개방한 이래 동구의 여러 사회주의 국가들이 차례로 붕괴되기 시작했으므로, 머지않아 베를린장벽이 무너지리라는 것은 많은 사람들이 예상하고 있었다. 그렇지만 엄마 아빠는 베를린장벽의 붕괴로 인해 적잖은 충격을 받았다. 아마 일생을 분단국가에서 살아왔기 때문이었을 거다. 엄마 아빠는 수많은 사람들이 환호성을 지르며 큰 망치로 장벽을 부수고 벽에 올라가 깃발을 흔드는 모습을 뉴스로 보던 밤, 이 여행을 계획했다. 그날밤, 엄마 아빠가 군밤을 까먹어서 온 방 안에는 고소한 냄새가 진동했다. "우리, 언젠가 꼭 베를린에 가보자." 엄마 아빠는 그런 결심을 했고, 다음날 바로 집 앞 은행에 가서 5년짜리 적금통장을 하나 만들었다. 아직은 은행 금리가 꽤 높던 시절이었다. "우리가 베를린에 가기 전에 우리나라도 통일할 수 있을까?" 아빠는 들뜬 마음으로 엄마에게 물었다. "어쩌면 그럴지도 몰라." 엄마의 가슴이 콩콩, 뛰어 나의 가슴도 콩콩, 뛰었다. 거리에서는 여전히 시위가 일어났지만, 엄마의 가슴이 이렇게 뛴다면 내가 세상 밖으로 나가도 될 날이 다가오고 있는지도 모른다고 나는 주름이 진 손을 말아쥔 채 눈을 비비며 생각했던 것도 같다.

엄마 아빠는 프랑크푸르트에서 2박을 했다. 그리고 가이드북에 나와 있는 대로 시내에 위치한 렌터카 업체를 찾아가 독일제 청록색 차를 한대 빌렸다. 영어가 유창한 렌터카 업체의 독일인 직원은 "재패니스?" 하고 엄마 아빠에게 친절한 얼굴로 물었다. 엄마 아빠는 서로 번갈아 커다란 지도를 봐주면서 계속, 계속 북동쪽으로 향했다. 양옆으로 끝도 없이 펼쳐진 평원을 오랫동안 달렸다. 장거리 운전으로 피곤했지만 베를린에 다가갈수록 엄마 아빠의 얼굴은 설렘과 긴장으로 빛났다.

사방이 아직 환했지만 저녁시간이 다 되어가 엄마 아빠는 라이프치히에서 멀리 떨어지지 않은 작은 시골 마을에서 하룻밤을 묵기로 결정했다. 관광지가 아닌데도 동화책 속에서 튀어나온 듯 이토록 예쁠 수가 있냐며 엄마와 아빠는 감탄사를 연발했다. 엄마 아빠는 아주 오랫동안, 그들의 머리가 하얗게 센 뒤에도, 그날밤을 회상하면 모든 것이 비현실적으로 평화롭고 아름다웠다고 말하곤 했다. 나로서는 내전 끝에 태어난 극동인이 그날밤 느꼈을 감정의 크기와 결에 대해서 도무지 알 길이 없었다. 그래서 엄마 아빠가 그날을 회상할 때마다 나는 내가 아는 가장 마법 같은 순간을 조용히 떠올려볼 뿐이었다.

엄마 아빠는 마을 어귀의 여인숙에서 방을 빌려 짐을 풀었다. 그리고 근처의 작은 노천식당을 찾아가 맥주와 쏘시지를 먹었다. 조그만 개천 위의 다리를 건너다가 쏟아지는 별빛에 취해 입을 맞추기도 했다. 어디서 나타났는지 악사들이 담벼락에 붙어 서서 아코디언과 기타를 연주하기 시작했다. 풍경 탓이었을까, 아빠는 기차 안에서 엄마를 처음 보았던 일천구백칠십육년처럼 엄마가 예쁘다고 생각했다. 엄마와 아빠가 악사들의 연주를 들으며 발끝으로 까딱까딱 리듬을 맞추는데, 어디선가 나타난 한 노파가 엄마의 손금을 봐주겠다고 다가왔다. 노파는 키가 작고 양쪽 눈의 색깔이 달랐다. 엄마는 평소 같았으면 낯선 이에게 선뜻 손을 내주지 않을 사람이었다. 그렇지만 그날밤은 엄마 아빠에게 특별했다. 엄마는 분위기에 취했고 손바닥을 펼쳐 노파에게 보여주었다. 엄마의 손바닥을 한동안 들여다본 노파는 알아들을 수 없는 독일어로 점괘를 이야기했다. "무슨 말인가요?" 엄마는 지나가던 젊은 독일인 부부를 붙잡았다. 젊은 부부는 노파가 들려주는 점괘를 기꺼이 통역해주었다. "당신은 바람을 품고 있대요." 바람이라니. "당신들의 조상은 유목민인가요?" 엄마와 아빠는 독일인 부부의 영어 실력이 의심스러웠다. 바람은 뭐고, 유목민은 뭐람.

엄마 아빠는 한시간쯤 더 밤산책을 했다. 마을은 아주 작았다. 덧창을 닫지 않은 창문 틈으로 불빛이 새어나왔다. 엄마와 아빠는 창너머 독일인들의 집 안을 은밀히 구경했다. 과거 동독 지역이었던 탓일까, 프랑크푸르트보다는 허름해 보였지만 영화 속에서나 보았던, 식기류가 가지런히 놓인 테이블이나 벽난로 같은 것들을 엄마와 아빠는 호기심 어린 눈으로 바라보았다. 창틀마다 놓여 있는 제라늄 화분에서 향긋한 냄새가 풍겨왔다. 카펫이 깔려 있고 원목 책장 가득 책들이 꽂혀 있는 응접실을 보며 아빠는 언젠가 꼭 저런 서재를 갖고 싶다고 엄마에게 말했다.

다시 여인숙으로 돌아와 딱딱한 침대 위에 몸을 누인 것은 열한시쯤이었다. 엄마 아빠는 사들고 들어온 맥주를 한잔씩 더 마신 뒤 잘 준비를 했다. 작은 램프의 노란 불빛이 창밖의 컴컴한 어둠을 배경으로 밝게 빛났다.

"여보, 아까 그 점괘 말이야."

아빠가 램프의 불을 끄려는데, 엄마가 갑자기 입을 열었다.

"응."

아빠가 엄마를 향해 돌아누웠다.

"우리가 몽골인도 아니고, 우리 조상이 유목민일 리는 물론 없지만, 혹시 그 말이 우리 선조들이 유랑인들이었다는 뜻은 아니었을까?"

엄마가 심각한 표정을 지으며 물었다.

"우리 선조 중에 유랑인이 있었는지 어쨌는지도 우린 잘 모르잖아."

아빠가 대수롭지 않다는 듯 말하고 다시 램프 쪽으로 몸을 돌렸다.

"아니지. 당신 부모님이랑 우리 부모님은 다 멀리서 온 분들이니까, 유랑한 거나 다름없잖아."

점을 보면 언제나 점괘를 보다 적극적으로 해석해내는 엄마의 말이 채 끝나기 전에 아빠는 램프의 전원을 딸깍, 껐다. 어둠이 작은 방 안을 순식간에 감싸안았다. 엄마는 계속 그 점괘에 대해서 생각하고 있었다.

"그 노파의 말을 좀더 들어볼 걸 그랬어. 우리 아이에 대해 뭔가 말해줬을지도 모르는데."

나는 엄마가 나의 존재를 아직 기억해주고 있다는 사실에 기뻤다. 엄마는 여인숙 꼭대기 방 안의 어둠속에서, 나는 자궁 안의 어둠속에서 각각 노파의 느리고 낯선 어조의 말을 곰곰이 곱씹었다.

어쩌면 엄마의 말이 맞을지도 몰라, 나는 생각했다.

엄마의 부모는 전쟁 이후 저 멀리, 남쪽의 작은 마을에서 북쪽으로, 북쪽으로 이동했고, 아빠의 부모는 전쟁통에 저 먼 북쪽에서 남쪽으로, 남쪽으로 내려와 낯선 항구도시에 자리를 잡았다 하니, 어쩌면 노파가 가리킨 유목민이란 그들을 일컫는 말일지도 몰랐다. 엄마 아빠가 나고 자란 도시에서 토박이들은 한줌뿐이고 대부분 외지에서 온 사람들이었다고 했다. 고향을 잃은 가난한 사람들. 내가 만들어진 것도 그 도시에서였다. 언제나 공기 중에서 폐수 섞인 바닷바람 냄새가 풍기는 도시에서, 젊었던 아빠와 더 젊었던 엄마가 몸을 섞었다 — 엄마와 아빠를 떠올리며 '몸을 섞었다'고 말하다니, 얼굴이 화끈 달아오른다. 그런 말은 왠지 너무 불경스럽다. 그렇지만 엄마와 아빠가 '사랑을 나눴다'고 완곡하게 표현해봤자 불경스러운 것은 매한가지니까, 게다가 솔직히 사랑은 누구와도 다 나눌 수 있는 거고, 수정란은 몸을 섞어야만 만들어지는 것이니까, 나는 하는 수 없이, 민망함을 무릅쓰고, 불경스럽게도, 다시 한번 젊었던 아빠와 더 젊었던 엄마가 '몸을 섞었다'고 말할 수밖에. 그리고 그날밤 엄마 아빠가 몸을 섞은 결과, 내가 창백한 어둠속에서 생겨났다. 노파의 말처럼 나는 바람인 걸까. 그것은 알 수 없었지만 내가 생겨난 순간, 최초로 느꼈던 바람처럼 서늘하고 고독한 느낌만은 생생히 기억하고 있다.

솔직히 말하자면 나나 엄마, 아빠에 대해서는 아무런 얘기도 하고 싶지 않다. 이러니저러니, 무엇에 대해 말한다는 것은 결국 진실을 왜곡하는 일에 불과하다는 것을 나는 경험으로 안다. 어느날 황새가 아기였던 나를 물고 와 우리 집 앞에 내려놨어요. 나는 난쟁이들의 도움을 받아 『잭과 콩나무』의 콩나무처럼 무럭무럭 자랐죠. 이렇게 말할 수 있다면 얼마나 좋을까. 그렇지만 사실은 그렇지 않기 때문에, 나에 대해서 얘기하려면 결국 엄마 아빠에 대해서 조금은 말할 수밖에 없겠지. 그건 정말 굉장히, 굉장히라는 부사를 사용하는 것을 싫어하지만, 쓸쓸한 일이 아닐 수 없다.

엄마 아빠는 다음날 아침 일어나 다시 자동차에 올라타고 북동쪽을 향해 달렸다. 북동쪽으로 향할수록 날이 흐리고 바람이 불었다. 바흐가 사랑한 도시였다는 라이프치히에서 점심을 먹고 그들은 마침내 베를린에 도착했다. 베를린을 마침내 본 엄마 아빠가 느낀 감정에 대해서는 일일이 설명할 필요가 없을 것 같다. 다만 하늘을 찌를 듯 높게 자랐던, 그 도시의 나무들에 대해서만은 잠깐 언급하고 싶다. 언젠가 겪었을 공습 속에서도 불타지 않고 살아남은 키가 크고 우람한 나무들의 짙고 푸른 빛깔에 대해서 말이다.

엄마와 아빠는 미리 여행책자 속에서 본 대로 크로이츠베르크 지역의 호텔을 찾아가 짐을 풀었다. 호텔은 비좁고 방은 서늘했지만, 그곳은 엄마 아빠에게 주어진 얼마 안되는 예산으로 묵을 수 있는 가장 좋은 숙소였다. 그들은 피로했지만 남은 일정이 얼마 되지 않았기 때문에 서둘러 시내로 나갔다. 엄마 아빠는 이렇게 먼 외국에 언제 다시 올 일이 있을지 장담할 수 없다고 생각했고, 그렇기 때문에 이왕 온 김에 하나라도 더 봐야만 했던 것이다. 그들은 책자에 표시해둔 순서대로 명소들을 차례로 둘러보고, 장벽의 잔해를 오랫동안 바라보았다. 관광객은 별로 없었지만 이미 관광지가 되어버린 체크포인트 찰리를 보며 엄마 아빠는 아무 말 없이 서로의 손을 꼭 맞잡았다.

엄마 아빠가 베를린에서 보고 싶어했던 것이 무엇이었는지 고작 열네살에 불과했던 나로서는 알 길이 없었다. 엄마 아빠에게 베를린이 어떤 의미였는지는 더더욱 몰랐다. 나는 그저 엄마 아빠가 오후 내내 도시를 걸어다니고 유적지 앞에서 사진을 찍을 때 조용히 엄마 배 속에 있었을 뿐이다. 시간이 흐를수록 엄마의 발걸음이 무거워지고 말수도 줄어드는 것이 내게 느껴졌다. 엄마가 과거 동베를린 지역으로 구분되었던 허름한 거리에서 말없이 멈춰 설 때나, 쏘비에뜨 군인들을 기념하는 기괴한 기념탑을 피로한 눈으로 바라보고 서 있을 때, 나는 엄마가 걱정되었다. 동베를린이나 서베를린이나 할 것 없이 웨이터들은 노골적으로 팁을 요구했고, 거리에서 마주치는 사람들은 종종 엄마 아빠에게 "차이니스?" 하고 물었다. 대부분의 사람들은 영어가 유창했고, 엄마와 아빠는 문법은 잘 알고 있었지만 회화에 익숙하지 않아 영어로 말할 때면 괜히 주눅이 들었다. "차이니스?" 하는 질문을 받을 때마다 "아니요." 엄마 아빠는 피로한 얼굴로 고개를 저었다. "코리안"이라고 매번 답하는 아빠의 목소리는 꽤나 비장하게 들렸다. 싸우스(South)인지 노스

(North)인지는 굳이 알려주지 않았다.

　엄마 아빠가 베를린 자유대학까지 구경하고 다시 크로이츠베르크 지역으로 돌아왔을 때는 저녁 여덟시였다. 해가 아직 다 저물지 않았지만 베를린은 북쪽에 위치한 탓에 날이 흐려 제법 어둑했고 여름인데도 무척 서늘했다. "뭔가 따뜻한 게 먹고 싶어." 엄마가 말했다. "중국식당이라도 찾아볼까?" 어쨌거나 벌써 여러날째 독일 음식을 먹는 거였고 엄마 아빠는 동양음식이 조금 그리웠다.

　엄마 아빠는 여행책자 속에서 중국음식점을 하나 찾아냈다. 골목 끝에 있는 아주 작은 식당이었는데, 대만에서 온 것인지 중국에서 온 것인지는 알 수 없지만 중국어를 쓰는 부부가 운영하는 곳이었다. 온통 독일어로 쓰인 메뉴판 속에서 한자를 찾아내어 엄마 아빠는 광둥식 볶음밥과 완탕수프를 시켰다. 접시를 절반 이상 비우자 엄마 아빠의 몸에 서서히 온기가 돌았다. 그리고 엄마 아빠는 비로소 식당에 사람들이 가득하다는 것을 알아차렸다. 대부분은 현지인들처럼 보였는데 그들은 서툴게 젓가락질을 하면서 중국 음식을 먹고, 맥주를 마시고 있었다. 주변 사람들이 모두 독일어로 대화를 했기 때문에 엄마 아빠는 아무런 말도 알아들을 수 없었다. 동양인은 주인 부부와 엄마 아빠 단 네명밖에 없는 것처럼 보였다. 아빠는 기분 탓인지 모르겠지만 사람들이 그곳의 유일한 동양인 손님인 엄마와 아빠를 계속 흘깃대고 있는 것만 같다고, 경계하는 투로 말했다. 밀폐된 공간 안에 있는 소수의 아시아인이라는 생각 때문이었을까, 아니면 주변인들이 하는 말을 조금도 알아들을 수 없었기 때문일까. 사람들이 큰 소리로 웃거나 고함을 칠 때마다 엄마 아빠는 원인을 짐작할 수 없는 기이한 공포를 느꼈다.

슬슬 나가는 것이 좋겠다는 생각에 앞에 놓인 잔을 황급히 비우던 엄마의 귓속으로 투박한 영어 문장들이 파고들었다. 엄마는 고개를 들고 소리 나는 쪽을 살폈다. 아빠도 엄마를 따라 그쪽으로 눈길을 던졌다. 카운터 근처의 테이블에서 외국인들이 영어로 대화를 나누고 있었다. 관광객들인 듯 커다란 배낭이 테이블 옆에 놓여 있었는데 영어권 사람들이 아니었는지 그들의 영어는 유창하지 않았다. 덕분에 그들이 주고받는 말은 알아듣기가 쉬웠다. 술에 취한 듯 그들은 큰 소리로 이야기를 하고 있었다. 엄마와 아빠는 짐을 챙기면서 그들의 대화에 귀를 기울였다.

"저 두사람은 프랑스 사람인 것 같은데 나머지 한사람은 영 모르겠네."

한국어를 알아들을 수 있을 만한 사람이 없었지만 엄마는 본능적으로 아빠를 향해 조그맣게 속삭였다. 엄마가 프랑스인일 거라고 추정하는 사람은 갈색 곱슬머리를 한 젊은 청년과 대머리의 중년 사내였다. 부자지간인 듯 닮은 그들은 독일인처럼 보이는 다른 서양인과 몇달 전 있었던 프랑스 대선에 대해 논쟁을 벌이고 있었다. 14년 만의 정권교체로 드골주의자가 대통령이 된 지 겨우 두달이 조금 넘었을 뿐인 시기였다. 청년은 지난 5월 꽁꼬르드광장에서 목청을 높여 라 마르세예즈를 불렀던 일에 대해서 자랑스러운 목소리로 이야기했다.

"너는 너희의 새 대통령이 그렇게 좋냐?"

사내의 맞은편에 앉아 있던 안경을 낀 곱상한 사내가 물었다.

"당연하지."

그는 확신에 찬 목소리로 답했다.

"이로써 낡은 체제는 무너져내렸고 새로운 시대가 올 테니까."

청년의 말에 중년 사내는 알아들을 수 없는 언어로 무엇이라고 중얼거렸다. 욕설이었는지, 그 말을 들은 청년은 커다랗고 빠른 목소리로 중년 남자를 향해 알 수 없는 말을 퍼부으며 테이블을 주먹으로 내리쳤다. 그러자 그것이 신호라도 된 듯 중년 사내도 목소리를 높였다. 알아들을 수 없는 언어로 고성이 오갔고, 갑작스러운 소란에 사람들이 그들 쪽을 바라보았다. 몇몇의 독일인들이 그들을 향해 조용히 하라는 듯 소리를 질렀다. 젊은 프랑스인이 분을 참지 못하고 벌떡 일어서자 의자가 요란한 소리를 내며 뒤로 넘어갔다. 오오, 옆 테이블에 앉은 사람이 소리를 지르고, 중국인인지 대만인인지 알 수 없는 식당 주인이 화가 난 말투로 억양이 강한 독일어 문장을 외치며 다가갔다. 젊은 프랑스인의 앞에 앉아 있던 안경 낀 사내가 젊은 프랑스인을 다독이며 자리에 앉혔다. 갑작스러운 소동에 엄마와 아빠는 겁이 덜컥 났다. 엄마 아빠는 일어서기 위해 가방을 챙겨 들었다. 대머리의 중년 남자가, 문법이 다 틀린 영어로 안경 낀 사내를 향해 건네는 말이 들려왔다.

"81년 5월 바스띠유광장을 들끓게 했던 그 열기야말로 진짜 프랑스 정신이란 말이오."

중년 사내의 얼굴은 비통해 보였고, 엄마 아빠가 시켜놓은 맥주
에는 김이 다 빠져 있었다.

엄마 아빠는 화난 사람들처럼 숙소로 돌아오는 길 내내 말이 없
었다. 해가 진 거리는 한산했다. 상점들이 일찍 문을 닫은 거리는
통행금지 시간이 있던 서울의 밤처럼 을씨년스러웠다. 무인지대였
으나 장벽 붕괴 이후 베를린 최고의 상업지구로 조성될 예정이라
던 포츠다머 플라츠 인근에는 커다란 포클레인과 기중기 같은 중
장비들이 서 있었다. 어둠속의 건설현장은 유령의 숲처럼 보였다.
철근만 앙상한 건물들이 허물어질 폐허처럼 서 있었다. 철근 사이
로 바람이 불자 웅웅웅, 울음소리가 났다. 엄마와 아빠는 좁은 골목
을 돌고 돈 끝에 낡은 호텔 방에 돌아올 수 있었다. 여름인데도 침
대에서 한기가 느껴져 엄마는 시트 속에 몸을 누이다가 떨었다. 베
를린에서 보내는 첫번째 밤이었고, 독일에서 보내는 네번째 밤이
었다.

"여보."

엄마가 어둠속에서 아빠를 불렀다.

"응?"

아빠가 돌아누웠다.

엄마는 한동안 말이 없었고, 하루 종일 아무것도 하지 않았는데
도 나는 무척 피로했다.

"여보."

나는 어둠속에서 깜박, 깜박 졸면서 엄마가 꺼낼 말을 기다렸다.

"우리 옛날에 기차 타고 부산에 갔다 왔던 때 생각나?"

한참의 침묵을 깨고 엄마가 꺼낸 이야기는 다소 뜬금없었다. 엄마는 웬일인지 신혼여행 갔을 때를 떠올리고 있었던 것이다. 전국적으로 시위가 극성이던 5월이었다. 엄마의 기억에 따르면 봄바다는 더할 나위 없이 고요했다고 했다. 항구에 정박해 있던 배들은 무엇인가를 싣고 멀리멀리 떠나갔다. 더 멀리 갈 수 없던 엄마 아빠는 닷새 후에 다시 서울로 돌아왔다. 신혼여행이었으니까 엄마 아빠는 분명히 들떠 있었을 거다. 언젠가 우리에게도 아이가 생기고 그 아이가 자랐을 때, 그때는 부산에서 빠리까지 기차를 타고 갈 수 있을까? 엄마가 아빠의 어깨에 기대며 말했다. 청회색 정장을 갖춰입은 아빠와 연분홍 투피스를 곱게 차려입은 엄마가 수줍게 기차에서 내리는 모습을 나는 엄마의 배 속에서 상상해볼 때가 있었다. 신발도 옷차림도 모두 상상할 수 있는데 표정만큼은 잘 그려지지 않았지만. 꽃처럼 고운, 20대의 엄마와 아빠.

"여보, 우리 내일은 더 멀리 가보지 않을래?"

엄마가 이불을 끌어당기며 말했다.

"응, 응."

아빠가 잠결에 대답했다.

"우리 아이에게는 이것보다 더 넓은 세상을 보여주고 싶어."

아빠는 답이 없었다.

"체코, 체코에 가볼까? 프라하가 그렇게 아름답다던데."

엄마가 어둠속에서 아빠를 향해 돌아누웠다. 아빠는 어느새 깊이 잠들어 있었다. 그래서 아빠에게로 향하려던 말은 우주처럼 광활한 어둠속을 정처 없이 떠돌다가 하는 수 없이 내게 도달했다.

체코.

낯선 나라의 이름이 내 조그만 고막에 와서 박혔다.

다음날 아침, 엄마와 아빠는 동선을 살피기 위해 영어로 된 여행 책자와 커다란 지도를 새로 구입했다. 유럽에서는 차로 다른 나라에 갈 수 있다는 이야기를 들어봤지만 사실 독일 외의 나라를 방문하는 것은 엄마 아빠의 일정에 없었다. 그렇지만 체코에 한번 가봐야겠다는 생각이 들자 엄마는 정말 꼭 가봐야만 할 것 같았다. 사실은 꼭 체코가 아니어도 상관없었을 수도 있다. 엄마는 그저 어딘가 아주 멀리 가고 싶었을 뿐이었으니까. 엄마 아빠는 베를린 시내를 걷는 틈틈이 체코 여행계획을 세웠다. 체코로 떠날 생각을 한 탓인지 베를린을 구경하는 일이 어쩐지 엄마 아빠에게 시시하게 느껴졌다. 그리고 그날 오후, 엄마 아빠는 근처 까페에서 뜨거운 커피와 아펠슈트루델을 먹다 말고 이왕 떠나기로 마음먹었으면 당장 출발하는 편이 낫지 않겠냐는 결론을 내렸다. 누구에게나 일생에 한번쯤 무언가에 홀린 듯 충동적인 모험을 벌이게 되는 순간이 있게 마련이라면, 엄마 아빠에게는 그 순간이 바로 그때였던 셈이다.

"그런데 국경을 넘는 건데 이렇게 준비 없이 떠나도 되는 걸까?"

체코로 가기 위해 자동차에 오르며 아빠가 걱정스러운 말투로 엄마에게 물었다.

국경이라니.

나는 겁이 덜컥 나 배 속에서 딸꾹질을 했다. 엄마 역시 심각한 얼굴이었다.

"책에 나온 대로면 문제 없다니까, 괜찮겠지."

아빠는 긴장한 얼굴로 시동을 걸었다. 차는 다시 남쪽으로, 남쪽으로 달렸다. A13 고속도로를 타다가 드레스덴 외곽을 따라 달리는 코스였다. 도시에서 멀어질수록 주변은 황량해졌다. 달리는 차 안에서 엄마는 환전해온 돈을 정리하고, 여행책자 속에서 카프카의 생가나 프라하의 봄 당시 시위대와 점령군이 격돌하여 수많은 사람이 죽었던 바츨라프광장 같은 곳들을 찾아 페이지의 모서리를 접었다.

"여보, 그래도 세계는 점점 살 만해지고 있는 거지?"

엄마가 지극히 평화로워 보이는 창밖으로 눈길을 돌리며 물었다.

서울 시내의 커다란 백화점이 붕괴했던 그해는, 문민정부가 들어선 지 3년차가 되는 해였고, 그해 여름은 민족말살 정책을 내세우던 제국주의자들에 의해 식민지 시절 지어졌던 총독부 건물이 민족의 이름으로 폭파될, 그런 여름이었다.

"그럼."

거짓말.

나는 엄마의 자궁 가장 따뜻한 곳에서 여전히 고개를 저으며 불신했다. 만약 엄마 아빠의 말이 사실이라면 국경 검문소가 가까이

다가올수록 엄마의 심장이 빠르게 뛸 리가 없었으니까. 실제로 국경이 다가올수록 엄마 아빠는 점점 더 긴장했다. 어쨌거나 엄마 아빠는 국경을 알지 못하는 사람들이었다. 그들이 아는 국경이란 휴전선뿐이었고, 휴전(休戰)이란 말 그대로 전쟁을 잠시 멈춘다는 것을 의미했다. 국경의 저쪽에는 언제나 적군이 있을 뿐이었다.

  엄마 아빠는 독일 영토를 벗어나기 전 마지막으로 휴게소에 들렀다. 주유를 하고 간단히 저녁식사를 하기 위해서였다. 식당에는 사람이 별로 없었고 유색인종은 더더욱 없었다. 다시 출발할 때는 엄마가 운전대를 잡았고 아빠는 조수석에 앉았다. 엄마와 아빠는 차에 올라타서 다시 한번 두명의 여권과 국제면허증, 그리고 혹시 몰라 챙겨온 국내면허증과 차량등록증, 보험증 따위의 서류 일체를 가지런히 챙겼다. 엄마와 아빠는 며칠 전 난생처음 다른 나라 영토에 입국할 당시의 기억을 떠올렸다.

  "긴장할 것 없어. 우리는 그저 관광객일 뿐이잖아."

  아빠가 말했다. 그렇지만 아빠 역시 긴장하고 있었다.

  체코까지 몇킬로미터 남지 않았다는 표지판.

  도로 위에는 연식이 오래된 소형차의 수가 점점 늘어났다.

  저 멀리 국경 검문소가 보였다.

  검문소 한쪽으로는 컨테이너 차량들이 시동을 꺼놓고 줄지어 서 있었다.

  "무슨 일이 일어난 건 아닐까?"

엄마가 목소리를 낮춰 말했다.

엄마는 천천히 국경 검문소를 향해 앞으로 나아갔다. 엄마가 하도 긴장을 하는 통에, 엄마보다 몇배는 더 겁쟁이인 나는 심장이 쪼그라드는 기분이 들었다. 험상궂게 생긴 경찰들이 국경 검문소 앞에 서 있었다. 나는 너무 무서워 눈을 꼭 감았다.

"어머, 여보, 우리는 이제 체코에 온 거래."

이윽고 엄마가 놀란 목소리로 말했다. 나는 엄마의 말에 감고 있던 눈을 떴다. 정말 우리 차는 국경 검문소를 지나와 있었다.

"그러게, 벌써 지나와버렸네."

아빠가 엄마의 말에 동조하며 신기한 듯 사방을 둘러보았다.

어머나.

나는 정말 소스라치게 놀랐다.

국경을 넘었다고?

이렇게 아무렇지도 않게, 별일도 없이, 순식간에 국경을 넘어버리다니. 나는 좀더 무섭고 복잡한 국경을 상상하고 있었는데.

차창으로 독일과 제법 달라진 풍경이 보였다. 기분 탓인지 도로가 더 좁은 것 같았고, 낡은 차들이 더 늘어난 것 같았다. 말 그대로 눈 깜짝할 새의 일이었으므로 국경을 넘은 것인지 어쩐지 도통 실감나지 않았지만, 이쪽은 저쪽과 달리 정돈할 경비가 없어 그런가 아무튼 도로변의 나무들이 확연히 눈에 띌 정도로 제멋대로 자라고 있었기 때문에, 우리가 국경을 넘은 것만은 분명한 사실 같다고 나는 생각했다.

어머, 진짜 국경을 넘었네.

그러자, 이런 것이 국경이라면, 국경은 너무나 시시한 거라는 생각이 들었고 그러면, 앞으로 앞으로 나아가면 온 세상 어린이들을, 이제 나는 열네살이니까 어린이는 더이상 아니지만, 다 만나고 올 수 있을 것만 같은 기분에 사로잡혔는데, 그렇다면, 이것은 정말 평화로운 세상일 것 같았기 때문에 나는 드디어, 엄마 품에서 벗어나 세상 밖으로 나가고 싶은 마음이 생겼다.

밖.으.로.한.번.나.가.볼.까?

그런 생각이 들자 내 심장은 점점 거세게 뛰었다. 14년 만에 드디어 엄마 밖으로 나가고 싶은 마음이 드는 순간 나는 다시 조금씩 자라기 시작했다. 똑, 똑, 똑. 나는 용기를 내어 엄마의 자궁벽을 두드렸다. 운전하고 있던 엄마가 허리를 숙이며 잠시 얼굴을 찡그렸다.

"왜 그래?"

아빠가 물었다.

"아니, 애가 배를 발로 차서."

발이 아니라 손이었지만, 어쨌거나 엄마는 내 신호를 알아챘고 나는 기뻤다.

"애가 발로 차는 게 뭐 어제오늘인가."

아빠가 시큰둥한 말투로 대꾸했다.

아빠의 반응에 조금 서운했지만 내 기분이 그렇거나 말거나, 내 몸은 좀더 빠른 속도로 성장하기 시작했다. 나는 엄마 자궁 안의 면적보다 내 몸이 더 커질까봐 덜컥 두려워져 다급하게 엄마의 배를 두드렸다.

"아냐, 오늘은 진짜 이상해. 지금까지 한번도 느껴보지 않은 통증이라고."

엄마가 차를 다급하게 한쪽에 세우고 비상등을 켜며 말했다. 엄마가 배를 움켜쥐었다. 그제야 아빠가 걱정스러운 눈으로 엄마를 보았다.

"뭐야, 설마 이제야, 이런 데서야, 애가 나오려는 거야?"

아빠가 허둥지둥 차 문을 열고 밖으로 나갔다. 병원이 어디인지는커녕 차가 서 있는 곳이 어디인지조차 알 수 없는 국경 근처의 어딘가였다. 아빠는 조난당한 사람들이 그러듯 지나가는 차들을 향해 커다랗게 양팔을 흔들어댔다. 엄마는 나로 인해 아픈 배를 움켜쥔 채 허리를 꺾고 있었다.

아빠의 다급한 손짓을 본 국경 검문소의 경찰이 우리의 청록색 차 근처로 다가왔다.

"무슨 일인가요?"

체코어 악센트가 강한 영어였다.

수상한 기미에 독일 경찰도 우리 쪽으로 다가왔다.

"그러니까, 아기가, 아기가 나오려고 하고 있어요."

당황한 아빠가 가까스로 한국식 영어 문장을 만들었다. 독일인과 체코인은 처음에는 무슨 말인지 이해하지 못하다가 아빠가 내뱉는 '베이비'라는 단어를 듣고 차 안에서 식은땀을 흘리는 엄마를 보더니, 그제야 상황을 이해했는지 허둥대기 시작했다.

그사이에도 나는 무럭무럭 자랐다. 지난 세월 동안의 시간을 따라잡으려는 듯이 맹렬한 속도로, 엄마를 당황하게 만들고 있는 줄도 모르고 뻔뻔하게.

"병원이 대체 이 근방에 어디 있지?"

"구급차를 불러줄게요."

선의를 가진 외국인이 전화를 하기 위해 뛰어갔다.

"어쨌거나 축하합니다."

앳된 얼굴의 외국인 청년이 엄마를 보며 상기된 얼굴로 말했다.

축하라고?

과연 내가 태어나는 것이 나와, 세계를 위해 축하할 만한 일인지는 알 수 없었지만 나는 계속 자랐다. 그로부터 2년 후 IMF 금융위기가 터지고, 또 조금 더 지나 도심 한복판의 빌딩 위로 비행기가 날아가 박히고, 이라크전쟁이 발발하고, 이스라엘이 가자지구를 공습하고, 또 누군가가 누군가를 공습하고, 테러하고, 학살하다가, 온 세계를 불안에 떨게 하는 경제위기 속에서, 몇년 후 그때의 나보다 겨우 조금 더 나이를 먹었을 뿐인 아이들이 바닷속에 수장될 날이 올 줄은 꿈에도 모른 채.

"축하합니다."

또다른 청년이 자국어 억양이 섞인 인사를 건넸다. 낯선 발음의 인사에 엄마가 가까스로 미소를 지었다.

비겁한 주제에, 나는 아무것도 몰랐기 때문에 겁도 없이, 외국인들의 축하를 받으며 밖으로 나가기 위한 자세를 잡았다. 다가올 미래를 향해 그저 설레어. 그러고 있는데 우습게도, 나는 아무래도 엄마 아빠에게 끝없이 많은 불경을 저지르며 사는 사람이 될 것 같다는 불길한 예감이 들었다. 그렇지만 그렇더라도, 이제는 돌이키기에는 너무 늦었으므로, 나는 될 대로 돼라는 심정으로 삶〔生〕을 향해 나가기〔出〕 위해 몸을 힘껏 뻗었다. 저 멀리서 구급차의 싸이렌이 들려왔다. 어디선가 불어오는 바람에 실려 가문비나무의 향이 자꾸만 날아왔다. 가문비나무에도 향이 있던가. 사실 잘 모르겠지만, 어쨌든. 그때까지 아직 말〔言〕을 갖지 못했던 나는 언젠가 내게 말이 생기면 다가오는 밤을 가득 채우는 소리와 향기에 대해서 누군가에게 전해줄 수 있으면 좋겠다고 생각했다. 나는 용기를 내어 물컹하고 따뜻한 어둠을 찢기 위해 머리를 들이밀었다. 갑자기 쏟아지는, 내 몫이 아닌 것만 같은 빛이 낯설어 잔뜩 인상을 쓰면서. 일천구백구십오년, 국경의 어느 이른 여름밤이었다.

정오의 빛이 그림자를 거둘 때

양경언

1

　모든 이야기는 끝의 자리에서 쓰인다. 어떤 사건이 벌어진 이후 그에 대한 말을 꺼내고 덧붙일 수 있을 때에야 지나간 시간은 비로소 이야기로 남는다는 뜻이다. 이에 대해선 다음과 같이 말할 수도 있을 것 같다. 독자인 우리가 소설의 형태로 특정 이야기를 전달받는 상황은, 이야기에서 다뤄진 사건의 의미를 매듭짓는 방식으로 그 사건을 통과한 서술자(narrator)가 끝내 살아남았음을 독자에게 전하는 방식이라고. 혹은, 소설을 통해 사건을 재구성함으로써 계속해서 살아가게 될 서술자의 운명을 알리는 것이기도 하다고. 사건이 끝난 자리에 남겨진 서술자가 이야기를 전한다는 사실은 소설이 성립되기 위한 기본원리 중 하나이지만, 소설의 역능을 살피는 과정에서 떠오를 법한 질문을 안긴다. 이를테면 어떤 결말이 예정되어 있는지를 뻔히 알고 있음에도 서술자는 '왜, 이미 끝난 이야기를 굳이 하는가?'와 같은 질문. 약속된 결말을 향해 가는 이야기에 왜 독자의 발목은 이끌리는가.

  백수린의 두번째 소설집에 수록된 작품들은 그에 대한 충실한 답변을 구하는 일에 주저함이 없다. 가령 지나간 시간을 무람없이 떠나보내는 태도를 저어하고, 마치 과거에 옷깃이라도 잡혀 있는 듯 자꾸 이전 일을 돌아보는 이가 조명되는 몇몇 소설들의 첫 장면을 떠올려보자. 「시차」에서 '모든 것이 소멸한 우주의 끝에는 아무것도 없을 테지만, 시간은 더이상 한 방향으로 흐르진 않을 것'이라는 빈센트의 메시지가 적힌 편지를 골똘히 들여다보며 그이의 고독을 떠올리던 '그녀'의 모습이나, "그녀에 대해서는 누구에게도 말해본 적이 없다."(126면)라고 고백하면서 '새할머니'의 부고 소식을 접했던 날에 대한 얘기로 입을 떼려는 「중국인 할머니」의 '내' 모습, 비틀스 투어버스를 타고 존 레넌의 생가로 이동하는 한 무리의 관광객들 속에서 유학생활 도중 '주드'와 '유라' 사이에서 있었던 일의 인과관계를 파악하려고 애를 쓰는 「스트로베리 필드」의 '준'의 모습… 백수린의 소설은 대체로 특정한 과거를 더이상 비밀에 가둘 수 없다는 듯 그에 대해 말문을 여는 방식으로 시작한다. 흥미로운 점은 소설이 진행되면서 점차 과거는 단순히 현재를 지탱하기 위한 부기로서가 아니라, '끝내 살아남아' 도무지 그에 대해 말하지 않고서는 다음으로 넘어설 수 없게 만드는 어떤 시간, 지금과 나란히 두고 거듭 바라보아야 할 어떤 경로로 자리하게 된다는 데에 있다.

첫번째 소설집 『폴링 인 폴』(문학동네 2014)에서 제대로 된 소통에 이르기 위해 실패할지언정 타인에게 다양한 방식으로 말을 걸었던 백수린은 이제 타자성은 '나'의 외부에서 느낄 수 있는 것일 뿐 아니라 '내' 안에서도 발견할 수 있는 것임을, 기억을 매개로 이야기한다. '나'의 언어와 다른 이의 언어가 맞물리지 못한 채 공회전하는 것만 같다고 느낄 때의 난감함, 이국을 배경으로 벌어지는 소통 불능의 상황 등은 이제 '지나온 일'을 '지나간 일'로 두지 않는 작가의 작업으로 말미암아 더욱 섬세하게 펼쳐진다. 그 덕분에 백수린을 읽는 동안 독자는 '이미 끝난 이야기를 왜 하는가?'를 추궁하는 과정을 '이야기는 언제 전달되는가?'와 '이야기는 어떻게 전해지는가?'와 같은 관심으로 전환시킬 수 있게 된다.

이미 끝났다고 생각하는 곳으로 발길을 돌리는 것. 삶에서 풀지 못한 채 건너 뛰어온 매듭으로 돌아가 그를 만지기 위해서는 다른 접근법이 필요하지 않을까 하고 여러 각도로 고심해보는 것. 주어진 대로 무자비하게 이어지는 삶과 달리 소설은 사건의 한복판에선 미처 알지 못했던 것들의 정체를 사건이 마무리된 자리에서 곱씹도록 만든다. 삶은 두번일 수 없지만, 소설은 삶을 두번 살게 하는 것이다. 끝의 자리에서 쓰인 모든 이야기는 곧, 다른 삶이 시작하는 자리이다. 백수린은 기억의 도서관으로 이동하여 잠들어 있던 책의 먼지를 탁탁 털어내고 아무도 펼치지 않으려 했던 페이지를 조심스레 여는 사람의 심정으로 이야기를 연다. 거기에 다른 삶으로 들어설 수 있는 문이 있으리라 예감하면서.

2

'나'의 내부에 침윤되어 있는 타자성에 대한 이야기를 백수린 소설은 기억을 매개로 전한다고 했다. 이는 '기억'의 습성이 애초부터 과거의 나를 지금의 내가 낯설게 바라보는 방식으로 빚어지기 때문에 가능한 일이다. 지금은 없는 '그때의 나'가 모습을 드러낼 때 시간의 궤도에 몸을 싣기 바빴던 현재는 멈춘다. 그렇게 정박한 순간은 주어진 삶을 찬찬히 살피도록 권유하면서 지금 알고 있는 것만으로는 파악할 수 없는 삶의 진실을 넌지시 일러준다.

기억작업을 통해 '내' 안에 나조차 모르는 '내'가 많이 있음을 발견하고, 겸손한 태도로 삶에 임하게 되는 일련의 과정을 백수린은 연애에 관한 이야기로 옮겨 적기도 한다. 「스트로베리 필드」 「첫사랑」 「여름의 정오」가 여기에 해당한다.

연애는 사람과 사람 사이에 놓인 거리를 거리라고 느끼지 못할 정도로 친밀하게 좁혀놓다가도 하루아침에 가장 먼 거리로 만들기도 하는 사건이어서, 삶의 숱한 일들 중 지극히 가까워서 낯섦(타자성)을 겪을 수 있는 체험이자 낯섦의 반대편에 반드시 친밀함이 놓여 있지는 않다는 것을 깨닫는 과정이다. 그렇기에 백수린이 주로 다루는 '연애'란, 백 퍼센트 이해했다고는 할 수 없는 상대가 단지 "혼자 있을 때 어떤 얼굴을 하고 있을지"(「스트로베리 필드」 18면)만큼만 눈치를 챌 때 벌어지는, 그러니까 상대의 고독을 '나'의 고독이 이해했다고 여기는 순간에 일어나는 이야기이다. 쉽게 말할 수 없는 타자성을 구체화하는 기록으로 백수린의 사랑은 자리한다. 특히 백수린 소설 속 인물들의 사랑은 무언가를 상실한 이들이 각자가 숨기고 있던 공백을 서로 채우려 들지 않으면서 발생하는 관계로 그려지는데, 그중 「여름의 정오」를 살핀다.

스무살 무렵의 '나'는 대학 첫 학기에 학사 경고를 받고 부모의 요청에 따라 오빠가 있는 프랑스로 건너가 지내면서 오빠 친구인 '타까히로'와 가까워진다. 둘은 스무살의 한국인과 서른살의 일본인이 어쩌다 '빠리'라는 제3의 공간에서 만나게 됐는지를 따지는 대신, 그저 그것이 각자의 내면에 있는 상처와 연루되어 있을 뿐이라는 짐작만 하면서 서로의 상태를 고요히 용인한다. 그로부터 10여년이 지난 후 '나'는 오랜만에 타까히로와 함께 갔던 까페에 들러 타까히로에 대한 기억을 재구축한다. 그렇게 함으로써 비로소 타까히로를 떠올리기 전까지는 결코 알 수 없었던 것, 타까히로와 만났던 시간 이후 받았던 "내 안에서 뭔가 달라진 듯한 느낌"(89면)의 정체를 깨닫는다.

소설에서 '타까히로'에 대한 술회는 과거로 밀려난 시간의 잔해 속에서 흩어져 있던 감각적인 이미지들의 도움을 받아 점진적으로 채워진다. 오래전 까페에서 "테이블 위를 일정한 리듬으로 두드리던" 타까히로의 "하얀 손가락"이나(72면), "묘지 위로 쏟아지는 햇살"을 바라보고 있을 때 갑자기 눈물을 쏟았던 내 어깨를 살짝 감싸던 타까히로의 "손가락 마디뼈의 감촉"(76면), 혹은 함께 마시던 "커피에 섞여 있던 여름 공기"(77면)를 떠올리는 방식으로. 이들 감각적 이미지는 "말로는 표현할 수도 전할 수도 없는 것"(86면)이 육화된 것이다. 사랑의 저장 방식은 '나'를 "몰인식의 최고기관"으로 두고 스스로를 해체했을 때 가능하므로(롤랑 바르트 『사랑의 단상』, 김희영 옮김, 동문선 2004, 94면 참고), '내'가 타까히로에 대해 말하기 위해서는 과거 어느 자리에 희미하게 남아 있던 그와 관련된 여러 잔존물들을 추적하는 방식이 필요했을 테다. 한편 감각적 이미지의 효과는 여기서 그치지 않는다. 타까히로를 향해 쉽게 언어화하지 못했던 감정이 기억의 구석진 곳곳에 감각들로 스며들어 있는 상황을 반추하다보면, '나'라는 사람이 설혹 매사에 적극성을 띠지는 않는 사람이라 해도 ― 현재의 '내'가 "피곤하고 지쳐 있는 얼굴"(92면)의 남편과 이물감 없이 지내는 세계, 남들이 표준이라 여기는 기준에 맞춰 사는 세계에서 튕겨나가지 않기 위해 애쓰면서 얌전히 살고 있다 해도 ― 자신의 삶에 있어선 결코 소극적인 구경꾼으로 위치해 있지만은 않았던 사람임을 일깨운다. 이는 백수린의 다른 소설들에서도 자주 등장하는 감각적인 이미지들에 우리가 특히 주의를 요해야 하는 이유가 되기도 한다.

타까히로를 감각으로 기억하는 방식은 친구의 죽음이 남긴 상

실감으로부터 자유롭지 못한 '내'가 고통을 간직해왔던 방식과 일치한다. 복도식 아파트의 15층에서 떨어진 J를 이해하기 위해 학교 건물의 5층 높이 창틀 위로 올라갔을 때 '내'게 뚜렷하게 각인되었던 "커다란 창문에서"의 "쇳소리", "창밖으로 음악소리와 웃음소리, 그리고 간간이 고함소리", "발 아래에는 컴컴한 어둠", 그리고 그 어둠속에서 희미하게 빛나던 "학교 뒷산에 만개한 조팝꽃"(86~88면) 등의 감각적 이미지가 그것이다. 고립되었다고 생각한 순간에도 내 몸의 기관들은 세계가 발신하는 여러 신호를 민감하게 접수하고, 그로 인해 삶의 어떤 장면은 아무리 지우고 싶어도 사라지지 못한다. 달리 말해 고통은 유창한 서사로 '나'의 이성에 저장되어 있지 않고, 조각조각 이미지들로 나뉘어 내 몸 곳곳에 박혀 있는 것이다. 그 조각들이 아무도 모르는 사이 '나'의 내면을 할퀴어왔고 그것이 마음의 형편을 헝클어놓았음을, 하여 멀쩡해 보이는 모두의 일상과 '나'의 사이를 계속해서 어긋나게 만들어왔음을, '나'는 알게 된다.

타까히로를 떠올리면서 나는 과거에 잃어버린 친구를 향해 애도를 수행하지 못해 굳게 잠겨버린 마음의 문을 두드린다. 덮어두고 싶은 고통과 마주하면서 당시엔 몰랐던 것과 지금은 알아버린 것 사이에 놓인, 이미 상실한 것과 앞으로 잃지 말아야 할 것을 헤아린다. 하여 단순히 살아 있는 것만이 전부가 아니라, 살아 있다는 확신을 가져야 한다는 깨달음을 얻는다. 우연을 가장해 필연적으로 '망각의 내부', 그러니까 뚜렷하게 기억할 수 없는 곳에까지 다다라 타까히로가 남긴 것이 무엇인지를 끄집어오는 작업을 시도했던 이유 또한 여기에 있을 것이다.(「여름의 정오」뿐 아니라 「스트로베리 필드」「첫사랑」에서도 과거 상대에 대한 기억을 구축하는 시작점은 화자의 의지에 따라 크게 좌우된다. 백수린의 인물들은 '내' 앞에 사소하게 떨어진 우연의 씨앗에 의지를 입혀 필연적인 행위의 길을 닦는다.) 삶에서 결코 지울 수 없는 아픔과 어떻게 마주해야 하는지를 진지하게 고민하기 위해, 끝내 의미화되지 못한 세계에도 정당한 삶의 자리를 내어줄 필요가 있다고 말하기 위해, 작가는 비밀로 간직하고 있던 과거 사랑의 현장을 기억작업으로 소환했던 것이다.

백수린 소설에서의 사랑을, 삶 깊숙한 곳에 은폐되어 있는 고통을 말하기 위한 은유라고 말해도 될까. 사랑은 지금 결핍되어 있는 것, 부재함으로써 더욱 강렬하게 사로잡고 있는 것을 표현하기 위해 시시때때로 동원될 수 있는 수사이기 때문이다. 우리가 사랑에 취해 많은 걸 잃은 줄도 모르고 청춘의 한 시절을 보내는 것처럼 그리고 청춘의 한 시절이 사라지는 줄도 모르고 거기에 더욱 취해 있는 것처럼 사랑을 말하는 순간, 우리는 더는 다치지 않는 안심 속에서 삶의 가장 커다란 상처와 마주할 수 있게 된다. 소설 속의 화자들도 마찬가지였을 것이다.

3

　서사가 진행되는 동안 이야기의 담장 너머에서 건너오는 감각적 이미지들 사이에는 개별적인 삶들이 감당하기에는 벅차다고 할 법한 집단적인 규모의 문제들, 동시대의 현실을 연상시키는 장치들 역시 더불어 있다. 백수린 소설 속 인물들은 자신의 자리가 역사적인 흐름과 나란히 배치되어 있는 상황을 자주 경험 '해야 한다'. 「여름의 정오」에서 '내'가 타까히로와 과거에 갔던 까페를 방문했을 때 그 주변에선 섬유노동자들의 죽음을 계기로 일어난 시위가 한창이었고, 「중국인 할머니」에서 오페라를 보고 집으로 돌아가는 길에 화자가 연인과 고속도로 위에서 '원단 가공공장의 화재 소식'을 라디오로 들었던 것처럼. '경험해야 한다'라는 표현으로 설명했거니와, 인물들이 마주한 현실의 문제는 그이들이 거절하지 못하는 곳에 이미 '있을 수밖에 없는' 것에 해당한다. 고개 돌려 모른 척하고 싶다 해도 내내 간섭해오는 것들.

　이때 백수린의 인물들은 감각적 이미지에 실리는 현실의 무게를 개인이 앓는 환부로 수용한다. 그 통증에 집단적 차원의 고통을 요약함은 물론이다. 작가는 사회적 문제를 전면적으로 드러내지 않고 개인과 개인이 만나 서로의 고통에 대한 사정을 나누려고 애쓰는 속에서 희미할지언정 서서히 드러날 수 있도록 둔다. 그를 따라 인물들은 신중하게 고통이 연대하는 자리가 들어서도록 교섭할 기회를 얻는다. 「참담한 빛」의 '아델 모나한'과 '정호'도 거기에 있는 것 같다.

잡지 기자인 '정호'는 다큐멘터리 감독 '아델 모나한'을 인터뷰하는 과정에서 그녀가 터널공포증을 앓게 된 사정을 듣는다. 아델이 사랑했던 남자 '로베르'가 알프스 터널의 화재로 전처 사이의 아이들을 잃었던 과거에서 자유롭지 못했을 때, '저먼윙스'가 또다시 알프스에 추락함으로써 로베르의 트라우마가 되살아났고 그로 인해 아델과 로베르의 관계 역시 돌이킬 새 없이 무너져버렸다는 얘기를. 아델이 겪게 된 터널공포증은 로베르와의 관계가 끝나버린 시점에 아델에게 부재하는 로베르의 자리를 알리는 증상이었던 셈이다. 아델의 이야기를 "독백"(172면)으로 치부하면서 건성으로 듣던 정호는 저도 모르게 자신의 사정을 연상한다. 아내의 배 속에서 6개월 된 아이가 돌연 숨을 멈춘 이후 돌이킬 수 없는 상태가 되어버린 부부관계를, 급기야 자신을 거부하는 아내에게 강제적으로 폭력을 행사해버리고 말았던 끔찍한 날의 기억을. 아델의 이야기가 전해지는 가운데 아델 편으로는 들리지 않는 방식으로 오롯이 정호 내면의 울림으로 재생되던 기억은 인터뷰가 끝난 후일 정호에게도 똑같이 '터널공포증'이 생겨나는 것으로 전환된다.

소설의 전개 중에 느닷없이 돌출된 정호의 사연은 아델과 정호의 고통이 수평적인 위상에 있음을 보여줌과 동시에 이들이 각자의 위치에서 겪고 있던 통증이 마냥 고여 있는 것이 아니라 말하고 듣는 과정을 통해 전이될 수 있는 것임을 보여준다. 정호는 아델의 이야기를 들어야만 하는 '인터뷰어'의 위치에서, 자신의 고통스러운 기억을 구성하는 조건으로 아델의 이야기에 적극적으로 연루되어가는 위치로 자리를 옮긴다. 이제 더이상 아델의 고통은 정호에게 남의 일이 되지 못한다. 정호에게는 자신과 타인이 동시에 묶여 있는 고통을 관통해나갈 책임이 주어진다. 이처럼 백수린의 인물들은 상대의 고통을 완전히 해소하겠다는 자만을 내세우기보다는 내 고통의 크기만큼 상대의 고통 역시 그 자리에 있음을 존중한다. 서로가 나약한 개인임을 인지하는 그 자리가 고통이 연대하는 시작점일 수 있기 때문이다. 이는 여러 복잡한 층위의 문제들이 들끓고 있는 시대가 끊임없이 개인의 얼굴을 지우려 들어도, 소설이 끝까지 개인의 내밀한 서사를 사수하려는 이유가 된다.

이 글의 1장에서 요약했던 백수린의 방식에 대해 다시 말해야겠다. '언제, 어떻게 이야기를 전달하는지'에 주목하는 백수린의 소설은 기억을 매개로 '내' 안의 타자성을 감각한다. 그런데 그러한 감각은 다른 이들과의 연결 속에서, 혹은 '지금 이곳'이 아닌 바깥에 대한 인식 속에서 하나의 이야기로 드러나는 것이기도 하다. 작가는 우리가 언제, 어디에서, 무엇으로부터 낯섦을 느끼는지에 따라 타인과 이루는 관계나 사회에 대한 일별도 가능함을 전한다. 내 안에 집중하는 방식을 통해 바깥으로 나가는 일. 이는 백수린의 방식이다. 작가는 구심력이 아닌 원심력으로 소설을 이동시킨다.

4

    그러므로 모순과 매혹이 가득한 '참담한 빛'이라는 표현을 우리는 보다 더 복잡하게 받아들여야 한다. 그것은 그림자를 완전히 거두어가는 정오의 빛처럼 어둠을 삼킴으로써 발하는 아름다움에 해당한다. 요컨대, 상처 없는 아름다움은 없음을 단언하는 빛.

    「참담한 빛」에서 로베르와 헤어진 아델이 석양이 그려놓은 기하학적 무늬에 취해 아름다움을 느꼈다거나, 「길 위의 친구들」에서 세명의 친구들 얼굴 위로 치솟던 뜨겁고 비릿했던 불길이 다시는 만날 수 없을 아름다움을 쏟아낼 때, 혹은 「시차」에서 어렸을 적 놀이공원에서 잃어버린 동생에 대한 기억이 밤하늘을 수놓는 불꽃놀이의 화려함 속에서 떠오를 때, 빛은 구원받지 못한 절망의 상황을 비추고 있다는 까닭으로 아름다움을 견인한다.

    그러나 「첫사랑」에서 경제적으로 불안한 입지에 처해 있는 대학원생과, 러시아문학을 전공했지만 이제는 그로부터 멀어진 생활을 하고 있을지도 모르는 'J선배'가 감당하는 현실의 비극성이 그들 과거의 ──"하얗고 여린 눈송이가 조용히, 그리고 영원처럼 천천히"(121면) 떨어지는 허공을 향해 함께 손을 뻗었던 ──기억과 대비되는 것을 보라. 시리도록 눈부시게 느껴지는 눈송이의 빛, '참담'의 속성을 가진 '빛'은 빛이 끝내 스며들지 못하는 어두운 자리, 뒤돌아서야만 감지할 수 있는 곳에 자리해 있다.

    백수린이 '참담한 빛'의 잉크로 소설을 쓸 때 고통의 현장은 함부로 퇴색되지 않는다. 오히려 그것은 고통으로부터 어떻게든 살아남은 이가 기어코 남기는 생의 기록이 된다. 단순히 생존의 프로파일링으로서가 아니라, 상처를 번역하여 계속해서 살아보겠다는 생의 의지가 빚어내는 것으로서의. 벤야민을 흉내내어 말하자면, 백수린의 소설은 고통을 머금은 참담한 빛으로, 어디로 가야 하는지 알 수 없어 "추위에 떠는 삶"들을 "따뜻하게 해줄 줄 아는 비밀스러운 능력"을 가졌다.(발터 벤야민 『서사(敍事)·기억·비평의 자리』, 최성만 옮김, 길 2012, 471면)

백수린을 읽고 우리는 '지나온 일'을 '지나간 일'로 두지 않음으로써 세상에 '이미 끝난 이야기'란 없음을 증명하는 일의 중요성을 새삼 떠올린다. 소설이 약속된 결말을 향해 움직인다 해서 삶에도 약속된 결말이 있는 것은 아니다. 약속된 결말의 이야기를 다시 해석함으로써 새로운 서사를 만들어내는 소설은, 새로운 삶을 시작하는 자리는 어디에든 있다고 말한다. 경계를 가로질러 탄생한 작가의 배경이 일러주듯(「국경의 밤」), 백수린의 소설은 기억의 도서관에서 펼쳐든 페이지를 통해 다른 삶으로 이동하는 이들을 언제든 격려할 것이다. 이때 작가는 "갑자기 쏟아지는, 내 몫이 아닌 것만 같은 빛"(299면)을 더이상 두려워하지 않는다. 어둠을 상대하는 일을 포기하지 않는 용기를 발휘하고 있음은 물론이다. 백수린의 두번째 소설집을 손에 쥔 채, 정오의 빛 아래에서 짧아지는 그림자를 보며, 그런 생각을 했다.

梁景彦 | 문학평론가

이 소설집에는 항구가 종종 등장합니다. 항구라는 단어를 오래
전부터 좋아했는데, 그것은 항구를 생각하면 어김없이 서글픈 곡
조의 휘파람 소리가 떠오르기 때문입니다. 공항,이라는 말과 달리
항구에는 영원한 작별을 연상시키는 구석이 있죠. 수평선 너머의
황금을 찾아 떠난 야심만만한 모험가들도 있었을 텐데 항구,라고
읊조리면 기약 없이 떠나는 사람들, 세상의 가장자리로 밀려나는
사람들, 돌아왔어야 했지만 파도에 휩쓸려 끝내 돌아오지 못한 사
람들이 항상 먼저 떠오르곤 합니다. 어쩔 수 없이, 나는 밝고 경쾌
한 멜로디보다는 슬픈 멜로디에 더 끌리는 사람입니다. 매사에 낙
관하기보다는 쉽게 비관하는 편이죠. 신뢰하기보다는 먼저 의심하
고, 행복한 사람보다는 불행한 사람에게 마음을 더 줍니다.

이 소설들을 썼던 1년 반 남짓한 시간 동안 참담한 기분을 느낄 때가 많았습니다. 세계가 점점 더 끔찍해지고 있기 때문인지, 아니면 내가 나약하기 때문인지는 자꾸만 헷갈렸어요. 어쨌거나 그사이 사랑하던 사람들은 이별을 했고, 도처에는 애도해야 할 죽음이 늘어났습니다. 나는 무심결에 또 누군가에게 돌이킬 수 없는 상처를 주었겠죠. 어떤 것들은 변했고 어떤 것들은 변하지 않았는데, 대개 그러하듯 변한 것들은 영원했으면 하는 거였고, 변하지 않은 것들은 변화가 시급한 일들이었습니다.

생각해보면 내 탓이 아니라고 항변하고 싶었지만, 내 탓인 줄 알아서 잠을 이룰 수 없던 그런 밤들에 이 소설들을 썼습니다. 소설에 어떤 구원이 있다고 믿어서는 아니고, 소설이 무엇인지 알고 있기 때문은 더더욱 아니지만요. 소설을 쓰는 일은 갈수록 힘이 들고, 나는 언제나 쓰고 난 모든 문장들을 후회하는 쪽이지만, 그래도 돌이켜보면 소설을 쓰고 있었기 때문에 어떤 시간들을 견뎌올 수 있었던 것도 같습니다.

이 책이 나오기까지 많은 분들의 도움을 받았습니다. 나를 가장 가까이에서 지켜보고 믿어주는 사람들에게 고맙고 미안한 마음을 건넵니다. 그리고 애정을 가지고 해설을 써준 양경언 평론가, 바쁘신 중에 기꺼이 추천사를 써주신 김연수 선생님, 여러모로 신경 써주신 창비의 관계자분들, 특히, 우유부단한 주제에 고집까지 센 작가를 만나 고생한 박지영 편집자님에게 감사 인사를 전합니다. 이 소설집의 구성에 좋은 점이 있다면 그것은 편집자님의 공이고, 부족한 점이 있다면 모두 미욱한 작가의 탓입니다.

열편 중 어떤 소설은 누군가가 들려준 꿈의 한 장면에서 시작했고, 어떤 소설은 친구들과의 대화 속 짧은 한두 문장에서 시작했습니다. 화가가 된 파견 간호사의 이야기를 다룬 짤막한 기사나, 노래의 가사, 시의 몇구절, 희곡이나 소설의 어떤 문장에서 시작된 소설도 있습니다. 아무도 살지 않는 폐허에 온전히 내 것이 아닌 말들과 문장들을 모아 쌓아올렸더니, 이런 모양이 되었습니다. 이를 나만의 것이라고 부를 수 있을지는 모르겠지만 바라건대 누군가에게 아름다운 것이 될 수 있다면 좋겠습니다. 소설을 쓸 때마다 여전히 길을 잃지만, 모두가 떠나간 자리에 오래도록 남아 사라진 이들을 기억하고, 그들의 흔적을 애틋한 마음으로 주워 모으는 사람이 되고 싶다고는 자주 생각합니다.

2016년 여름의 정오를 지나며,
백수린

| 수록작품 발표지면 |

스트로베리 필드 ……『작가들』2015년 여름호

시차 ……『현대문학』2014년 6월호

여름의 정오 ……『문예중앙』2014년 가을호

첫사랑 ……『한국문학』2015년 여름호

중국인 할머니 ……『작가세계』2015년 봄호

참담한 빛 ……『현대문학』2015년 9월호

높은 물때 …… 한겨레출판 문학웹진 한판 2014년 7~8월

북서쪽 항구 …… 국립국어원 웹진 쉼표마침표 2014년 8~10월

길 위의 친구들 …… 한겨레출판 문학웹진 한판 2014년 12월~2015년 1월

국경의 밤 ……『문학동네』2015년 봄호